JN145295

新典社研究叢書
293

源氏物語の思想史的研究
――妄語と方便――

佐藤勢紀子　著

新典社刊行

まえがき

本書は、『源氏物語』の思想的基盤を形成している一つの要素として、従来注目されることが比較的少なかった仏教の方便の思想を取り上げ、その様相と淵源を解明しようとするものである。

『源氏物語』の仏教思想について、これまでの研究成果を概観すれば、仏教思想の種別からは、重松信弘氏がその著書において無常、宿世、罪業の三種に分けて論じられたように[1]、この三方面の思想の研究が大半を占めている。また、仏教の系統の面からは、天台宗の教義や天台浄土教との関わりを論じたものが圧倒的に多く、そのこととの関連で、仏典では『法華経』、浄土三部経、『往生要集』などの影響が指摘されるのが常であった。

『源氏物語』における仏教思想を見ていく際に、右のような捉え方がいわば正道であることは否定できない。しかしながら、仏教思想のあらわれに注意しつつ『源氏物語』の叙述を丹念にたどっていくと、無常や宿世の思い、罪の意識の表出に比べれば格段に頻度は低いものの、要所要所で仏などによる方便――衆生救済のための特別の手段――が言及されていることに気づく。『源氏物語』において、方便の思想は存外に重要な意味を持っているのではないだろうか。

また一方で、仏教の系統の面から見ても、平安仏教において濃厚に認められた密教的な要素について、行法の面はともかく、思想面でほとんど顧みられていないのはなぜなのかという疑問が生じる。かつて硲慈弘氏は、当時「一にも密教、二にも密教となり、一見たちまち密教一色の世の中たるの観」があったとしつつ、その文学への影響を見ると、事相についての叙述はあっても「教相教義に関する記事風聞のごとき、殆どその跡を絶つと称してよい実情」であると論断されたが、(2)『源氏物語』においても、それだけ隆盛を極めていた密教の教相の、その片鱗すら窺うことができないのだろうか。特に、これまでの研究においては、当時真言宗はもとより天台宗でも『法華経』とともに最要典として位置づけられていた『大日経』の教説がほとんど視野の外に置かれているが、それでよいのだろうか。僅かに、宇治十帖における「方便」の用例をめぐって、『大日経』やその注釈書『大日経疏』との関連が指摘されており、(3)方便の思想に焦点を定めた考察を通じて、さらに密教の教説の『源氏物語』への影響の大きさが明らかになる可能性がある。

本書の第一部では、『源氏物語』の登場人物における方便の思いをめぐって考察を進める。正編および続編それぞれの主人公と目される光源氏も薫も、自らの人生を振り返り総括する重要な局面で仏の方便を意識している。特に、薫をはじめとする続編の登場人物には、『大日経』およびその注釈書『大日経義釈』の教説をふまえた在家菩薩としての生き方への強い関心があり、菩薩による方便が意識されている。ただし、藤壺、紫上、浮舟といった女性の登場人物においては、方便が意識されることはない。それはなぜなのかを含めて、第一部では、物語中の人物の思考に見られる方便の思いについて考えていく。

第二部では、『源氏物語』蛍巻の物語論の中に見られる「方便」の用例に着目し、この物語論を支えている論理を解き明かしていく。蛍巻の物語論では、最後の部分で仏法が論じられており、その中で仏の方便が言及され、物語というものが必ずしも「そらごと（虚言）」ではないという見解の根拠とされている。この仏法論は物語論の中で「譬喩」としての役割を担っていると言われているが、仏法論がここに置かれた理由はそれだけではないだろう。この物語論の骨子は、物語創作が「そらごと（虚言）」ではないという主張であり、それは仏教における、創作活動を妄語として罪悪視する否定的文芸観への対抗と見られるからである。ただし、「妄語」という用語は『源氏物語』には認められず、作者自身がそのような罪の意識を持っていたかどうかは表だって明確には示されていない。第二部では、紫式部が妄語の罪を意識していることを裏付ける新たな論拠を探り出し、蛍巻の物語論が仏教の否定的文芸観への反論として書かれていることの論証を試みる。

第三部は、『源氏物語』蛍巻の物語論に関わる、やや歴史的な視野に立つ二つの論稿から成っている。一つは、天台宗の五時判が、中古文芸の中でどのように摂取されているかを整理したものであり、その中で、蛍巻物語論の仏法論の部分における五時判摂取の仕方の特性と思想史的な位置づけを論じる。もう一つは、『源氏物語』の後代における評価の歴史を概観したものである。ここでは、蛍巻物語論の中の仏法論の叙述があたかもその後の『源氏物語』評価のありようを予告しているかのように読めることを指摘する。

『源氏物語』に描かれた主要人物の人生観は、方便の思想を抜きにしては語ることができない。また、物語を書くという行為の虚実が論じられ、その虚ならざることが主張されている蛍巻の物語論においても、方便の思想が援用され重要なはたらきをしている。方便の思想は、この物語を、言わば内と外の両面から支えていると見ることができる。

注

（1）重松信弘『源氏物語の仏教思想』（平楽寺書店、一九六七年）。
（2）硲慈弘『日本仏教の開展とその基調（上）』（三省堂、一九四八年）、七五～八一頁。
（3）岩瀬法雲『源氏物語と仏教思想』（笠間書院、一九七二年）、四〇頁。また、高木宗監『源氏物語における仏教故事の研究』（桜楓社、一九八〇年）、三四五～三五八頁。

目次

第三部　創作行為を意義づけるもの

第一部　人物の思考を支える方便の思想

第一章　仏の方便

南無久遠実成妙覚究境三身即一四土不二一乗教主釈迦牟尼如来
（『念仏宝号』）

一　光源氏の方便の思い

『源氏物語』において、正編・続編それぞれの主要人物である光源氏と薫は、いずれも自らの人生を振り返り、仏の方便によるはからいを強く意識した解釈をほどこしている。本章においては、光源氏、薫、そして続編で彼らと同様に方便の思いを示している八宮の感懐に着目し、この物語に描かれた人物における方便の思いの基本的性格を明らかにするとともに、人物相互での方便の思いの違いを見ていく。その過程で、それぞれの人物において方便の思いが無常の思いや宿世の思いとどのように関わっているかが明らかになり、また、方便を行なう主体としての仏の捉え方の違いも見えてくるはずである。

光源氏に関しては、「方便」という語は見られないものの、その晩年の感慨として、仏の方便のはからいを意識した思いが二度にわたり述べられている。以後の比較のため、本章では、方便の思いの例に番号を付して引用する。

1　鏡に見ゆる影をはじめて、人には異なりける身ながら、いはけなきほどより、悲しく常なき世を思ひ知るべく仏などのすすめたまひける身を、心強く過ぐして、つひに来し方行く先も例あらじとおぼゆる悲しさを見つるかな、今は、この世にうしろめたきこと残らずなりぬ、ひたみちに行ひにおもむきなんに障りどころあるまじきを、いとかくをさめん方なき心まどひにては、願はん道にも入りがたくや[1]

（源氏の思い、御法巻・四―五一三）

2　この世につけては、飽かず思ふべきことをさをさあるまじう、高き身には生まれながら、また人よりことに口惜しき契りにもありけるかなと思ふこと絶えず。世のはかなくうきを知らすべく、仏などのおきてたまへる身なるべし。それを強ひて知らぬ顔にながらふれば、かくいまはの夕近き末にいみじき事のとぢめを見つるに、宿世のほども、みづからの心の際も残りなく見はてて心やすきに、今なんつゆの絆なくなりにたるを、これかれ、かくて、ありしよりけに目馴らす人々の今はとて行き別れんほどこそ、いま一際の心乱れぬべけれ。いとはかなしかし。わろかりける心のほどかな

（源氏の発言、幻巻・四―五二五～五二六）

1は源氏の心中の感慨、2は六条院の女房達を前にしての発言である。いずれも最愛の妻紫上に先立たれた悲愁の中で自らの人生を振り返りつつ、いまだ出家に踏み切れずにいる現在の心境を述べたもので、1と2の内容がほぼ一致していることは夙に阿部秋生氏が詳述されたとおりである。[2] ここに「方便」という語は用いられていないが、傍線部分で仏の方便が意識されていることは疑いない。次章以下で論じるように、方便の思いは、『源氏物語』の中でもとりわけ宇治十帖において顕著に見られるが、八宮や薫の登場を待つまでもなく、晩年の源氏に既に窺えるものであることがわかる。

この源氏の方便の思いは、薫や八宮のそれと合わせて、既に先学によって論及されているが[3]、その異同を細かく論じた例はなく[4]、また、併せ語られている無常や宿世の思いと方便の思いとの関係の仕方に着目した先行研究もほとんどない[5]。「方便」という語の用例が少ないこともあるのだろうが[6]、従来の『源氏物語』研究においては、方便の思いは、同じく仏教的な背景を持つ無常や宿世の思いに比べて、注目される度合が格段に低いと言わざるをえない。以下、光源氏における仏の方便の思いと、薫や八宮のそれを、無常や宿世の思いとの関わりに注意しながら比較し、その異同の背後にあるものについて考えてみたい。

二　方便の思いの基本的性格

まず、前掲の光源氏の方便の思いとの比較検討のため、八宮と薫の方便の思いを出現順に提示する[7]。

3　世の中をかりそめのことと思ひとり、厭はしき心のつきそむることも、わが身に愁へある時、なべての世も恨めしう思ひ知るはじめありてなん道心も起こるわざなめるを、年若く、世の中思ふにかなひ、何ごとも飽かぬことはあらじとおぼゆる身のほどに、さ、はた、後の世をさへたどり知りたまふらんがありがたさ。ここには、さべきにや、ただ、厭ひ離れよと、ことさらに仏などの勧めおもむけたまふやうなるありさまにて、おのづからこそ、静かなる思ひかなひゆけど

（薫の道心と自らの人生についての八宮の発言、橋姫巻・五―一三一～一三二）

4　世の中をことさらに厭ひ離れねとすすめたまふ仏などの、いとかくいみじきものは思はせたまふにやあらむ、見るままにものの枯れゆくやうにて、消えはてたまひぬるはいみじきわざかな。

5 現の世には、などかくしも思ひ入れずのどかにて過ぐしけむ、ただ今は、さらに思ひしづめん方なきままに、悔しきことの数知らず、かかることの筋につけて、いみじうもの思ふべき宿世なりけり、さま異に心ざしたりし身の、思ひの外に、かく、例の人にてながらふるを、仏なども憎しと見たまふにや、人の心を起こさせむとて、仏のしたまふ方便は、慈悲をも隠して、かやうにこそはあなれ
（浮舟水死の報に接した薫の思い、蜻蛉巻・六―二一六）

6 いかなる契りにて、この父親王の御もとに来そめけむ、かく思ひかけぬはてまで思ひあつかひ、このゆかりにつけてはものをのみ思ふよ、いと尊くおはせしあたりに、仏をしるべにて、後の世をのみ契りしに、心きたなき末の違ひめに、思ひ知らするなめり
（故八宮との縁を想起する薫の思い、蜻蛉巻・六―二三〇）

7 あやしき山里に、年ごろまかり通ひ見たまへしを、人の譏りはべりしも、さるべきにこそはあらめ、誰も心の寄る方のことはさなむあると思ひたまへなしつつ、なほ時々見たまへしを、所のさがにやと心憂く思ひたまへなりにし後は、道も遥けき心地しはべりて、久しうものしはべらぬを、先つころ、もののたよりにまかりて、はかなき世のありさまとり重ねて思ひたまへしに、ことさら道心をおこすべく造りおきたりける聖《ひじり》の住み処《か》となんおぼえはべりし
（宇治訪問の経緯についての薫の発言、手習巻・六―三六三）

先にあげた光源氏の方便の思い二例と、ここにあげた八宮および薫の方便の思い五例、計七例の全体を通じてほぼ共通すると思われることは、次の五点である。

(1)　すべて、男性主要人物における思いである。

(2)　仏の方便は世の無常を思わせるという形であらわれると考えられている。

(3)　宿世の思いをともなっている。ただし、④を除く。

(4)　単発的な出来事について方便が思われるのではなく、長期間における物事のなりゆきを回顧して方便が思われている。ただし、④を除く。

(5)　方便を行なう主体を明記する場合には、「仏など」という語が使われている（①～⑤）。

まず、(1)について補説しよう。たとえば①、②に見られる源氏の方便の思いの前提となっている部分、すなわち、きわだって恵まれた境涯でありながら、つらい物思いの連続であったとする自己の人生の捉え方は、実は藤壺や紫上といった女性の主要登場人物に既に見られたものであった。

　御心の中に思しつづくるに、高き宿世、世の栄えも並ぶ人なく、心の中に飽かず思ふことも人にまさりける身、と思し知らる。（藤壺の思い、薄雲巻・二―四四五）

　あやしく浮きても過ぐしつるありさまかな、げに、のたまひつるやうに、人よりことなる宿世もありける身ながら、人の忍びがたく飽かぬことにするもの思ひ離れぬ身にてややみなむとすらん、あぢきなくもあるかな、など思ひつづけて（紫上の思い、若菜下巻・四―二一二）

藤壺はこの後まもなく病没し、紫上もこのように思い続けたその翌暁から「御胸をなやみ」病を得るのである。いずれも三十七歳、当時女の厄年と見なされていた年齢であった。紫上はその後かろうじて死の床から蘇るが、右の思いが自らの死の予感においてなされた痛切なる思いであったことは、「やみなむとすらん」の一句からも明らかである。これら藤壺や紫上に見える晩年の人生把握と源氏晩年のそれとが、きわめてよく似た様相を見せていることは、阿部秋生氏によって指摘されたところであるが、(8)むしろそのことよりも関心を引くのは、女性二人の感懐では己身の宿世に思いが集中しており、源氏におけるような方便の思いはまったく見られないということである。

女性登場人物に方便の思いが見られないことについては、重松信弘氏が注目され、その理由について次のように述べている。

女三宮や浮舟は悲しい目にあって出家するが、智解の力が弱いので、方便の思いは起っていない。方便の思いは道心が深くて、その心が思念的に豊かに耕されている人に起り、わが身に起った悲しいことの意味を、仏の与えた救済のための試練のように思う。悲しさを仏の大慈大悲の心による救済の手と思うのであり、高度の宗教的精神のはたらきである。源氏・薫・八宮の三人はこの高度の心のはたらきを持つのに、最もふさわしい人である。紫上や大君にもこの思いがないのは、女の心は狭くて、男ほど深い仏教的思念に、また方便に思いを及ぼすほど、ゆとりのある心になりにくいためであろう。紫上や大君は女の立場から、ひたむきな心となっており、方便を思うほど思念的でゆとりのある心ではない。(9)

方便の思いを「高度の宗教的精神のはたらき」とする見解は首肯しうるが、方便の思いが女性に見られない原因を女性の智力の弱さ、心の狭さに求めるのはどうであろうか。そのような一面があることをまったく認めないわけではないが、前掲[2]の源氏の述懐は六条院の女房達に向けてなされたものであり、また、[7]は明石中宮の前での薫の発言であった。少なくとも、女性は方便の思いの理解者ではあったようである。方便の思いが女性に見られないのは、おそらく、その愚昧狭量なるがゆえというよりは、物語中にも「五つの何がしもなほうしろめたきを」(10)（匂兵部卿巻・五—二四）と述べられているような女人劣機の思想によるものであろう。重松氏の論のとおり、方便とは仏による救済の手段である。女性であるがゆえの罪業の深さを教えられ、また日々実感させられる境遇にあった当時の女性たちがそのような仏の特別のはからいによる救済を我が身に期待することは、貴賤を問わず、ほとんどあり得ぬことだったのではないかと思われる。作者式部の日記や家集に方便の思いが見られないことも、同じ事情によるであろう。

次に、(2)の無常の思いとの関連について見てみよう。源氏の方便の思いでは、[1]「悲しく常なき世を思ひ知るべく仏などのすすめたまひける身」、[2]「世のはかなくうきを知らすべく、仏などのおきてたまへる身」と、無常の思いと方便の思いの結びつきが直叙されている。八宮においても、[3]「世の中をかりそめのこと」と観じている薫と比較して自らの過去が顧みられ、方便が思われているので、無常の思いが方便の思いにつながっていることが明らかである。また、薫の方便の思いにも、[4]「見るままにものの枯れゆくやうにて」、[7]「はかなき世のありさま」とあるように、無常の思いとの関係が読み取れる。(11)ただし、細かく見ていくと、源氏の無常の思いと八宮・薫のそれとは、やや趣きが異なる点もある。これについては、次節で述べる。

(3)の宿世の思いは、具体的には、[4]を除く各例の傍点を付した部分に示されている。「宿世」、「契り」、「さるべき」といった定型表現のみならず、特に源氏の思いにおいて反復される「身」という語にも宿世の思いがこめられていることに注意したい。(12)この宿世と方便の思いの関係の仕方については、源氏と薫とで異なる面があるが、これも次節で詳論する。

(4)は(3)と深く関わっている。(3)で指摘した宿世の思いは、いずれも、単発的、一回的な出来事によって引き起こされたものではなく、過去から現在にかけての長時間、あることが続いてきた、もしくは同じことが反復されてきた、その事実に宿世を思っているのである。この種の宿世の思いは、『源氏物語』に顕著に認められ、平安後期物語に引き継がれるものである。[13]方便の思いがこのような過去の時間経過を担った宿世の思いにともなってあらわれていることは、その思いが当事者にとって深切で重大なものであることを示唆している。

(5)の「仏など」という言い方は、これら方便の思いをめぐる叙述を除いては、『源氏物語』に例が少ない。[14]なぜこれらの箇所で一様に「仏」でなく「仏など」という言い方をしているのかについて、考えてみる必要がありそうだ。その理由としてさしあたり想像されるのは、次のようなことである。

(ⅰ)　仏以外の絶対的存在――神、天など――も含めている。

(ⅱ)　仏教の枠内で、仏のほか、菩薩など方便を行なう可能性のあるものを含めている。

(ⅲ)　仏への畏敬の念から、仏の行為として直言することを避けている。

(ⅳ)　仏の方便に対する不確かな思いをこの表現に託している。


(ⅰ)と(ⅱ)は「仏など」の「など」を「その他」の意味で解釈したもので、これらの場合、方便の主体となりうる複数の存在を「仏」で代表させているということになる。一方、(ⅲ)と(ⅳ)の解釈では、「仏など」をいわゆる朧化表現として捉えている。これらの解釈のうち、いずれが妥当であろうか。以下、順に検討していこう。

まず、(ⅰ)は、仏教語としての方便の本義からして奇異に感じられるかもしれないが、この物語においては、実際に仏教の枠を超えた方便の思いに類する思いが見えている。本章で考察する方便の思いの例としては数えていないが、蜻蛉巻後半部に、憧れの女一宮を垣間見る機会を得た薫の思いとして、次のようにある。

まだいと小さくおはしまししほどに、我も、ものの心も知らで見たてまつりし時、めでたの児の御さまやと見たてまつりし、その後、たえてこの御けはひをだに聞かざりつるものを、いかなる神仏のかかるをり見せたまへるならむ、例の、安からずもの思はせむとするにやあらむ

（蜻蛉巻・六―二四九～二五〇）

「例の」という表現から、何ものかが自分に「安からずもの思はせむ」とするようなことがそれまでにも頻々と起こっていることが知られる。これが、5「かかることの筋につけて、いみじうもの思ふべき宿世」、6「このゆかりにてはものをのみ思ふよ」というように、何度も繰り返され、その結果方便の思いに結びついていた薫の物思いと同様のものであることは疑いないところである。ここでは、「いかなる神仏の」と言っているので、方便の思いにつながる意識が、仏教の範囲を超えたところで持たれていることになる。このような例は、しかし、柳井滋氏が宿世の思想について、その本義からはずれた用法を挙げて論じているように、[15]日本古来のカミ観念、仏教、儒教、陰陽思想などが種々複雑な混在・習合の様相を見せていた当時の思想状況下にあっては、異とするに足らぬことであろう。

ただし、右の蜻蛉巻の例はそれとして、現在考察の対象としている七例の比較的明確な方便の思いについては、いずれも無常、宿世といった仏教に根ざす思いと連動する形であらわれていること、「行ひ」、「絆」、「後の世」、「道心」、「厭ひ離る」、など、仏教に関係の深い用語が多く見られること、また、とりわけ1、2、4、5に関しては、方便の思いの主による仏道の営みがその前後に見られることにより、[16]仏教の範囲外の存在に思いを致しているとは考えに

くい点がある。よって、ここでは、（i）の解釈はとらない。

続いて（ii）であるが、仏教において、方便を行なう主体は必ずしも仏とは限らず、原始仏教の時代には、方便という言葉は、むしろ衆生から仏への方向性を持つもの——求道の手段の意で用いられていたという[17]。それが大乗仏教になると、ほぼ仏から衆生への方向性において、すなわち救済の手段の意で用いられるようになるのだが、その際注意すべきは、方便を行なうのは仏のみではなかったということである。特に、仏に準ずる存在として衆生済度にあたる菩薩の方便ということは、多くの大乗経典に説かれているところで、ここで源氏、八宮、そして薫が、仏・菩薩等——仏もしくはそれに準ずるものという意味で「仏など」を意識しているとしても不思議ではない。しかも、次章以降で論述するように、『源氏物語』の終盤においては、菩薩の方便というものが強調されてくるのであって、そのことからも、（ii）の解釈は有力視してよいと思われる。

次に、（iii）の仏への畏敬の念によるという解釈については、まったくそうした要素がないとは言いきれないものの、「仏」の行為を直言する表現がこの物語の中に散見することから、これが「仏など」という表現を用いた最大の理由であるとは見なしがたい。

最後に（iv）について見ると、仮に[1]～[5]の「仏など」を「仏」と置き換えた場合、方便の思い全体がかなり断定的、確信的に響くことは否めないのであって、仏による救済がそこでほとんど約束されているかのような印象を受ける。しかし、この物語においては、仏教的救済への希求は描かれても、救済そのものは決して描かれない。当時流行しつつあった往生伝におけるごとき極楽往生の様が描かれることは一度もなく、それどころか、桐壺院、藤壺宮、八宮のような、この世においては最高級の地位にあり、しかも積善の功徳少なからぬ人物さえもが、死後は苦界に落ちて近親者の夢に現れているのである。このような物語中の仏教の描き方は、『紫式部日記』の中で告白されている作者自身の求道におけるたゆたいや救済についての絶望感と無縁ではなかろう。[18] 仏の方便のはからいに言及するに際して、「仏」ではなく「仏など」という表現を用いたことには、作者の仏の救いに対する複雑な思いがこめられていると見ることができる。

以上より、方便の主体を表す際に「仏など」という表現が用いられている理由として、一つには仏の他に菩薩等の方便をも含めていること、また、一つには、方便のはからいを思いつつこれを確信しきれぬ登場人物の心理が反映されていることが考えられる。

三　宿世と方便

前節で、『源氏物語』に見える七例の方便の思いについて、その共通点をあげて考察したが、それでは、各人物における方便の思いはすべて一様であるかと言えば、子細に見ると、そうでない点も見られる。特に、光源氏の方便の思いと薫のそれとの間には、明らかに違った点が認められる、以下、その相違点を指摘し、さらに、その違いをもたらしたものについて考えてみたい。

各人物の間の方便の思いの相違点は、大きく、(1)方便の促しの直接性の違い、(2)仏の方便の人生への関わり方の違い、の二点にまとめられる。(1)は源氏の方便の思いと、八宮・薫のそれとの違いとして見られるものである。(2)は薫の方便の思いに他の二者のそれには見られなかった特徴があるという意味での違いである。

まず、(1)について解説する。先に、方便の思いの共通点(2)において、世の無常を思わせるという形で仏の方便が思われているということを指摘した。大きく見れば、その点において各例共通しているのであるが、細かく見ると、源氏においては、無常を思わせるという形での仏の方便が意識されるにとどまっているのに対し、八宮や薫においては、無常を思わせるという形での方便をふまえて、仏が直接に自分に出離を促しているという認識があるようである。特に、3、4における「ただ、厭ひ離れよ」、「世の中を……厭ひ離れね」という呼びかけ、また7の「道心をおこすべく」という表現に注意したい。仏が、方便として世の無常を思わせるという間接的なはたらきかけをするにとどまらず、直接自分に厭離穢土、発菩提心を勧めているという意識がここに窺える。方便による促しである点では源氏の場合と同様であるが、その直截さに違いが見られるのである。

次に、(2)の仏の方便のはたらき方の違いについて見よう。1、2の源氏の思いでは、「身」という言葉が再三出現し、そこには宿世の思いが示されていると考えられる。これに関してさらに注目されるのは、1「仏などのすすめたまひける身」、2「仏などのおきてたまへる身」とあるように、両例ともに、「身」に即して仏の方便が思われていることである。すなわち、これらの例においては、仏の方便は、自らの「身」のあり方を——宿世を規定するものとして意識されているのである。特に2においては、「口惜しき契り」や「宿世のほど」といった宿世への言及が見られるが、これらが仏の「おきてたまへる」ものだというように、この2の発言は読める。かつて小野村洋子氏が、光源氏における宿世の解釈の転回としてこれらの感慨を捉えられた所以である。(19) 仏の方便は、源氏の宿世——源氏という人間存在のあり方をあらかじめ規定していたということになる。

ここで言う「宿世」の語にどの程度その原義である前世の意が残存しているかは測りがたく、前世の業因というよりは、現世における宿命というぐらいの意味でもっぱら用いられているのかもしれないが、それでも、2の「おきてたまへる」という言い方に端的に示されているように、仏の方便による取り決めが人生の始まりにおいて既になされていたという意がくみとれる。そういう、無常を思い知るべく定められた我が「身」なのに（「身を」、「それを」）、

「心強く」「強ひて知らぬ顔に」いっこうに出家もせず過ごしてきたので、とうとう最後には紫上との死別という辛い目にあったと源氏は考えている。ただし、ここで見逃してならないのは、この、最近の紫上の死という最も悲しい体験について仏の方便が言われているのではないということである。紫上の死は、それまでの仏の方便の促しに対する抵抗の結果ではあったかもしれないが、たとえばその抵抗への罰として、紫上の死という形で仏の方便がなされたという捉え方を、源氏はしていない。源氏にとって、仏の方便は、あらかじめ、いわば無前提的にその身のありようを規定していたものであって、自身の生き方に対応する仏からのはたらきかけとして意識されるものではなかったのである。

それでは、橋姫巻に見える八宮の思いはどうか。[3]「仏などの勧めおもむけたまふやうなるありさま」という言い方からすると、仏の方便があらかじめなされていたというよりは現在なされつつあるように感じられる。しかし、それが八宮の生き方に対応するものとして書かれていないこと、また、「さべきにや」という宿世の思いがこれに重ねられていることから、源氏の方便の思いと決定的に違うとは言いきれない部分がある。

一方、薫の場合はどうかと言えば、きわめて興味深いことに、彼にとっては、仏の方便は、あらかじめその人生を方向づけるものとしてあったというよりは、その時々の自分の生き方に応じてなされるものとして意識されている。[7]の例は、むしろ源氏の方便の思いに近く、方便が人生のなりゆきをあらかじめ規定しているともとれる言い方であるが、[5]「さま異に心ざしたりし身の、思ひの外に、かく、例の人にてながらふるを、仏なども憎しと見たまふにや」、また、[6]「心きたなき末の違ひめに、思ひ知らするなめり」といった薫の思いは、仏が人間の現在の生き方を照覧しつつ、その生き方に応じて方便を行なうという発想にもとづいている。源氏にとって紫上の死は仏の方便ではなかったが、薫にとっては浮舟の死は出家の本意を忘れて俗に堕した自分への警鐘としての仏の方便を強く意識させるものであった。源氏においては、仏の方便による出家の促しがまずあって、それに抵抗する「心の際」が見据えられていたが、薫においては、「さま異に心ざしたりし身」とある如く出家の志がまず先にあって、それに違背する「心きたなき」生き様に対して、仏の方便がさしむけられているのである。仏の方便は、ここでは、あらかじめ人生を規定するものというよりは、人生の途上において、その人間の生きる姿勢や行動に応じてなされるものであると言える。

　宿世の思いと方便の思いは、したがって、薫においては、[5]「仏なども憎しと見たまふにや」と書かれているとおり[20]、共存してはいるが、必ずしも相即していない。小野村洋子氏は、蜻蛉巻の薫の方便の思いを幻巻における源氏の宿世の了解と「同じすじ道のもの」としておられるが[21]、その捉え方には同意できない。というのは、薫の方便の思い[5]と[6]を見ると、宿世の因縁の作用と、薫の生き方に応じた仏の方便のはたらきを同じものと考えては矛盾が生じるのであって、これらの薫の思いにおいては、同一の事態に対する、宿世と方便と、両方向からの二つの異なる解釈が同時に存在していると考えざるをえないからである。

　源氏において、仏の方便は、宿世に近い感覚で、あらかじめ人生を規定するものとして捉えられていた。一方、薫においては、仏の方便は、人生の途上において、自身の生き方に応じてさしむけられるものであった。その点で、源氏の方便の思いと薫のそれとは、決定的に異なる性格を持っている。

四　仏観の変容

　三人の人物の方便の思いについて、その相互に異なる点を考えてきた。源氏と八宮・薫とで、仏の方便の促しの直截さに違いがあるのが一点、そして、薫において、源氏や八宮の場合には見られなかった方便のはたらき――仏による人間の生き方への能動的対応が見えるということが一点であった。全体として、方便を行なう主体としての「仏など」の意志が、物語の進行につれて、人間に対して直接的に強くはたらくようになっている。少し見方を変えて言えば、仏の存在がより身近に、明確に、感じられるようになっている。源氏にとって、仏は遠い過去に自分の人生をあらかじめ定めおいた存在であった。薫にとっては、仏は、今現在どこかに実在して、自分の生き方を照覧し、その行くべき方向を指し示す先達のような存在として感じられているのである。

そもそも、仏についての言及そのものが、物語が進むにつれて増加する傾向が見られる。『源氏物語』において、「仏」の用例は九二例あるが、そのうち半数近くの四五例が続編（匂兵部卿巻以降の一三帖）に見えている。[22]正編と続編の分量の比率を考えると、続編における「仏」という語の出現度の高さが明らかである。

また、続編に至って、仏や菩薩の人間への能動的なはたらきかけが言及されることが多くなる。たとえば、次のような例が見られる。

さりとも、初瀬の観音おはしませば、あはれと思ひきこえたまふらん。（浮舟の乳母の発言、東屋巻・六―六八）

鬼にも神にも領ぜられ、人に追はれ、人にはかりごたれても、これ横さまの死をすべきものにこそはあめれ、仏のかならず救ひたまふべき際なり。（横川の僧都の発言、手習巻・六―二八五）

いみじくかなしと思ふ人のかはりに、仏の導きたまへると思ひきこゆるを。（横川の僧都の妹尼の発言、同・六―二八八）

何か、初瀬の観音の賜へる人なり（横川の僧都の妹尼の発言、同・六―二九三）

何か、それ、縁に従ひてこそ導きたまはめ。（横川の僧都の発言、同・六―二九三）

世の中に久しうはべるまじきさまに、仏なども教へたまへることどもはべる中に、今年来年過ぐしがたきやうになむはべりければ（横川の僧都の発言、同・六―三四四）

かへりては、仏の責そふべきことなるをなん、うけたまはり驚きはべる。（横川の僧都の消息、夢浮橋巻・六―三八七）

むろん、正編において常に仏が登場人物から遠い存在であったというわけではなく、仏の照覧を意識する言い方も散見される。そのうち三例はほかならぬ源氏の思いであり、他の二例は帚木巻における左馬頭と、薄雲巻における夜居の僧の思い、あとの一例は若菜下巻の地の文（草子地）に見えるものである。出現順にあげれば、次のごとくである。

忍ぶれど涙こぼれそめぬれば、をりをりごとにえ念じえず、悔しきこと多かめるに、仏もなかなか心ぎたなしと見たまひつべし。（左馬頭の発言、帚木巻・一―六七）

うちつけに、あさはかなりと御覧ぜられぬべきついでなれど、心にはさもおぼえはべらねば、仏はおのづから知ろしめさぬに罪重くて、天の眼恐ろしく思ひたまへらるることを、心にむせびはべりつつ命終はりはべりなば、何の益かははべらむ。仏も心ぎたなしとや思しめさむ（源氏の発言、若紫巻・一―二一七）

（夜居の僧の発言、薄雲巻・二―四五〇）

これはいと似げなきことなり、恐ろしう罪深き方は多うまさりけめど、いにしへのすきは、思ひやり少なきほど

の過ちに仏神もゆるしたまひけん　（源氏の思い、同・二―四六四）

いみじき御心の中を仏も見たてまつりたまふにや、月ごろさらにあらはれ出で来ぬ物の怪、小さき童に移りて呼ばひののしるほどに　（地の文、若菜下巻・四―二三四〜二三五）

御仏名も今年ばかりにこそはと思せばにや、常よりもことに錫杖の声々などあはれに思さる。行く末ながきことを請ひ願ふも、仏の聞きたまはんことかたはらいたし。　（源氏の思い、幻巻・四―五四八）

このうち、二番目の例については、北山で美少女――後の紫上――を見初め、祖母の尼君にその後見を申し出る源氏の、寺という場所と相手の立場に引かれた、いささか大仰な物言いであって、「照覧を濫用しているきらいがある」という重松氏の評言[23]に賛意を表したい。これに対し、他の五例は、仏の照覧を意識し、人間の生きる姿勢や行動が仏の目にどのようにうつるかということを問題にしている点で共通している。四番目の例も、一見過去のことを述べているようであるが、実際には、若気の至りの好き事の一部始終を仏神が見ていたという前提にたって、もし今、「いと似げなきこと」――梅壺女御と関係を持つようなこと――があれば、今度は許されないだろうという含みで述べられているものである。

したがって、『源氏物語』正編に、仏の存在を身近に感じてその当事者への評価を気にする例がないわけではないが、これらの例においては、仏の思惑が案じられてはいるものの、実際に仏の意思が人物の心情に応じてはたらいたとするのは若菜下巻の例のみで、この例にしてもごく間接的な言い方でそれが言われているにすぎない。薫がその方便の思いの中で「憎しと見たまふにや」〔5〕、また、「思ひ知らするなめり」〔6〕と見ているほどに、人間の生き方に対して直接に強い情動をはたらかせる仏は、正編においては描かれていないのである。

以上見てきたように、正編では、仏が人間に対しその生き方に応じる形で能動的にはたらきかけているという思いはほとんどなかったが、続編に至って、仏の人間への能動的・直接的なはたらきかけが意識されるようになっている。言ってみれば、正編の仏は、多くの場合、宿世の仏――仏の生きていた世という「宿世」の原義においての――であり、続編の仏は、現在の仏である。ここに、『源氏物語』正編から続編にかけての、仏観の変容が認められる。

五　久遠実成の仏

問題は、なぜそのような変化が生じているかであるが、これは単なる偶然ではなく、また作者が文学的効果を狙ってそのように仕組んだわけでもなく、作者における仏観の変容がおのずと反映されたものと見るべきであろう。それでは、何が、作者の仏観の変化をもたらしたのか。

紫式部が当時恵心僧都源信と並び称せられた檀那流の祖覚運に師事し、天台一心三観の血脈に入ったという説がある。『河海抄』ほか多くの古注釈書に見えているが、(24)近代以降はこの説はおおむね信ずるにたらぬ伝説として退けられてきた。しかし、寺本直彦氏は、当時の漢文日記等の記録をもとにこの問題に再検討を加え、式部と覚運との間に何らかの交渉があったとする説を提示された。(25)本書の第四章で述べるように、宇治十帖の最後の部分で登場する横川の僧都は、源信の面影を伝えているとする旧来の説がある一方で、すぐれた加持僧である点、皇族貴紳との交渉を持つ点など、源信には見られない面も持ち合わせており、そうした点から見ると、この覚運が横川の僧都のモデルであると見ることもできる。

式部がこの覚運の教えを実際に受ける機会があったとしても、式部の彰子のもとへの出仕の時期を寛弘二年（一〇〇五）もしくは三年の十二月として、覚運の死去した寛弘四年十一月までの間に僅か一、二年しかなく、どれほどその薫陶を蒙ることができたかは疑問であるが、それでも、直接・間接を問わず、その教えの趣に接する機会はあったと考えられる。寺本氏が委細を尽くして検討されたように、覚運は一条天皇や藤原道長の招請により天台三大部等天台宗要典の講義を行っており、そこで披瀝された新たな知見が、式部自身の様々な人生体験とあいまって、式部の思考の在り方に大きな影響を与えた可能性がある。

さて、ここからは寺本氏も論じていないところであるが、[26] この覚運の思想はどのような特徴を持つものであったのか。とりわけ、その仏観がどうであったかが、ここでは問題となる。

現在、覚運の著作として残されているものは、源信のそれと比べて格段に少なく、そのうち唯一真撰とわかっているのが『観無量寿経疏顕要記破文』の下巻であるという。[27] ただし、これは『顕要記』の著者である宋の源清の求めに応じて書かれた批判書であって、覚運の思想の骨格があらわれているとは言いがたい。他に、比較的可能性の高いものとして、『観心念仏』、『一実菩提偈』、『念仏宝号』があるが、中で注目されるのは、『念仏宝号』において、『法華経』如来寿量品に説かれる久遠実成の思想について、特異な論述が展開されていることである。

『念仏宝号』の構成は、称名①→観心偈→称名②→念仏偈→称名③という形になっている。[28] まず、二つの偈をはさんで三箇所に配置された称名を見ると、いずれも最初の一文に「久遠実成」の句が見える。冒頭の一文は、

南無久遠実成妙覚究境三身即一四土不二一乗教主釈迦牟尼如来

と書かれていて、このような「南無」を冠した称名が、引き続き、阿弥陀如来、妙法蓮華経、一心三観十界互具、さ

らに、普賢、文殊、弥勒、観音、勢至、地蔵の六菩薩について列記されている。これが称名の第一部（称名①）である。

　次に、観心偈の後の称名第二部（称名②）では、

　　南無久遠実成常在霊山三世益物本迹一体毘盧遮那周遍三千一代教主釈迦如来

と始まり、続いて、阿弥陀仏、一乗妙典、菩薩・声聞・縁覚等の賢聖、往生極楽、阿弥陀仏百声千声等の称名がある。

　そして、念仏偈の後の最後の称名（称名③）は、

　　南無為実施権開権顕実開迹顕本久遠実成従本垂迹三世益物極楽世界顕密教主大慈大悲阿弥陀仏

という阿弥陀仏の称名のみであって、これが『念仏宝号』の結びとなっている。

　これらの称名の部分の書き方から明らかなのは、仏の久遠の過去における成仏とその永遠不滅なることを言う久遠実成の概念が強調されていることである。そして、ここで興味を引くのは、称名①・②の釈迦仏の称名のみならず、称名③の阿弥陀仏の称名にまで「久遠実成」の一句が含まれていることである。これは、同書の念仏偈に、

　　法華経中最秘密　久遠実成大覚尊　三惑頓尽遍一切　無師独悟無始終
　　始成正覚釈迦尊　積劫修道成正覚　為化往縁諸衆生　伽耶始成非実仏

准例極楽弥陀仏　亦是垂迹応非実　是故実成弥陀仏　永異諸経之所説

と述べていること、すなわち、「久遠実成大覚尊」たる本門の釈迦に対し「伽耶始成」の釈迦は「実仏」ではない、それに準えて言えば、「極楽弥陀仏」もまた実にあらずして、「実成弥陀仏」というものが諸経の説くところと異なって存在すると明言していることにもとづいている。これは平安後期に出てくるいわゆる久遠弥陀説の明確なあらわれであって、この『念仏宝号』が伝えられるとおり覚運の著作であるとすれば、そのかなり早い段階のものと考えられる。[29]もし、覚運に『念仏宝号』に説かれているような久遠弥陀の思想があって、式部がそれに接していたとすると、ここに言う阿弥陀仏は釈迦・大日と一体になった「顕密教主」（称名③）であるから、[30]たとえば次章以下で展開する、薫や八宮の方便の思いに密教の思想が反映されているとする論に、一つの有力な論拠を提供するものであると見ることができる。

もとより、『念仏宝号』が覚運の真撰であるか否かがわからないので、覚運がこの久遠実成の思想を重視する立場をとっていたと断定することはできない。しかし、少なくとも、『法華経』の本迹二門のうち、久遠実成の思想を中核とする本門の思想を重視することは、日本天台教学の特徴とされるところで、当時その傾向が強まりつつあったこと、[31]また、覚運から始まった檀那流の教学が、源信を祖とする恵心流に比べて事観重視の性格を持っており、その事観は『法華経』本門の思想に立脚するものであったとされることから見て、[32]覚運が、『法華経』本門の久遠実成の思想を重視し、その講釈の席においてもしばしば強調していた可能性は高いと考えられる。

『源氏物語』の続編において、方便の思いを中心に、仏による人間の生き方に体する能動的なはたらきかけが強く意識されている背景に、この覚運の本門重視の講説――仏を永遠不滅の存在とする久遠実成の思想を重視する教えがあったと見ることは、これまでの考察によれば、まったく根拠のない臆説とは言えないであろう。むろん、この推論を立証するためには、あまりにも確実な資料とすべきものが乏しく、推論は今のところたんなる仮説の域を出ないが、あえて、源氏から薫に至る『源氏物語』登場人物の仏観の変容をもたらしたものについて、一説を立ててみた次第である。

本章では、『源氏物語』の登場人物における仏の方便の思いについて概観し、方便の思いの基本的な性格を明らかにするとともに、その変化の様相と変化をもたらした要因について考察した。次章からは、宇治十帖の登場人物における方便の思いを取り上げ、その背後にどのような系統の仏教思想が存在するかについて究明していく。次章では、「方便」という語が用いられ、明確な方便の意識が示されている蜻蛉巻の薫の思い（本章の5）に焦点を絞り、その思想上の源泉を探り当ててみたい。その作業を通じて、光源氏の思いには見られなかった方便の思いの新たな一面が見えてくるだろう。

注

（1）　本書における『源氏物語』の引用は、阿部秋生・秋山虔・今井源衛・鈴木日出男校注『源氏物語』全六巻（新編日本古典文学全集、小学館、一九九四～一九九八年）による。引用文の後に括弧書きで巻名および新編全集本の引用巻と引用頁を記す。

（2）　阿部秋生「六条院の述懐」、『光源氏論―発心と出家―』（東京大学出版会、一九八九年）、一六九～一七一頁。初出は『東京大学教養学部紀要』三九（一九六六年）。

（3）　重松信弘『源氏物語の仏教思想』（平楽寺書店、一九六七年）、五八～六三頁。小野村洋子『源氏物語の精神的基底』（創文社、一九七〇年）、二七二～二七四頁。岩瀬法雲『源氏物語と仏教思想』（笠間書院、一九七二年）、三五頁、一四八

〜一四九頁。高木宗監『源氏物語における仏教故事の研究』（桜楓社、一九八〇年）、四一一頁。
（4）薫の方便の思いが源氏のそれよりも「はっきり」している（重松信弘注（3）書、六一頁）、「一層明瞭」（小野村洋子注（3）書、二七四頁）などの指摘はあるが、それ以上に踏み込んだ分析はなされていない。
（5）唯一小野村洋子注（3）書が宿世と方便の思いの関係を論じている。
（6）『源氏物語』における「方便」の用例は、蛍巻、総角巻、蜻蛉巻に一例ずつ、計三例が見られるにすぎない。そのうち蜻蛉巻の用例が本章の5の例である。
（7）他にも、第二章で言及するように、登場人物が仏の方便を願っていると見られる例もあるが、ここでは、人物が実際に仏の方便のはたらきを感じている例のみをとりあげる。
（8）阿部秋生注（2）書、二一七頁。
（9）重松信弘注（3）書、六二〜六三頁。
（10）薫の、その母女三宮についての思い。「五つのなにがし」は女性が仏などになれないとする「五障」を指す。
（11）薫の方便の思いが無常の思いと深く関わっていることについては、第二章で詳述する。
（12）佐藤勢紀子『宿世の思想―源氏物語の女性たち―』（ぺりかん社、一九九五年）、一四七頁。
（13）佐藤勢紀子注（12）書、一〇二〜一〇四頁。
（14）『源氏物語』における「仏など」の用例は、他には次の三例を数えるのみである。「仏など」の用例が方便の思いの叙述に集中していることが知られる。

かううれしきをりを見つけたるは、仏などのあらはれたまへらんに参りあひたらむ心地するも、はかなき心になん。（竹河巻・五―七九）

大将殿、すこしのどかになりぬるころ、例の、忍びておはしたり。寺に仏など拝みたまふ。（浮舟巻・六―一四二）

世の中に久しうはべるまじきさまに、仏なども教へたまへることどもはべる中に、今年来年過ぐしがたきやうになむはべりければ、仏を紛れなく念じつとめはべらんとて、深く籠りはべるを（手習巻・六―三四四）

（15）柳井滋氏は、葵上と六条御息所の「御宿世ども」にふれた一節（若菜上巻）について、親子の宿世が連続したものとして捉えられているとし、「こうした宿世の考え方は仏教の個人本位の宿世思想のわくをはみ出すもの」ではないかと述べ、その背景に中国古代の陰陽思想の応報観があることを指摘している。「源氏物語の応報観に関する一考察」、『共立女子大学短期大学部紀要』一一（一九六八年）、三八～四一頁。

(16)　具体的には次のとおりである。

1　やむごとなき僧どもさぶらはせたまひて、定まりたる念仏をばさるものにて、法華経など誦せさせたまふ。（御法巻・四—五一二～五一三）

1　阿弥陀仏を念じたてまつりたまふ。（同・四—五一三）

2　忍びやかにうち行ひつつ、経など読みたまへる御声を（幻巻・四—五二五）

4　修法の阿闍梨ども召し入れさせ、さまざまに験あるかぎりして、加持まゐらせさせたまふ。我も仏を念ぜさせたまふこと限りなし。（総角巻・五—三三八）

5　行ひをのみしたまふ。（蜻蛉巻・六—二一六）

(17)　雲井昭善「方便と真実」、横超慧日編著『法華思想』（平楽寺書店、一九七五年）、三二五頁。

(18)　「ただひたみちにそむきても、雲に乗らぬほどのたゆたふべきやうなむはべるべかなる。それにやすらひはべるなり」、また、「それ、罪ふかき人は、またかならずしもかなひはべらじ。さきの世知らるることのみおほうはべれば、よろづにつけてぞ悲しくはべる」とある。新潮日本古典集成『紫式部日記　紫式部集』（新潮社）、九八頁。

(19)　小野村洋子注（3）書、二七二頁。

(20)　『源氏物語』の諸写本のこの部分を見ると、「仏などの」と表記されている本もあるが、どちらかと言えば「仏なども」が多い。池田亀鑑『源氏物語大成』（中央公論社）所載の一七本中一二本、青表紙本五本の中では大島本以外の四本すべてにおいて「仏なども」と記されている。むろん、「も」という表記が比較的多いからと言ってそれが本来の形であるということにはならないが、仮に「仏なども」という表記をとるならば、ここでの方便の思いは、方便が宿世を決めたという意味において直前に記された宿世の思いを補説するものではなく、宿世の思いとは独立した新たな観点からの人生解釈であると見なしうる。

（21）　小野村洋子注（3）書、二七四頁。

（22）「仏など」も含める。「仏神」、「神仏」、「仏菩薩」、「仏経」、「経仏」、「仏の道」は数えない。また「阿弥陀仏」ほかの特定の仏も数えない。なお、重松信弘氏は『源氏物語』を源氏の青年期、中年期、晩年期および宇治十帖の四部に区画し、各種仏教用語の語数の増減を調べ、仏の観念について、「第四部が量質共に他の部より著しくその勢力が強い」ことを指摘された。注（3）書、四四一頁。

（23）　重松信弘注（3）書、五五頁。

（24）『河海抄』巻一の料簡に、「式部は檀那贈僧正ノ許可を蒙て天台一心三観の血脈に入れり」とある。玉上琢彌編『紫明抄河海抄』（角川書店）、一八八頁。この説は早くは『原中最秘抄』に見えており、多くの古注釈に引き継がれていく。

（25）　寺本直彦「檀那贈僧正覚運と紫式部」、『源氏物語受容史論考　続編』（風間書房、一九八四年）、第二章第一節。

（26）　寺本氏は、注（25）書で、『源氏物語』における覚運の投影として、⑴賢木巻において光源氏が天台六十巻を読んでいること、⑵帚木巻の雨夜の品定めの構成に『法華経』の三周説法の形が用いられていること、⑶横川の僧都に「権門に仕える人としての一面があること、の三点をあげておられるが、いずれも覚運の事跡と結び付けての論であって、『源氏物語』に覚運独自の思想の反映を見ようとするものではない。

（27）　佐藤哲英「覚運の浄土教」、『叡山浄土教の研究』（百華苑、一九七九年）、一七二頁。

（28）　大日本仏教全書、第二十四巻、三〇四～三〇七頁。以下の引用も同じ。

（29）　佐藤哲英氏は、『念仏宝号』に久遠弥陀の思想が見られることから、十一世紀後半まで成立年代が下がる可能性があるが、なお真偽は不明であるとされた。注（27）書、一七八頁。

（30）　念仏偈の後半にも、「久遠実成有能所　所成法身能成報　即是真言秘密教　東西二界理智仏　蘇悉地中能化主　持明大仙執金剛　毘盧遮那垂迹身　演説秘教之要鈔　我今依止帰命礼　胎金蘇悉一切尊　自他法界諸衆生　共成本師大日尊　我等理具三仏性　由妄念故沈生死　願聖令得大智恵　自他同證大菩提」とあり、密教の大日如来の属性が久遠実成の阿弥陀仏の中にとりいれられていることが明らかである。

（31）　宇井伯寿『仏教汎論』（岩波書店、一九六二年、上下巻本は一九四七～一九四八年刊）八八五頁に、次のように述べられている。

支那天台でいへば、一般的には、本迹二門は理一であつて、勝劣深浅を区別しない傾向であるに、日本天台では、其間に深浅勝劣の別を考へ、迹門の理は浅く、本文の理は深く、迹門の説く諸法実相の理は空疎な観念的のもので、究竟のものでなく、本文の詮はす無作三身が充実した実際のもの、仏説の究竟であるとなすから、その間に勝劣を附せんとするのである。

また、福田堯穎『天台学概論』（文一出版、一九五四年）七八頁にも、日本天台では本勝迹劣の説が盛んであったことが指摘されている。

（32）大野達之助『新稿日本仏教思想史』（吉川弘文館、一九七三年）、二二八頁。また、日本天台で迹門を理、本門を事となすことについて、宇井注（31）書八七九頁に次のように論述している。

源信僧都が観心を重んじたといふのは、天台宗の観心としての一心三観を実際的実践的になしたことであるが、一心三観は己心中所行の観心で、所謂天真独朗の観心であり、天真独朗は又無作の観法であるから、衆生本具の本覚を指し、無作の三身を指すのである。之を法華経に於ていへば、本文の無作三身が本覚であるから、経としても、迹門の伽耶近成の理よりも、本文の久遠実成の事を取ることにならざるを得ないのである。僧都の説に於ては、迹門を理とし、本門を事となす考は必ずしも明確にはせられて居ないが、覚運僧正の考にはこれが現はれて居るといはれる。

第二章　方便の思いの源泉

世皆不牢固　如水沫泡焔　汝等咸応当　疾生厭離心
（『妙法蓮華経』随喜功徳品）

一　薫の方便の思い

『源氏物語』の登場人物における方便の思いを論じる上で、薫の方便の思いがとりわけ注目に値することが、前章での論述から推察される。光源氏、八宮、薫の中で最も頻繁に仏の方便を意識していたのは薫であった。そして、「方便」という語を用いてその方便の思いが明確に語られていたのも、源氏や八宮ではなく薫の思いにおいてであった。本章では、その薫が「方便」をはっきりと意識している例——蜻蛉巻における次の一節——に着目し、その思想的背景について考察する。

かかることの筋につけて、いみじうもの思ふべき宿世なりけり、さま異に心ざしたりし身の、思ひの外に、かく、例の人にてながらふるを、仏なども憎しと見たまふにや、人の心を起こさせむとて、仏のしたまふ方便は、慈悲

をも隠して、かやうにこそはあなれ　（蜻蛉巻・六―二一六）

ここで「かかることの筋」とは、女性との関わりを指す。この一節は、宇治に隠し据えていた浮舟の死を知らされた薫が、大君、中君そして浮舟と、思いを懸けた女性を次々と失ってきた自らの来し方を顧みて、仏による「方便」を明確に意識しているものであり、『源氏物語』を内容面で支えている方便の思想の特徴を最もよく反映している可能性が高い。

しかし、これまでの研究を見ると、この薫の方便の思いがどのような性格を持ち、どのような系統の方便説をふまえているかについての考察は必ずしも十分に行なわれているとは言えず、再検討を試みる余地がありそうだ。本章では、この蜻蛉巻の「方便」の用例を中心に、宇治十帖の登場人物における方便の思いの性格とその源泉を探ってみたい。

二　『法華経』如来寿量品の方便説

まず、右の蜻蛉巻の方便をめぐる叙述の典拠について従来言われていることを確認しておく。先学の指摘によれば、この部分の典拠は『法華経』の如来寿量品にあるという。

たとえば岩瀬法雲氏は、『法華経』如来寿量品に「方便」の語が頻出することを指摘した上で、右の薫の思い「[A]人の心を起こさせむとて、[B]仏のしたまふ方便は、[C]慈悲をも隠して、かやうにこそはあなれ」と、寿量品の良医の譬えの一節「[b]医の善き方便を以て、[a]狂子を治せんが為の故に、[c]実には在れども、而も死すと言ふ」の傍線部Aとa、Bとb、

Cとcはそれぞれ「同じ」であるとし、「すべては仏の方便と彼に考えさせたものは、法華経、特に寿量品である」と結論づけている(1)。

また、高木宗監氏も、紫式部の信仰の中心経典を『法華経』であると論断した上で、その二大要品たる方便品と寿量品の説く方便を、それぞれ、

原理としての方便　当為としての方便　理論としての方便　（方便品の方便）
施策としての方便　慈悲としての方便　実践としての方便　（寿量品の方便）

と性格づけ、蛍巻の文章は前者を、蜻蛉巻の文章は後者を表現していると述べている(2)。

「方便」の用例数を数えるまでもなく、『法華経』の如来寿量品が仏の方便を力説していることは明白である。この品では如来（仏）が久遠の昔に成道し無量の寿命を持つことが明かされるが、その中で、如来が涅槃を示したのは実は方便であって、如来はこの世に実在していながら衆生の信仰心を高めるためにあえてそのように見せかけたのだという論が展開される。その時に用いられるのが、岩瀬氏が引用している、良医が我が子を救うために客死を装うという良医治子の譬喩である。

如来寿量品の内容が方便の思想と深く関わっていることは紛れもない事実である。また、『源氏物語』が書かれた時代の思想世界において『法華経』が占めていた位置、そしてこの経典が『源氏物語』に及ぼしている多大な影響を考えると、その要品である寿量品の方便説と『源氏物語』の方便をめぐる叙述との間に何らかの関連を見出そうとする試みは、あながち見当はずれとは言えないだろう。前章において指摘したように、少なくとも、仏が人間に方便を

示す態度の直接性において、寿量品で説かれる久遠実成の思想が影響している可能性がある。

しかし、蜻蛉巻の薫の思いの背後にある思想内容を『法華経』寿量品の方便説に特定するのは、早計にすぎるのではないだろうか。『法華経』二十八品に限って見ても、「方便」の語は至るところに認められ、寿量品以外でも方便説が重要な役割をはたしている場面は少なくない。蜻蛉巻の叙述への寿量品の影響を言う先学の主張は、同品に「方便」の用例が多いことや、これが方便品と並んで『法華経』の二大要品とされていることを主たる論拠としているが、そうしたいわば外的な条件に惑わされて、肝心の思想内容の比較検討がおろそかにされている面がありはしないだろうか。岩瀬氏が引いている良医の譬喩の一節も、例の蜻蛉巻の一節と「同じ」と言われるほどに内容が一致しているとは思えないのである。

さらに、『法華経』以外に目を転ずれば、方便についての思想的源泉を提供する経論は数限りなくある。仏による方便は大乗経典の諸処に言及され論じられているのであって(3)、決して『法華経』特有の考え方ではないことに注意する必要がある。

三　無常と方便

蜻蛉巻の「方便」の用例について寿量品以外の典拠を探る前に、ここの叙述を中心に、薫の方便にまつわる思いをとりあげ、それらがどのような文脈において、どのような性格を持つものとして描かれているかを検討したい。

まず、例の蜻蛉巻の叙述を、前後の部分も含めて再び引く。

宮の御方にも渡りたまはず、「ことごとしきほどにもはべらねど、ゆゆしきことを近う聞きはべれば、心の乱れはべるほどもいまいましうてなむ」と聞こえたまひて、尽きせずはかなくいみじき世を嘆きたまふ。ありしさま容貌、いと愛敬づき、をかしかりしけはひなどのいみじく恋しく悲しければ、現の世には、などかくしも思ひ入れずのどかにて過ぐしけむ、ただ今は、さらに思ひしづめん方なきままに、悔しきことの数知らず、かかることの筋につけて、いみじうもの思ふべき宿世なりけり、さま異に心ざしたりし身の、思ひの外に、かく、例の人にてながらふるを、仏なども憎しと見たまふにや、人の心を起こさせむとて、仏のしたまふ方便は、慈悲をも隠して、かやうにこそはあなれ、と思ひつづけたまひつつ、行ひをのみしたまふ。（蜻蛉巻・六―二一五～二一六）

ここで薫は、宇治に隠し据えていた浮舟が入水したという知らせを受けて、「はかなくいみじき世」を嘆いているが、その悲嘆の背景には、浮舟の姉大君の死があり、同じく中君への失恋があると見ることができる。そんなふうに異性との関係がつねに不如意の結果に終わり、もの思いの絶えぬ境遇であり続けてきたことを、薫は自らの「宿世」ととらえ、さらには仏の「方便」として解釈する。ここで「宿世」と「方便」がどう関係しているかについては、既に前章において詳述したところである。

さて、問題はここで仏の「方便」の目的は何であり、その具体的な様相はどのようなものか、ということであるが、まず目的については、「人の心を起こさせむ」とすること、すなわち衆生の菩提心を起こさせることとされており、これは大乗仏教の根本精神に即した、ごく常識的な捉え方であろう。次に「方便」の具体相であるが、薫によって「慈悲をも隠して、かやうに」と嘆かれているのは、右に述べたごとく、愛する者を次々と奪い去られる「はかなくいみじき世」のありさまなのであって、これも世の無常を思うことが発菩提心につながるという仏教の大原則の範疇に属することである。よって、端的に言えば、ここで言われている「方便」は、仏が薫の発心を促すために世の無常を現じてみせたもの、ということになり、きわめてオーソドックスな仏の方便のあり方の一典型を示していると言うことができる。

そして、薫がその種の方便を意識していると見られる叙述は他にもいくつかある。たとえば、強く心を引かれながらもついに結ばれることのなかった大君の死に際して、薫は、仏を念じつつ、次のように思っている。

世の中をことさらに厭ひ離れねとすすめたまふ仏などの、いとかくいみじきものは思はせたまふにやあらむ、見るままにものの枯れゆくやうにて、消えはてたまひぬるはいみじきわざかな。(4)　（総角巻・五―三二八）

ここでも、出離を勧める手段として世の無常を思わせる仏の方便のはからいが強く意識されている。

また、引き続き、臨終の儀式の折に大君の「ありしながらの匂ひ」にふれても、薫は、

何ごとにてこの人をすこしもなのめなりしと思ひさまさむ、まことに世の中を思ひ棄てはつるしるべならば、恐ろしげにうきことの、悲しさもさめぬべきふしをだに見つけさせたまへ　（総角巻・五―三二九）

と、仏を念じたとある。ただし、この薫の思いは、厳密に言うなら、無常というよりは人界不浄のさまを見せてくれるように仏を念じているのであって、これは死体が変質し腐敗してゆくさまをつぶさに見ることが死者への愛執を絶ち道心を起こすよすがになるという不浄観の発想によるものである。(5)しかし、薫のその願いはかなわず、「いとど思

ひのどめむ方なくのみあれば、言ふかひなくて」葬送の儀式にとりかかったとある。不浄の思いに関しては、仏の方便は願われてはいるが機能していない。

大君の死から二年半ほど後、浮舟入水の報を受けた薫が抱いた方便の思いは既に見たとおりであるが、その後、なお浮舟の死の「おぼつかなき」まま、思いあまって宇治を訪れた際にも、薫は、

(姉妹の父八宮が) いと尊くおはせしあたりに、仏をしるべにて、後の世をのみ契りしに、心きたなき末の違ひめに、思ひ知らするなめり　(蜻蛉巻・六—二三〇)

と、仏のはからいを強く意識している。この直後に浮舟の侍女右近に対し「なほ、尽きせずあさましうはかなければ」と来意を告げていることから、浮舟の死をやはり無常の感を引き起こすものとして捉えていることがわかる。なお、薫が浮舟の死をめぐって無常の思いを表明している例はこれ以外にも少なくなく、様々な言い方で世の無常が嘆かれている。

心やすくらうたしと思ひたまへつる人の、いとはかなくて亡くなりはべりにける。なべて世のありさまを思ひたまへつづけはべるに、悲しくなん。　(蜻蛉巻・六—二三〇)

世の常なさも、いとど思ひのどめむ方なくのみはべるを、思ひの外にもながらへば、過ぎにしなごりとは、かならずさるべきことにも尋ねたまへ。　(同・六—二三八)

つねなしとここら世を見るうき身だに人の知るまで嘆きやはする　(同・六—二四六)

大将もさやうには言はで、世の中のはかなくいみじきこと、かく宇治の宮の族の命短かりけることをこそ、いみじう悲しと思ひてのたまひしか　（明石中宮の発言、同・六―二五八）

ありと見て手にはとられず見ればまた行く方もしらず消えしかげろふ　（同・六―二七五）

さらに、浮舟の一周忌を経て、明石中宮の前で宇治の地についての複雑な思いを語る薫の言葉にも、同様の方便の思いが窺える。

所のさがにやと心憂く思ひたまへなりにし後は、道も遥けき心地しはべりて、久しうものしはべらぬを、先つころ、もののたよりにまかりて、はかなき世のありさまとり重ねて思ひたまへしに、ことさら道心をおこすべく造りおきたりける聖《ひじり》の住み処《か》となんおぼえはべりし　（手習巻・六―三六三）

現行の注釈書では、ここの「造りおきたりける」の主語は、ほぼ「聖」すなわち八宮とされていて[6]、だとすればこれは仏の方便とは言えないことになる。しかし、その根拠が「造りおきたりける」が尊敬表現になっていないことにあるとすれば、そうした解釈は説得力を欠く。宇治訪問の際の薫の思いに見えていた「思ひ知らする」も同様に、仏の行為とは認められないことになってしまうからである。これまで見てきた薫の仏の方便に対する意識の強さや、ここに見える「道心をおこすべく」、「はかなき世のありさま」を思わせるというはたらきかけの仕方が薫が再三意識している仏の方便のあり方と一致することからして、ここでも仏が「聖の住み処」を方便として設けたと考えられていると見たほうがよいのではないか[7]。

そして、前章でも述べたように、ここで話題になっている八宮も、生前、自らのままならぬ人生を顧みて、薫とまさに同じ形で仏の方便を意識していたのである。

世の中をかりそめのことと思ひとり、厭はしき心のつきそむることも、わが身に愁へある時、なべての世も恨めしう思ひ知るはじめありてなん道心も起こるわざなめるを、年若く、世の中思ふにかなひ、何ごとも飽かぬことはあらじとおぼゆる身のほどに、さ、はた、後の世をさへたどり知りたまふらんがありがたさ。ここには、さべきにや、ただ、厭ひ離れよと、ことさらに仏などの勧めおもむけたまふやうなるありさまにて、おのづからこそ、静かなる思ひかなひゆけど

（橋姫巻・五―一三三）

宮との交流を願う薫の意向を阿闍梨から伝えられた際の、八宮の発言である。初めに、無常の認識から厭世観へ、そして道心へと至る発心の一般的な階梯をたどってみせ、若く恵まれた境遇にあるはずの薫の求道心をめったにないものとして称賛する。そして、我が身の境涯を振り返っては、そこに厭世出家を勧める仏の意思を看取し、「ただ、厭ひ離れよと、ことさらに仏などの勧めおもむけたまふやうなるありさま」と総括するのである。

八宮のこの言葉は、阿闍梨に対して発せられたもので、直接薫に向けられたものではないが、阿闍梨を通してこの言葉が逐一薫に伝えられた可能性は高い。そして、その後薫は八宮のもとに通い始め、八宮の死に至るまで、三年余にわたり、二人の仏道を介した親交は続いている。このことからすると、薫における方便の思いは、たとえば大君の死を機としてにわかに生じたものではなかろう。『源氏物語』作者においては、薫の方便の思いを、「法の師」八宮の(8)それの影響下に育まれたものとする心組みがあったと考えられる。

四　『法華経』随喜功徳品の方便説

以上見てきたように、薫においては、折にふれて仏の方便が意識にのぼせられているが、それらはおおむね、仏が衆生の発心を促すために無常を思わせるという形をとっている点で共通していた。薫が方便というものをそのような形で意識しているとすると、例の蜻蛉巻の「方便」の用例の典拠を『法華経』の如来寿量品に求めることにはやはり無理があると思われる。

第二節で略説したように、寿量品における方便説は、如来の久遠実成を説くために、それまで説かれてきた仏の入滅を衆生済度のための方便であるとするものであり、方便を用いる目的はともかくとして、方便の具体的なあらわれ方は蜻蛉巻におけるそれと異なっている。すなわち、薫の認識では、衆生に世の無常を思わせることが仏の方便であるが、寿量品の論理では、衆生に仏の不在を印象づけることが仏の方便なのである。仮に仏の死というものを世の無常の一つのあらわれと見なすならば、両者は一致していると見ることもできようが、寿量品ではそのような方向で仏の入滅が解釈されることはない。如来（仏）の方便を説く寿量品の一段を示す。

是故如来以方便説。比丘当知。諸仏出世難可値遇。所以者何。諸薄徳人。過無量百千万億劫。或有見仏或不見者。以此事故我作是言。諸比丘。如来難可得見。斯衆生等聞如是語。必当生於難遭之想。心懐恋慕渇仰於仏。便種善根。是故如来。雖不実滅而言滅度。(9)

（是の故に如来、方便を以て説く、「比丘、当に知るべし。諸仏の出世に値遇すべきこと難し」と。所以はいかん。諸の薄徳の人は、無量百千万億刧を過ぎて、或は仏を見るあり、或は見ざる者あり。此の事を以ての故に、我是の言を作す、「諸の比丘、如来は見るを得べきこと難し」と。斯の衆生等、是くの如き語を聞かば、必ず当に難遭の想ひを生じ、心に恋慕を懐き、仏を渇仰して、便ち善根を種うべし。是の故に如来、実には滅せずと雖も而も滅度すと言ふ）

このように、寿量品の方便説によれば、如来（仏）は衆生が仏に遇い難いことを知って「渇仰」し道心にめざめるように、実際には不滅であるにも関わらず方便として「滅度」を示したのだという。このような方便のあり方は、衆生が厭世の思いから道心を起こすよう無常の世を実感させるという蜻蛉巻の方便のあり方とは大きな隔たりがある。『源氏物語』で薫が思う方便と、『法華経』寿量品に説かれる方便は、仏が衆生済度のために行なうものである点では同じであるが、そのはたらき方は決定的に違うのである。両者を安易に結びつけようとするこれまでの通説は、やはり書き改められる必要がある。

それでは、薫における方便の思いの源泉は、どこにあるのだろうか。

まず、これを同じく『法華経』に求めるならば、次に示す随喜功徳品の偈頌の一節にあるというのが筆者の見解である。

念其死不久　我今応当教　令得於道果　即為方便説　涅槃真実法　世皆不牢固　如水沫泡焔　汝等咸応当
疾生厭離心　諸人聞是法　皆得阿羅漢　具足六神通　三明八解脱[10]

（「其の死せんこと久しからじ　我今応当に教へて道果を得しむべし」と念じて　即ち為に方便して　涅槃真実の法を説かん「世は皆牢固ならざること　水沫・泡・焔の如し　汝等咸く応当に　疾く厭離の心を生すべし」と　諸の人是の法を聞

きて　皆阿羅漢を得　六神通・三明・八解脱を具足せん）

随喜功徳品のこの部分で「方便」として説かれるのは、「水沫」、「泡」、「焔」に喩えられる世の無常にほかならない。のみならず、ここでは厭世による出離が勧められてさえいる。ここに見える「方便」の内容は、まさに『源氏物語』において薫がしばしば意識していた方便のそれと共通している。

とりわけ、「厭離」という語に注目したい。『源氏物語』ではこの語が「厭ひ離る」という和語として用いられており、四つの用例がある。うち二例は先に引いた総角巻の薫の思いと、橋姫巻の八宮の発言に見えていたもので、いずれも方便の思いと関わっている。他の二例のうち一例は同じく八宮に関するもので、阿闍梨の夢に現れた死後の八宮の言葉として、「世の中を深う厭ひ離れしかば、心とまることなかりしを、いささかうち思ひしことに乱れてなん、ただしばし願ひの所を隔たれるを思ふなんいと悔しき、すすむるわざせよ」（総角巻・五―三二〇）とある。阿闍梨はこれに応えて、八宮への追善のため、『法華経』常不軽菩薩品に見える「常不軽」の礼拝を行なわせている。残りの一例は、薫の母である女三宮の持仏開眼供養の段に見えるものである。講師の僧が表白文を読みあげ、「この世にすぐれたまへる盛りを厭ひ離れたまひて、長き世々に絶ゆまじき御契りを法華経に結びたまふ尊く深きさまを」（鈴虫巻・四―三七七）あらわしたとある。

このように、『源氏物語』の「厭ひ離る」の四つの用例のうち二例が方便の思いとの関連で用いられており、また、少なくとも二例が『法華経』との何がしかの関連を示していることは興味深い。『源氏物語』における「厭ひ離る」の用例については、「厭離穢土」の章を巻頭に置く『往生要集』の影響が指摘されているが、「方便」と「厭離心」が同時に説かれる『法華経』随喜功徳品の一段が一つの典拠となっている可能性についても、検討されてよいのではないか。

ただし、随喜功徳品をめぐるこれまでの推論にまったく問題がないわけではない。先に掲げた偈頌の一節は、実は随喜功徳品全体の文脈の中では、相対的に低く評価されていることがらを描いた部分だからである。随喜功徳品は『法華経』を聞いた者が随喜してそれを人に伝える功徳の大なることを説く品であるが、そのように随喜して人に伝え、その人がまた次の人に、と展転演説していったその第五十人目の人の福徳がどれだけ無量であるかを説くために、ある「大施主」が無量の衆生にその欲するままに八十年間楽具を施し、その衰老に及んで「方便」してこれを仏道に導くことを想定する。その上で両者を比べて、五十人目の人の福徳は「大施主」のそれよりもはるかに勝ると、随喜功徳品では結論しているのである。つまり、先の引用文の「我」は仏ではなく「大施主」なのであり、また、その「方便」によって衆生を救う行為も、聞法随喜の功徳を高く評価せんがために相対化され矮小化されてしまっているのである。

しかしながら、見方を変えれば、「方便」によって衆生済度をなすことの価値が無上であると広く認められているからこそ、それを比較の対象として聞法随喜の無量の功徳を強調しえているのだと解釈することもできる。だれしもが絶大な功徳があると認めることでなければ、それに比して功徳が大きいと言っても説得力を欠くからである。筆者としては、ここはそのように解釈しておきたい。

さらに言えば、『源氏物語』の書かれた時代において、先の随喜功徳品の一段の「世皆不牢固」から「疾生厭離心」までの部分が、前後の文脈からは独立した形で流行していたらしい形跡がある。たとえば、『源氏物語』に先立つこと約四半世紀、永観二年（九八四）に成立した『三宝絵』の総序は、次のように書き出されている。

古ノ人ノ云ル事有、

身観バ岸額ニ根離ル草、命論バ江辺不繋船。

ト。又、

世中ヲ何譬ム朝マダキコギ行船ノ跡ノ白浪。

ト云リ。唐ニモ此朝ニモ物ノ心ヲ知人ハカクゾ云ル。況解深慈ビ広ク伊坐ス仏御教ニ、世《ヨ》ハ皆堅《ミナかた》ク不レ全《またからざ》ル事、水《みづ》ノ沫《アハ》、庭水《ニハタヅミ》、外景《カゲロフ》ノ如シ。汝《なむぢ》等《ら》悉《ことごと》ク正《まさ》ニ疾厭《トクいと》ヒ離《はな》ル丶心ヲ可成《なすべし》。

ト宣ヘリ。[11]

ここでの主題は、ほかならぬ世の無常である。まずは導入として無常をうたう漢詩と和歌を一つずつ挙げている。次いでいくつかの経文を直接・間接に引用して、正面から無常を説いていくのだが、その最初に掲げられているのが、例の『法華経』随喜功徳品の一節（傍線部）なのである。

『三宝絵』が諸経典中『法華経』を最も多く引用していることを考慮に入れても、[12] ここで当代の碩学である著者源為憲が無常を説く夥しい経文の中からこの一節を取りあげていることは、注目に値する。それは、この一節の、世の無常を説き発心を勧めるための文言としての完成度、また和漢の名文に比肩して鑑賞に堪える文章の洗練度、そして何よりも――同書が女子教養書、仏教入門書としての性格を持つことを思えば――当時の巷間における浸透度の高さを如実に示していると言えるのではなかろうか。後に冒頭の漢詩と和歌がともに『和漢朗詠集』の「無常」の項に掲げられ、詩六編、歌三首のそれぞれ最初に置かれていることを見ても、それらと並べられたこの随喜功徳品の一節が相当に人口に膾炙した経文であったことが推察される。

また、大斎院選子内親王の『発心和歌集』においても、『法華経』各品の要文についての題詠の中で、随喜功徳品ではこの一節をとりあげ、「かけろふのあるかなきかのよの中にわれあるものとたれたのみけん」[13]と詠んでいる。『発心和歌集』の成立は寛弘九年（一〇一二）であり、『源氏物語』蜻蛉巻との前後関係は不明であるが、式部と同時代を生きた一大文学サロンの主宰者がこの一節を特に引用していることが注目される。[14]

これらの例からすると、当時、この経文は、随喜功徳品の文脈における本来の位置づけから既に解き放たれて、「無常」を説く名文句として独り歩きしていたと考えられる。薫の方便の思いの背後に、この『法華経』随喜功徳品の一節があったと考える所以である。

五　『大日経』住心品の方便説

これまで、『源氏物語』蜻蛉巻に見える「方便」の用例を中心に、薫における方便の思いの性格を明らかにし、その典拠を『法華経』の中に探ってきた。しかし、既に述べたように、仏の方便ということは、『法華経』のみならず大乗経典の至るところに説かれている。膨大な経論を博捜してさらに典拠を求め尽くすことは筆者の手に余るが、以下、管見に入った範囲で、例の蜻蛉巻の叙述が『法華経』以外の経典を典拠としている可能性について論じてみたい。

ここであらためて注目したいのは、蜻蛉巻に示されていた薫の思いの最後の部分である。

人の心を起こさせむとて、仏のしたまふ方便は、慈悲をも隠して、かやうにこそはあなれ

（蜻蛉巻・六—二一六）

先に筆者は、この部分の典拠としては『法華経』寿量品の方便説よりも随喜功徳品のそれがふさわしいと述べたが、実はこの薫の思いには、随喜功徳品の方便説にはない要素が含まれている。それは、「慈悲をも隠して」という一句である。この一点に関しては、如来寿量品の内容の方が典拠とするにふさわしいことを認めざるをえない。寿量品には、僅か二例ではあるが、仏の慈悲を示唆するような表現が見られるからである。すなわち、良医治子の譬喩の中で、良医は毒薬を飲んで本心を失った我が子らを見て、「此子可愍。為毒所中心皆顛倒。雖見我喜求索救療。如是好薬而不肯服。我今当設方便令服此薬」[15]との念をなしたという。また、良医が「方便」によって他国から自分の死を告げる死者を遣わしたところ、子らは「若父在者。慈愍我等能見救護。今者捨我遠喪他国」[16]と憂悩したとある。寿量品では、仏自身の慈悲については何の言及もないが、良医は仏の譬えであるから、これらの箇所で、間接的には仏の慈悲が言われていることになるだろう。しかし、これが、はたして先の薫の思いの典拠になりうるのだろうか。

中村元氏によれば、「仏心とは、大慈悲、これなり」(『観無量寿経』)、「如来は大慈悲あり」(『法華経』嘱累品)と言われるように、大乗仏教では仏の本質は慈悲そのものと考えられているという[17]。また、「慈悲は仏道の根本なり」(『大智度論』)というように、慈悲は仏教の実践面における中心の徳であるという[18]。そのような大前提があるのであってみれば、仏の方便について述べる際に仏の慈悲が言われるのは当然のことで、その典拠を示すこと自体が意味の薄いことであるのかもしれない。

しかし、『源氏物語』の中で、「慈悲」という語が用いられているのは、唯一この蜻蛉巻の叙述においてのみである。「方便」の語とともに、この語があえてここに置かれた理由があってしかるべきではないだろうか。

その問いに対する一つの解答を示すものとして、筆者は、岩瀬法雲氏の示唆にしたがい[19]、『大日経』入真言門住心品第一に説かれている、いわゆる「三句の法門」を挙げたい。

菩提心為因。悲為根本。方便為究竟。[20]

（菩提心を因と為し、悲を根本と為し、方便を究竟と為す）

この「三句の法門」は、古来、住心品の中核であるのみならず、『大日経』の中心課題と考えられるほど重要視されてきたものであるという。[21] 試みに例の蜻蛉巻の薫の思いをこれと比べれば、「菩提心を因と為し」は「人の心を起こさせむとて」に、「悲を根本と為し」は「慈悲をも隠して」に、[22]「方便を究竟と為す」は「仏のしたまふ方便は……かやうにこそはあなれ」に、それぞれ対応している。蜻蛉巻の「方便」をめぐる叙述の、少なくとも表現と構造の決定に、この『大日経』の要文「三句の法門」が関与している可能性がある。

従来、『源氏物語』と仏教との関連については、天台浄土教の影響がさかんに言われている。その指摘は決して間違っていないが、当時の仏教界の思想状況を考えた時に、密教、とりわけ天台密教の思想との関連をめぐる考察がほとんどないのは均衡を欠いている感がある。作者紫式部の周辺にも、式部の異母兄弟にあたる定暹をはじめ、天台系の密教寺院に所属する僧侶は多く、そうした人々を通じて作者が密教関係の知識を得ていた可能性は高い。[23] 少なくとも、密教の根本経典の一つである『大日経』の内容について、作者がまったく不案内であったとは考えにくいのである。

作者が『大日経』の根本義になじみがあったことの一つの傍証になると思われるのは、宇治十帖におけるもう一つの「方便」の用例――宿木巻における宇治の阿闍梨の発言に見える用例の典拠である。大君の思い出の残る八宮邸の寝殿を解体し、阿闍梨の寺の堂を建てるという薫の計画を聞いて、阿闍梨は次のように感想を述べる。

とざまかうざまに、いともかしこく尊き御心なり。昔、別れを悲しびて、骨をつつみてあまたの年頸にかけてはべりける人も、仏の御方便にてなん、かの骨の嚢を棄てて、つひに聖の道にも入りはべりにける。この寝殿を御覧ずるにつけて、御心動きおはしますらん、ひとつにはたいだいしきことなり。また、後の世のすすめともなるべきことにはべりけり。（宿木巻・五―四五六）

ここで阿闍梨が引用している骨を頸にかけていた人物の話については、『源氏釈』以来現代に至るまで観音・勢至の因位の時代の話であるという解説が行なわれてきたが、これに対して高木宗監氏が異を唱え、『大日経疏』に記された、妻を失った男をめぐる話にその典拠を求められた。(24) 従来挙げられてきた観音・勢至の話と違って、『大日経疏』の話には男に骨の嚢を棄てさせ仏道へと導く「方便」の内容が具体的に示されており、高木説のほうに妥当性があることは明らかである。

さて、この『大日経疏』とは、唐の一行禅師が著した『大日経』の注釈書である。日本においては、『大日経』はこの『大日経疏』もしくはその再治本の『大日経義釈』を通じて読まれるのが常であった。宇治の阿闍梨は天台僧なので、真言宗が依拠していた『大日経疏』よりは、天台宗依用の『大日経義釈』を典拠と見るべきであると思われるが、いずれにせよ、作者が右の説話のような『大日経』注釈書の細部に通じていたということは、『大日経』についての知識も相当にあったということを裏づけるものである。また、『大日経』では、「三句の法門」が示される住心品第一の部分は「口の疏」と称せられ、一般の読者には、入曼荼羅真言具縁品第二以下の「奥の疏」に比べてはるかに方便学処品の注釈部分の記事を知っている作者が、『大日経』住心品の内容を知らないわけはないということも指摘することができる。(25)

以上より、本章の初めに掲げた蜻蛉巻における薫の方便の思いには、『法華経』随喜功徳品の方便説とともに、『大日経』住心品の「三句の法門」の方便説が深く関わっていると考えられる。従来さしたる根拠なしに主張されてきた如来寿量品典拠説は、すべてが誤りとまでは言えないまでも、大きく書き換えられる必要がある。

そして、この薫の方便の思いの性格――無常の思いをベースとしていること、また、密教の思想と関わっていること――は、八宮や宇治の阿闍梨の方便の思いにも、部分的にではあるが、窺えるものである。宇治十帖において、仏道への強い志向を持つ三人の主要人物にこのような共通した方便の思いが見られること、しかもそのうち二人においてそれが自らの人生を顧みての深い感慨としてあらわれていることは、単なる偶然ではなかろう。八宮にとって宇治の阿闍梨が、また薫にとって八宮が、それぞれ仏の道の導師であったことからしても、彼ら三人が方便の思いを共有していることの意味は大きい。宇治の「聖の住み処」は、言ってみれば、方便の思いの培われる学びの場として機能すべく構想されていたと考えられるのである。

次章では、宇治十帖において方便の思いを共有していた残りの二人の人物――宇治の阿闍梨と八宮に視線を移す。八宮没後の供養のために阿闍梨が行なわせた常不軽行に着目し、この行法がなぜ選ばれたかを追究することを通じて、阿闍梨が重視していた、そして八宮の生き方を支えていた方便に関する教説を明らかにする。

注

（1）岩瀬法雲『源氏物語と仏教思想』（笠間書院、一九七二年）、一四一～一四八頁。
（2）高木宗監『源氏物語における仏教故事の研究』（桜楓社、一九八〇年）、四一二頁。
（3）なお、原始仏教では、方便は衆生から仏の過程において言われるという。雲井昭善「方便と真実」、横超慧日編著『法華思想』（平楽寺書店、一九七五年）、三二五頁。
（4）引用文は地の文のごとくであるが、「薫の思いをそのまま地の文とする」という新潮日本古典集成『源氏物語　七』一〇九頁の頭注の解釈に従う。中島広足が言うところの「うつり詞」の例である。
（5）『摩訶止観』巻第七上に不浄観の勧めとして説かれている。池田魯参『詳解摩訶止観　天巻　定本訓読篇』（大蔵出版、一九九六年）、五〇三頁。
（6）日本古典文学大系『源氏物語　五』（岩波書店）、玉上琢彌『源氏物語評釈　第十二巻』（角川書店）、日本古典文学全集『源氏物語　六』（小学館）、新編日本古典文学全集『源氏物語　⑥』（小学館）では、「造りおきたりける」の主語を八宮とする。新潮日本古典集成『源氏物語　八』（新潮社）、新日本古典文学大系『源氏物語　五』（岩波書店）では主語を明示していない。
（7）池田亀鑑『源氏物語大成』（中央公論社）の校異によれば、所載の一九本のうち一本（桃園文庫蔵阿莫本）のみであるが、「つくりおき」の前に「仏なとの」とある。
（8）「法の師」は薫の歌「法の師とたづぬる道をしるべにて思はぬ山にふみまどふかな」（夢浮橋巻・六―三九二）による。この「法の師」については、諸注横川の僧都を指すとするが、従えない。第五章注（4）を参照されたい。
（9）大正新脩大蔵経、第九巻、四二頁下段～四三頁上段。返り点は省き、新字体で記載する。なお、本書における漢文資料の書き下しは、特に注記しないかぎり筆者による。
（10）大正新脩大蔵経、第九巻、四七頁中段。
（11）新日本古典文学大系『三宝絵　注好選』（岩波書店）、三頁。傍線部のみ傍訓も引用する。片仮名の傍訓は底本にあるもの、平仮名の傍訓は校注者によるものである。

(12)『三宝絵』における五六種の引用経典中『法華経』の引用回数が最も多く、二三回にのぼるという。高木宗監注（2）書、一六八〜一七〇頁。

(13) 私家集大成（明治書院）、第二巻、九七頁。

(14) さらに言えば、本文中で引いた蜻蛉巻巻末の薫の歌「ありと見て手にはとられず見ればまた行く方もしらず消えしかげろふ」は、その後に「あるかなきかの」という句を伴っており、選子内親王の歌と同様に「あはれとも憂しともいはじかげろふのあるかなきかに消ぬる世なれば」（『後撰和歌集』雑四、読人しらず）をふまえて詠まれていることが知られる。薫の歌に詠まれている「かげろふ」は昆虫の蜻蛉であるが、陽炎の意が重ねられていると見られ、ひいては「かげろふ」という巻の名称そのものが随喜功徳品に言う「焔」の意を含んでいる可能性がある。

(15) 大正新脩大蔵経、第九巻、四三頁上段。

(16) 大正新脩大蔵経、第九巻、四三頁上段〜中段。

(17) 中村元『慈悲』（平楽寺書店、一九五六年）、七二頁。

(18) 中村元注（17）書、一頁。

(19) 岩瀬法雲注（1）書において、「蜻蛉巻の薫の告白は（中略）この経文をふまえているかの感がある」として、蜻蛉巻の「方便」の用例と「三句の法門」との関連を示唆している（四〇頁）。ただし、その部分ではその典拠を『法華経』方便品（および「三句の法門」）としながら、同書後半では如来寿量品に特定するなど、論述内容に矛盾がある。

(20) 大正新脩大蔵経、第十八巻、一頁下段。

(21) 宮坂宥勝・他編『密教の理論と実践』（春秋社、一九七八年）、一七一頁。

(22)『大日経義釈』は『大日経』三句の「悲」について「梵音謂悲為迦盧拏。迦是芸義。盧拏是剪除義。慈如広植嘉苗。悲如芸除草穢。故此中云悲。即兼明大慈也」（卍続蔵経第三十六冊五二七頁、私に句点を付す、二句目の「芸」は「苦」の誤りか）とし、「慈」と「悲」の両義を兼ね備えたものと解釈している。また、中村元注（17）書によれば、「慈」と「悲」という二つの観念は実際にはほとんど区別されず、**maitrī** あるいは **karuṇā** という単独の語が「慈悲」と訳されることもしばしば起こるのであって、「古来日本人の一般的通念としては、「慈悲」の両字で一つのまとまった観念を表示している」

（一二頁）という。よって、蜻蛉巻の「慈悲」と『大日経』三句の「悲」の表す内容に大きな隔たりはないと考えられる。また、「慈悲をも隠して」の「隠して」は三句の「根本と為し」とは重ならないが、「隠す」という行為は「慈悲」の存在を前提としてこそ可能なことであって、蜻蛉巻の叙述が『大日経』三句をふまえていると見る妨げにはならない。中村元注（17）書も、日本で仏が慈悲によって凡夫を救うものと考えられている例として、この蜻蛉巻の叙述を引いている（三頁）。

（23）大久保健治「密教占星法と源氏物語上」、『文芸』一九―一一（一九八一年）、二三八頁。

（24）高木宗監注（2）書、三四五～三五八頁。本書第九章に『大日経疏』の再治本『大日経義釈』の該当部分を掲載する。

（25）『大日経疏』および『大日経義釈』の全体にわたり「三句」が反復引用されていることも注目される。

第三章　在家の菩薩

我深敬汝等。不敢軽慢。所以者何。汝等皆行菩薩道。当得作仏。

（『妙法蓮華経』常不軽菩薩品）

一　阿闍梨による八宮の追善供養

『源氏物語』総角巻に、宇治の阿闍梨が故八宮の追善のために、『法華経』常不軽菩薩品に見える常不軽行を弟子僧に行なわせる場面がある。阿闍梨は「俗の御かたち」で夢に現れた八宮の成仏を助けるために、「思ひたまへ得たることはべりて」このことを行なっている。常不軽行は、阿闍梨が心に期することがあって採用した特別の追善行であると見ることができる。

ここで常不軽行（以下、不軽行）が行なわれた理由については、『法華経』の記述やその天台的解釈など思想的な見地から、あるいは作品の構想上の観点から、既にいくつかの見解が提出されている。しかし、数ある仏教の行法の中で、なぜこの行が八宮のために選ばれたのか——なぜ不軽行でなければならなかったかという問いに対しては、いまだに説得力のある解答は示されていない。

本章では、不軽行の持つ特性と八宮の人物像から、八宮追善供養の行法として不軽行が用いられた理由を考察する。さらに、この不軽行をめぐる考察を通して、『源氏物語』の終結部分である宇治十帖がどのような仏教的な考え方によって特徴づけられているかについて考えてみたい。

二　不軽行はなぜ行なわれたか

不軽行はなぜ行なわれたのか。これが何のために行なわれたかという意味では、八宮への追善のためと言うほかなく、これは物語の文脈から言って異論のないところであろう。宇治の阿闍梨は、病床に伏す大君に対し、不軽行を思い立った経緯を次のように語っている。

いかなる所におはしますらむ。さりとも涼しき方にぞと思ひやりたてまつるを、先つころ夢になむ見えおはしまししし。俗の御かたちにて、世の中を深う厭ひ離れしかば、心とまることなかりしを、いささかうち思ひしことに乱れてなん、ただしばし願ひの所を隔たれるを思ふなんいと悔しき、すすむるわざせよと、いとさだかに仰せられしを、たちまちに仕うまつるべきことのおぼえはべらねば、たへたるに従ひて行ひしはべる法師ばら五六人して、なにがしの念仏なん仕うまつらせはべる。さては思ひたまへ得たることはべりて、常不軽をなむつかせはべる

（総角巻・五―三二〇）

この叙述から、阿闍梨が夢にあらわれた故八宮の「すすむるわざせよ」という直截的な追善の要求に応じて不軽行

を行なっていることが明らかである。注意しておきたいのは、八宮の要望に接した阿闍梨が、すぐには行なうべき行法を思いつかず、とりあえず念仏供養を行なわせ、その後に「思ひたまへ得たることはべりて」不軽行を行なわせた、と言っていることである。故人への念仏による追善はごくあたりまえの行為であるのに対し、不軽行は、阿闍梨が思案の末に思い当たっていることから知られるように、追善の営みとしては異例の行である。後段の薫の発言にも、不軽行は「重々しき道には行なはぬこと」（総角巻・五―三二二）とあって、少なくとも正式な追善法要には用いられない行法であったらしい。なぜ通常は行なわない不軽行をあえて採用したのかという疑問がここに生ずる。

不軽行は、『法華経』常不軽菩薩品の記述に由来する行である。この常不軽品には、遥か昔、常不軽と呼ばれる菩薩がいて、遭う人ごとに礼拝しては「我深敬汝等。不敢軽慢。所以者何。汝等皆行菩薩道。当得作仏」と唱えたと記されている。[1]不軽行は、この菩薩の行に倣い、右の二十四字の経文を誦唱しながら門々を礼拝して歩く行法である。

かつて玉上琢彌氏は、常不軽品に増上慢の比丘等に関する記述があることをふまえて、阿闍梨が不軽行を行なわせるのは、八宮に増上慢があり、その罪障を滅するためではないかという見方を提示した。[2]しかし、先に見たように、八宮が成仏できないのは「いささかうち思ひしことに乱れ」たためと明記されている。少なくとも八宮本人は自分に増上慢があったとは考えていないのである。また、実際に、その生前の事績にも、増上慢に類することは見出せない。玉上氏は八宮に増上慢があったとする根拠を論じて次のように述べている。

八の宮の修行は、俗の姿のままで、経典を読誦し理解し、そして「心ばかりは蓮の上にのぼり、にごりなき池にも住みぬべきを」（橋姫の巻一七四行）と阿闍梨に言い、おいに当たるとは言え若い薫に仏法を教えさえした（橋姫の巻二七五行以下）。これは増上慢のふるまいではなかったろうか。

しかし、経典を読誦・理解することはもとより、仏法を他の信者に教えることも在俗の信者として当然の行ないである。(3) また、右の引用文中の八宮の発言は、阿闍梨による出家の勧めに対する返答であるが、その前半部はほとんどの本で「心ばかりは蓮の上にのぼり」ではなく「心ばかりは蓮の上に思ひのぼり」という言い方になっている。(4) これは、その成道への確信を伝えているというよりはむしろ、極楽往生を強く希求しながら出家もままならぬ我が身のありさまを自嘲をこめて披瀝していると捉えるべきである。八宮に増上慢があったとする玉上氏の見解は、たんなる推論の域を出るものではない。(5)

また、神野志隆光氏は、『閑居友』上巻第九話「あづまのかたに不軽おがみける老僧の事」の一節を引いて、先の二十四字の経文に「一切衆生悉有仏性」の意がこめられているとし、その点に不軽行が用いられた根拠を見出している。(6) たしかに、天台教学では、表だって仏性論を説かない『法華経』に『涅槃経』に見られるような仏性の思想を求めようとして、常不軽品の所説に「悉有仏性」の意が読み取れるとの注解を加えており、(7) その点でこの二十四字の経文には一切衆生の成仏を助ける力があると見なされていた可能性がある。しかし、そのことは、不軽行が民間の追善供養として行なわれるに至った経緯を窺わせるものではあっても、宇治の阿闍梨が八宮の追善のためにあえてこれを採用した積極的理由を解き明かすものではない。

さらに、不軽行の採用に報恩の意図を読み取る見方がある。(8) 父母報恩のために不軽行を行なった証如の話（『後拾遺往生伝』上巻第一七話）、不軽行を修して地獄に堕ちた母を救った蓮円の話（『今昔物語集』巻一九第二八話）、盂蘭盆会の行なわれる七月十四日に不軽行を行なう風習があるという記述（『閑居友』上巻第九話）など、不軽行と父母報恩の結びつきを示す資料がいくつかある。宇治の阿闍梨が不軽行を行なわせたのは、大君や中君の意を汲んで報恩を行なうためであったという解釈が可能である。

しかし、この解釈にも疑問は残る。右の説話類が記されたのは後代のことであり、『源氏物語』が書かれた当時の不軽行がどれだけ父母報恩と関連づけられていたかは不明である。また、不軽行を行なわせたのは阿闍梨であって姫君たちではなかった。阿闍梨は姫君たちに不軽行を行なわせるよう勧めることもせず、その実施について事前に知らせることさえしていない。先の大君への報告も、夜居僧として請じられたついでの事後報告であった。

そもそも、八宮は娘たちではなく阿闍梨に対して追善を要求しているのである。八宮はそれに先立ち、中君の昼寝の夢にも「いともの思したる気色にて」（総角巻・五―三二二）現れているが、追善を求める発言はしていない。姫君たちでなく阿闍梨が八宮の要請を受け、その一存で不軽行を行なわせていることは、不軽行の選択があくまで阿闍梨の立場からなされていることを意味している。父母報恩の線は、やはり薄いと言わざるをえない。

思想的側面からのもう一つの解釈として、『往生要集』的修道によって救いを得られなかった八宮のために、侮り誹る人々を救いに導く積極性をもつ常不軽行が選び取られているという原岡文子氏の論がある。(9)常不軽行の積極的な信仰の在り方に着目した傾聴すべき論であるが、氏があげられた『発心和歌集』や『梁塵秘抄』の例とは違って、『源氏物語』の叙述には常不軽菩薩の受けた軽侮・誹謗への言及はなく、むしろ、後述するように、不軽行の異なる側面が強調されている。

不軽行が採用されている理由について、物語の構想の観点から解き明かそうとした論考もある。松本寧至氏は、ここで不軽行が選ばれていることは、姫たちの将来おちいるかもしれない運命に対する肯定を示していると述べている。(10)すなわち、不軽行の行者は所々をめぐって忍辱の修行を続けるが、その姿に八宮没後の姫君たちの落魄と流離の宿世が重ねられており、不軽行の選択はその宿世への諦観を促しているという見方である。また、松沢清美氏は、常不軽の声とそれに続く贈答歌に詠まれた千鳥の声に人間の心の奥底を映しだす力を見出し、一方では浄土へ向かい、一方では現世へと向かう二つの流れが物語に不安定な宙吊りの状況をもたらしているとしている。[11]磯部一美氏も、薫と中君の歌の贈答に着目し、そこにおいて大君の物語からの退場が示唆されており、常不軽の声は大君の心情を代弁し、紫上における辞世歌と同様の役割を果たしていると述べている。[12]

これらの説はいずれも物語の新たな読みを提示しており、それぞれに興味深いが、松本氏がとりあげている不軽行の行者の忍辱行という側面や松沢氏が注目する人間を拝むという側面は、『源氏物語』では特に強く打ち出されているとは言えない。また、磯部氏の論については、不軽行の声を八宮とともに大君を送るものと見るのはともかく、大君の辞世の歌に代わるものと解するのは、いささか論理の飛躍があるのではないか。不軽行の選択に本来どのような意味が託されているかを知るためには、不軽行のどのような部分がとりわけ強調されて描かれているかを、物語の叙述の中から読み取り、あくまでその文脈に即して考えていかなければならない。

三　「回向の末つ方」の指示内容

『源氏物語』の不軽行をめぐる記述をたどってみると、幸いなことに、不軽行のどの部分に注意を払うべきかを知るための手がかりを見出すことができる。阿闍梨の発言に続いて、それを聞いた大君の心境が語られるが、そこでは罪障深き身の嘆きと父宮への思慕の情が明かされるのみで、阿闍梨が不軽行を行なわせていることについての感想はない。しかし、後続する次の叙述には、実際に常不軽の声を耳にした者の心情が描き出されている。

阿闍梨は言少なにて立ちぬ。この常不軽、そのわたりの里々、京まで歩きけるを、暁の嵐にわびて、阿闍梨のさぶらふあたりを尋ねて、中門のもとにゐて、いと尊くつく。回向の末つ方の心ばへいとあはれなり。客人もこなたにすすみたる御心にて、あはれ忍ばれたまはず。

（総角巻・五―三三一）

阿闍梨に不軽行を命じられた弟子僧たちが、方々を巡り歩いて行を勤めていたが、暁の嵐に耐えかねて戻ってくる。阿闍梨が大君のもとで夜居をつとめていることを知り、八宮邸までやってきて、中門のところに座して額づき、礼拝する。「いと尊くつく」とあるのは、おそらくは師の阿闍梨の存在を意識して殊更に念を入れて礼拝を行なっているのに違いない。その声が、邸内にいる薫や姫君たちのところまで聞こえてくるのである。

続いて、その不軽行に対する評価が直叙されていることに注意したい。「回向の末つ方の心ばへいとあはれなり」とある。これはいったい誰による評価なのか。この文だけを見ると、語り手による論評ととれるが、その後に「客人も」とあって、これは登場人物のいずれかの心情をダブらせた語りであるとも受け取れる。右の引用文の初めに阿闍梨の退場が記されていることからすると、その前の部分に引き続いて大君の思いが記されているのであろうか。「客人も」との対応から言えば、女主人たる大君の思いととるのが自然である。しかし、「客人もこなたにすすみたる御心にて」と書かれていることからすると、これは薫の道心を示唆していると見られるため、大君にそれほどの仏教への親炙があるかどうかという疑問が出てくる。不軽行において、二十四字の経文はむろん音読みで誦唱されるのであるから、よほど『法華経』に親熟していて不軽行についての予備知識もあるのでなければ、にわかにその「心ばへ」を理解するのは難しいだろう。むしろ、これは、引用文冒頭の「阿闍梨は」という主語の提示がまだ生きていると見て、退席したがなお邸内にあって不軽の声を聞いている阿闍梨の感慨を示していると考えた方がよいかもしれない。

その場合は、阿闍梨が、自分が弟子に命じた不軽行の声を耳にして、あらためてその内容に感じ入っているということになる。

いずれにせよ、ここでより重要なことは、「回向の末つ方」が何を指しているかということである。その指示内容こそが、『源氏物語』における不軽行の最も注目に値する部分であり、不軽行が選ばれた理由を解き明かす手がかりを示すものであると考えられる。

ここで言われる「回向」が故人への回向文の意であって不軽行で唱えられる二十四字の経文――「我深敬汝等。不敢軽慢。所以者何。汝等皆行菩薩道。当得作仏」を指していることについては、疑問を差し挟む余地はない。問題は「末つ方」である。「回向の末つ方」とは、具体的には二十四字の経文のどの部分を指すのだろうか。

この点について、現行の注釈書は、一様に「回向の末つ方」は二十四字の経文の結句「当得作仏」（まさに仏と作ることを得べし）を指すとしている。(13)すなわち、ここで「あはれなり」と評せられ、薫も抑えがたい感動を覚えている回向の趣旨は「当得作仏」であるというのが、これまでの一般的見解である。

しかし、「当得作仏」をはじめ、「当得成仏」、「当作仏」、「当成仏」など、成仏を保証する句は経典の随所に見られるものである。『法華経』に限ってみても、「当得作仏」という句だけで一四例を拾うことができる。これについて興味深いのは、この句が基本的に、仏による授記を語る文脈で用いられていることである。例をあげよう。

舎利弗。汝於未来世過無量無辺不可思議劫。供養若干千万億仏。奉持正法。具足菩薩所行之道。当得作仏。(14)（譬喩品）

是時諸仏　即授其記　汝於来世　当得作仏(15)（信解品）

告諸比丘　我以仏眼　見是迦葉　於未来世　過無数劫　当得作仏[16]　（授記品）

我大弟子　須菩提者　当得作仏[17]　（授記品）

爾時仏告阿難。汝於来世当得作仏[18]。　（授学・無学人記品）

仏告耶輸陀羅。汝於来世百千万億諸仏法中。修菩薩行為大法師漸具仏道。於善国中当得作仏[19]。　（勧持品）

このように、「当得作仏」という句は、仏による授記の記事における常套句なのであって、それだからこそ、常不軽品には、仏ならぬ常不軽菩薩がこの句を唱えたときに、四衆のうち「心不浄者」が悪口罵詈して「我等不用如是虚妄授記[20]」と言ったと書かれているのである。

したがって、「当得作仏」という句は、それだけでは特に目新しいものとは言えず、感動をもたらすような内容をそこに見出すことは難しい。少なくとも、幼少のころから仏教にただならぬ関心を寄せ、八宮や阿闍梨との交流を通じて幾多の経文に親しんできた薫が感動を抑えきれないほどの内容がこの四文字にこめられているとは考えにくい。

それでは、「回向の末つ方」は二十四字の経文のどの部分を指すのか。

「回向の末つ方」とは、経文の結句のみならず、その前の句をも含めた「汝等皆行菩薩道。当得作仏」（汝等皆菩薩道を行ず。まさに仏と作ることを得べし）を指す言い方であると見たい。そのように前句と合わせて捉えてこそ、結句の「当得作仏」が言われる脈絡も明らかになるのではないか。不軽行の本質を示すものとしてこの物語において強調されているのは、この十一字の文言であると考えられる。

その一つの根拠を「末」および「末つ方」の用法に求めることができる。「末（すゑ）」という言葉は、一般には物事の末端、特に終末という意味で用いられる。ただし、やや例外的な使い方もあって、短歌について「末」もしくは

「末の句」というときは、「本」に対する「末」であって、いわゆる下の句、すなわち後半の七・七を指すのが常である。藤原公任（九六六―一〇四一）の歌論『新撰髄脳』の冒頭にも、次のように記されている。

歌のありさま三十一字、惣じて五句あり。上の三句をば本といひ、下の二句をば末といふ。(21)

二十四字の経文は短歌ではないが、短歌と同様五句から成る独立した唱え文句であること、分量から言っても短歌と同程度であることから、これについて「末」という場合には、短歌と同様に、結句ではなく後半の二句がイメージされていると考えるのが自然である。

物語で実際に用いられているのは「末」ではなく「末つ方」という言葉であるが、これは一種の朧化表現と見ることができる。文字通り「末の方」という意味で捉えるとしても、「末」よりさらに指示範囲が広くなりこそすれ、狭くなるとは考えにくいのであって、これが結句の「当得作仏」のみを指すという見解はいよいよ受け入れがたい。

以上の考察より、「回向の末つ方」は二十四字の経文の後半の二句を指しており、その内容が深い感動を呼ぶものとして取り立てて強調されていると見ることができる。それでは、この「汝等皆行菩薩道。当得作仏」という文言はどのようなことを意味しているのだろうか。また、この文言のどのような点が感動に値するのだろうか。

四　『法華経』常不軽菩薩品の位置づけ

二十四字の経文に言う「汝等皆行菩薩道。当得作仏」が本来意味するところを知るためには、この文言の出典である『法華経』常不軽菩薩品の教旨を検討する必要がある。常不軽菩薩品は『法華経』二十八品のうち二十番目の品であるが、内容的には、経典全体の中でどのように位置づけられているのだろうか。

久保継成氏の論によれば[22]、常不軽菩薩品は、一つには、『法華経』の主体部分の教説を示す最終章であって、この経典の序章としての序品に続く方便品から展開する教説の締めくくりとして、『法華経』の菩薩思想の総括を行なっている章である。また一つには、この常不軽品で、常不軽菩薩は釈尊の前生であり、そこに語られる修行を経て釈尊が仏果を得たとされるが、『法華経』で同様の設定を持つのは、常不軽品以外には提婆達多品のみである。しかも提婆品は後から付加された品であって、本来は常不軽品が『法華経』中唯一の釈尊の前生を語る物語であるという。いずれもこの品の重要性を印象づける指摘である。

それでは、常不軽品は『法華経』の主体部分の教説の締めくくりとしてどのような物語を展開しているのか。この品において物語は仏が勢至菩薩に説示する形で語られるが、その内容は、おおむね次のように要約することができる。

昔、威音王仏滅後の像法時、増上慢の比丘が勢力を持っていたときに、「常不軽」という菩薩があり、四衆を礼拝讃嘆し、迫害に耐えて二十四字の経文を唱えた。菩薩は死の直前に威音王仏の説いた法華経を聞いて受持し、六根清浄を得て寿命を延ばし、人々を教化した。実はこの常不軽菩薩は自分（仏）の前身である。かつて常不軽を迫害した者達は長い間地獄で大苦悩を受けたが、その後再び常不軽菩薩の教化に遇い、今こうして無上菩提を得ている――。

本章でとりあげてきた二十四字の経文は、右に示したように、釈迦仏の前身たる常不軽菩薩が自分を迫害する四衆、すなわち比丘・比丘尼・優婆塞・優婆夷に対して唱え続けたとされるものである。したがって、二十四字の経文の第四句にある「汝等」は、本来はすべての出家者および在俗信者を指しており、ここで、常不軽菩薩はあらゆるタイプの仏教徒を礼拝讃嘆しその成仏を予告しているごとくである。しかし、なお『法華経』の叙述を注意深くたどっていくと、結局のところ仏がかつて自身を迫害した縁で成仏を約束された者の例としてあげているのは、上記の四衆のうち比丘尼と優婆塞のみであることが判明する。常不軽品の長行最終段において、仏は勢至菩薩に対して事の次第を解き明かす。

得大勢。彼時四衆比丘比丘尼優婆塞優婆夷。以瞋恚意軽賤我故。二百億劫常不値仏不聞法不見僧。千劫於阿鼻地獄受大苦悩。畢是罪已。復遇常不軽菩薩教化阿耨多羅三藐三菩提。得大勢。於汝意云何。爾時四衆常軽是菩薩者。豈異人乎。今此会中跋陀婆羅等五百菩薩。師子月等五百比丘尼。思仏等五百優婆塞。皆於阿耨多羅三藐三菩提不退転者是。(23)

（得大勢よ、彼の時の四衆たる比丘・比丘尼・優婆塞・優婆夷は瞋恚の意を以て我を軽んじ賤しむるが故に、二百億劫常に仏に値はず、法を聞かず、僧を見ずして、千劫阿鼻地獄において大苦悩を受く。この罪を畢ふること已りて、復た常不軽菩薩の阿耨多羅三藐三菩提に教化するに遇へり。得大勢よ、汝が意において如何。爾の時の四衆の常にこの菩薩を軽しめたる者は、豈に異人ならんや。今、此の会中の跋陀婆羅等の五百の菩薩と、師子月等の五百の比丘尼と、思仏等の五百の優婆塞との皆阿耨多羅三藐三菩提において退転せざる者、是なり。）

右によれば、過去世において常不軽菩薩を迫害した四衆のうちでも、無上菩提を得て退転しない者としてあげられ、成仏を保証されているのは、現在の法会に参座している菩薩・比丘尼・優婆塞それぞれ五百人である。サンスクリット語原典では、このうち優婆塞の部分が女性信者（優婆夷に相当）となっており、漢訳経典との違いが見られるが、(24)この問題については第五章で取り上げる。いずれにせよ、救済の対象の筆頭にあげられているのは菩薩である。そして、この菩薩が、跋陀婆羅という在俗信者[25]に代表されていることから知られるように、出家菩薩ではなく在家菩薩であることが注目される。[26]

『法華経』では、譬喩品における声聞舎利弗への授記をはじめ、如来による無上の法を聞き、これを信受した者が次々に記別を受けていく様が語られているが、その最後の例が、常不軽品における、在家菩薩をはじめとする在俗信者と女性出家者への成仏の保証なのである。『法華経』においては、そのことを通じて、最終的に、一切衆生の平等な救済が説かれていると考えられる。[27]

五　在家菩薩の思想

上述のような『法華経』常不軽品の位置づけ、教旨からすると、不軽行において唱えられる二十四字の経文の中の「汝等」は、四衆の中でもとりわけ、在俗の信者——比較的得道の難しい存在でありながら成仏をめざして懸命に菩薩道を行じようとする者を指していると言えるのではないか。その中心は、言うまでもなく在家菩薩である。

このように見てくると、なぜ二十四字の経文の後半部分が「あはれなり」と評せられ、薫に深い感動をもたらしたかが見えてくる。「汝等皆行菩薩道。当得作仏」という文言は、とりわけ在家菩薩の成仏を保証するものである。そして、八宮はたんに「優婆塞」（橋姫巻・五—一三三）であったのみならず、「俗聖」（同・五—一二八）という綽名が示すとおり、在家菩薩の典型とも言うべき人物であった。十一字の文言が薫に忍びがたい「あはれ」の念を催したのは、これがあたかも故八宮のために誂えられたかのような文言だったからではないだろうか。もとより、宇治の阿闍梨が八宮の追善のために不軽行を行なわせたのも、在家菩薩の成仏を保証する文言を唱えるこの行の特質に着目してのこと考えられる。深く仏道を志しながら在俗のまま死を迎え、臨終の一念の乱れによって成仏できずにいる八宮を救うには、通常の念仏行に加えて、在家菩薩のための特別の行法が必要だったのである。

八宮は在家菩薩として物語に登場し、在家菩薩のままで死に至り、宇治の阿闍梨によって在家菩薩にふさわしい行を手向けられた。宇治十帖の序段はこのようにして一つの決着を迎えるが、八宮の人生に象徴された在家菩薩の生き方について、物語は最後までひとかたならぬ関心を見せ続けていく。

八宮の生き方に引かれ、「法の友」（橋姫巻・五―一三二）としての親交を許された薫もまた、多くの迷いを持ちながら、在家菩薩たらんとして生きた一人の青年ではなかったか。そして、八宮を在家菩薩として供養した阿闍梨も、薫をそのように見ていたのではないか。

薫は八宮の導師たる阿闍梨とは、宮家に関わる修法や法事での接触はあっても、直接に親しくその教えを受ける関係ではなかった。ただし、阿闍梨が薫に対して説法めいた話をする場面が一つだけある。薫は、大君の一周忌をひかえて、その思い出の残る寝殿を解体し、阿闍梨の寺の堂を建てることを計画する。その薫の心づもりを聞いた阿闍梨は、次のように語る。


とざまかうざまに、いともかしこく尊き御心なり。昔、別れを悲しびて、骨をつつみてあまたの年頸にかけてはべりける人も、仏の御方便にてなん、かの骨の嚢を棄てて、つひに聖の道にも入りはべりにける。この寝殿をご覧ずるにつけて、御心動きおはしますらん、ひとつにはたいだいしきことなり。また、後の世のすすめともなるべきことにはべりけり。急ぎ仕うまつるべし。（宿木巻・五―四五六）

第二章でもふれたが、ここで阿闍梨が薫の計画の実行を促すために引いている骨を頸にかけていた人の話は、『大日経義釈』を典拠としている。『大日経義釈』は『大日経』の注釈書であり、この話は『大日経』受方便学処品の注釈部分に出ているものである。(28)『大日経』受方便学処品は、菩薩の行なうべき十善業道をあげ、声聞乗におけるそれとの違いが行道における「智慧方便」の有無にあることを説いた章である。骨を頸にかけていた人の話は、十善戒のうち不妄語戒を説く経文の注釈に見えるもので、菩薩が方便のために虚言をなして男が頸にかけ続けていた亡妻の骨を棄てさせ、仏道に導くという話である。ここで注目されることは、『大日経』受方便学処品の注釈に見えるこの話が、説経の場ではない日常の会話の中で譬え話としてあげられるほどに、彼らの間であたりまえに共有されていたことである。

『大日経』受方便学処品は、十善戒の一々について菩薩がいかにこれを受持すべきかを説いた上で、在家菩薩の持戒のありようを特にとりあげて論じている。

菩薩有二種。云何為二。所謂在家出家。秘密主彼在家菩薩受持五戒句。勢位自在。以種種方便道随順時方。自在摂受求一切智。所謂具足方便。示理舞伎天祠主等種種芸処。随彼方便。以四摂法。摂取衆生。皆使志求阿耨多羅三藐三菩提。謂持不奪生命戒。及不与取。虚妄語。欲邪行。邪見等。(29)

(菩薩に二種有り。云何が二と為す。所謂在家と出家となり。秘密主よ、彼の在家の菩薩は、五戒の句を受持す。勢位自在にして、種種の方便道を以て、時方に随順し、自在に摂受して、一切智を求む。所謂方便を具足して、舞伎、天祀主等の種種の芸処を示理し、彼の方便に随ひ、四摂の法を以て、衆生を摂取して皆阿耨多羅三藐三菩提を志求せしむ。謂く不奪生命戒、および不与取、虚妄語、欲邪行、邪見等を持つなり。)

当時『大日経』はその注釈書である『大日経義釈』もしくは『大日経疏』を通じて読まれるのが常であった。上述のように薫に『大日経義釈』の細部についての知識があったとすると、当然、右の『大日経』の在家菩薩の生き方についての教説も、優婆塞としての彼において重く受けとめられていたと見るべきであろう。そして阿闍梨も、そのような存在としての薫を十分に認識していたと考えられる。右の引用文中の四摂の法とは、布施・愛語・利行・同事の四事を指すが、薫が堂の造立と寄進を思い立ったことは、在俗信者に特有の行である布施の行に当たるもので、それを阿闍梨は「後の世のすすめともなるべきこと」として称揚しているのである。阿闍梨が薫に在家菩薩として「方便道」を行なうことを期待していることが知られる。

このことから遡って考えれば、導師として親しく接していた生前の八宮に対して、宇治の阿闍梨がどのような教導を行なっていたかを推察することが可能である。在家の篤信の信者である八宮に対し、『大日経』に記され、『大日経義釈』で例話を挙げつつ説かれている在家菩薩の方便道が勧められていたのは間違いないと思われる。八宮への追善供養として不軽行が選ばれたのも、そのように八宮を在家菩薩としてとらえることの延長線上にあったと見ることができる。

宇治十帖における在家菩薩の生き方への注目を示すものとして、もう一つ見過ごすことができないのは、物語の終盤に登場する横川の僧都においても、在俗信者を在家菩薩として認識し教導しようとする姿勢が見受けられることである。特に注目すべきは、浮舟に対する僧都の言動である。次章では、夢浮橋巻においてこの横川の僧都が浮舟に送り届けた消息を取り上げ、そこに書かれていることの真意を探ってみたい。

注

（1）大正新脩大蔵経、第九巻、五〇頁下段。私に句点を付した。
（2）玉上琢彌『源氏物語評釈　第十巻』（角川書店、一九六七年）、四九五頁。
（3）在家信者の守るべき戒を説いた『優婆塞戒経』摂取品には「菩薩二種。一者在家。二者出家。出家菩薩有二弟子。一者出家。二者在家。在家菩薩有一弟子。所謂在家」とあって、在家信者が在家の弟子を持つことを認めている。大正新脩大蔵経、第二十四巻、一〇四六頁中段。
（4）『源氏物語大成』では別本系の二本のみ「のぼり」となっている。玉上琢彌注（2）書五八頁の該当箇所本文にも「思ひのぼり」とあり、引用文中の「のぼり」は誤記と考えられる。
（5）なお、藤井貞和氏も、「増上慢」という語は用いていないが、八宮を「悪人」と捉え、「悪人救済の原型的なモチーフが、常不軽行には隠されている」としている。不軽行と悪人救済を関連づける見方は注目されるが、八宮を「悪人」とする論拠は示されていない。藤井貞和『タブーと結婚―「源氏物語と阿闍世王コンプレックス論」のほうへ―』（笠間書院、二〇〇七年）、二六八～二七四頁。
（6）神野志隆光「源氏物語の仏教思想の問題点」、『講座日本文学　源氏物語　上』（至文堂、一九七八年）、二二七～二二九頁。
（7）天台智顗の『法華文句』に常不軽品の「不専読誦経典。但行礼拝」という一節を釈して「此是初随喜人之位。随喜一切法悉有安楽性皆一実相。随喜一切人皆有三仏性」と記している。大正新脩大蔵経、第三十四巻、一四一頁上段。常不軽菩薩の礼拝行と仏性を結びつける解釈の歴史については、菅野博史「『法華経』における常不軽菩薩の実践と中国・日本における受容」（『東洋学術研究』四〇―二、二〇〇一年）において概観されている。
（8）美濃部重克校注『閑居友』（三弥井書店、一九七五年）補注、一八九頁。
（9）原岡文子『源氏物語の人物と表現―その両義的展開―』（翰林書房、二〇〇三年）、四二八～四三五頁。
（10）松本寧至「なぜ常不軽か―『源氏物語』宇治十帖の志向―」、『鈴木弘道教授退任記念国文学論集』（和泉書院、一九八五年）、五七頁。
（11）松沢清美「なぜ、常不軽なのか―回向の声と千鳥の声と―」、『水鳥』（『源氏物語』を読む会、一九八八年）、四三～四五頁。

(12) 磯部一美『源氏物語』総角巻における千鳥の贈答歌―常不軽という方法―」、『愛知淑徳大学論集―文学部・文学研究科篇―』二九（二〇〇四年）、八六～八七頁。

(13) 新潮日本古典集成『源氏物語 七』（新潮社）一〇二頁の頭注は「回向の終わりの方の（「当得作仏」という）文句が大層身に沁みる」としている。新日本古典文学大系『源氏物語 四』（岩波書店）四五四頁の脚注でも、「常不軽の偈の最後の文句」とする。新編日本古典文学全集『源氏物語 ⑤』（小学館）三二〇頁の頭注にも、「ここは回向のため唱える前掲の偈の末尾の部分「当ニ仏ト作ルコトヲ得ベケレバナリ」（一切衆生は成仏できるであろう）」とある。

(14) 大正新脩大蔵経、第九巻、一一頁中段。

(15) 大正新脩大蔵経、第九巻、一八頁中段。

(16) 大正新脩大蔵経、第九巻、二〇頁下段。

(17) 大正新脩大蔵経、第九巻、二一頁中段。

(18) 大正新脩大蔵経、第九巻、二九頁下段。

(19) 大正新脩大蔵経、第九巻、三六頁上段。

(20) 大正新脩大蔵経、第九巻、五〇頁下段。

(21) 佐佐木信綱編『日本歌学大系 第一巻』（風間書房）、六四頁。

(22) 久保継成「法華経の菩薩行―常不軽菩薩品での総括―」、『印度学仏教学研究』三五―二（一九八七年）。

(23) 大正新脩大蔵経、第九巻、五一頁上段～中段。

(24) 久保継成注（22）論文、四四頁。

(25) 原典では **Bhadrapāla**。『法華経』序品の会衆の中にも十六正士の筆頭としてこの名が見える。『法華経』以外にも、『思益梵天所問経』、『無量寿経』、『大品般若経』等の大乗経典に在家菩薩の代表あるいは象徴として登場している。久保継成注（22）論文、四二頁。

(26) 一般には在家菩薩は在俗信者すなわち優婆塞・優婆夷を指して言われることが多い。しかし、『大智度論』における菩薩の定義によれば、在家菩薩とは、在俗信者の中で「我当作仏、度一切衆生」という願を持つ者とされる。袴谷憲昭「出家菩薩と在家菩薩」、『大乗仏教思想の研究　村中祐生先生古稀記念論文集』（山喜房仏書林、二〇〇五年）。

（27）久保継成注（22）論文は、常不軽品の物語を『法華経』の平等観の表明と見なしている。

（28）高木宗監『源氏物語における仏教故事の研究』（桜楓社、一九八〇年）三四五～三五八頁では、この記事の典拠を『大日経疏』に求めているが、天台宗所依の『大日経義釈』と見るべきである。

（29）大正新脩大蔵経、第十八巻、四〇頁上段。

第四章　在家菩薩による方便

菩提心為因。悲為根本。方便為究竟。
（『大日経』入真言門住心品）

一　横川の僧都の消息

『源氏物語』夢浮橋巻における横川の僧都の次の消息については、その受取人である浮舟に還俗を勧めたものであるかどうかが、見解の分かれるところとなっている。

今朝、ここに、大将殿のものしたまひて、御ありさま尋ね問ひたまふに、はじめよりありしやうくはしく聞こえはべりぬ。御心ざし深かりける御仲を背きたまひて、あやしき山がつの中に出家したまへること、かへりては、仏の責そふべきことなるをなん、うけたまはり驚きはべる。いかがはせん。もとの御契り過ちたまはで、愛執の罪をはるかしきこえたまひて、一日の出家の功徳ははかりなきものなれば、なほ頼ませたまへとなん。ことごとには、みづからさぶらひて申しはべらむ。かつがつこの小君聞こえたまひてん。（夢浮橋巻・六―三八六～三八七）

十六世紀末に成立した『岷江入楚』以来、これは尼となった浮舟に薫のもとに帰ることを勧める還俗勧奨の消息であるとされていた。[1]しかし、昭和二十七年（一九五二）に多屋頼俊氏がこの消息は還俗を勧めているのではないと主張されてからは、[2]多くの研究者によって様々な見地からの勧奨説もしくは非勧奨説が提示されてきた。近年はどちらかと言えば勧奨説の支持者が多いようであるが、非勧奨説も相変わらず行なわれており、いまだに論議の決着がつかない状況が続いている。

本章では、横川の僧都の消息の文言をその言葉の使い方から再検討するとともに、僧都の人物像に着目し、この消息の背景にどのような考え方があるかを究明したい。その作業を通じて、還俗勧奨の有無はおのずと明らかになるはずである。

二　還俗勧奨か非勧奨か

右の消息は、失踪した浮舟の所在を知った薫大将が、浮舟との面会を望み、僧都に案内を請うたのに応えて書かれたもので、浮舟の異父弟小君に託して浮舟のもとに届けられている。薫の思い人とも知らず浮舟を出家させてしまった僧都は、そのことを後悔しつつ、浮舟に対して今後とるべき道を示している。しかし、一読して、やはり還俗を勧めているのかどうかがわかりにくく、曖昧な印象を受ける。

特に解釈が大きく分かれるのは、「もとの御契り」以下「読ませたまへ」までの部分である。旧注以来の読み方に従えば、「もとの御契り」を薫との縁ととり、「還俗して大将殿ともとの関係に戻り、その愛執の罪を晴らしてさしあげなさい、（経典にあるように）一日の出家の功徳は無量なのだから、還俗しても仏のはからいを頼みにしなさい」と解釈することができる。一方、非勧奨論者の多くが言うように、「もとの御契り」を僧都との縁もしくは仏縁ととるならば、「本来の定めである出家生活を貫いて大将殿の愛執の罪を晴らしてさしあげなさい、一日の出家の功徳さえ無量なのだからなお精進して仏を頼みにしなさい」と解釈することもできる。言葉の使い方や全体の文脈からすると、勧奨説の方が素直な解釈と言えそうだが、後述するように、「愛執の罪をはるかし聞こえたまひて」という部分をどう捉えるかという点からすると、非勧奨説の方がわかりやすい。

この消息について、還俗勧奨・非勧奨の両様の解釈が出てくるのは無理もないことで、一説に、この消息はどちらにもとれるように書かれているのだという見方もある。(3) しかし、それならば、なぜ、長らく還俗勧奨であるという注釈が行なわれ続け、現代になって初めて論争の的として浮上しているのだろうか。また、この消息の直後に「まがふべうもあらず書きあきらめたまへれど、他人は心も得ず」との叙述があることから、少なくとも浮舟本人にとってはそのとるべき道について誤解しようのないほどに明確な指示がなされているとの了解が、『源氏物語』述作当時の読者には期待されていたと考えられる。(4) 当時の貴族社会の人々の通念からすればあたりまえのことが、われわれ現代人には見えていないだけのことなのではないか。この消息に両義的な読みを求めるのは、これを一意に定めかねている現代の読者の都合によるものである。やはり、この消息において、僧都の――ひいては作者の意図するところは、勧奨・非勧奨いずれか一つに帰すると見るべきであろう。

それでは、いったい、そのいずれが正しいのだろうか。論点をより明確にするために、問題の部分を、「もとの御契り過ちたまはで(a)、愛執の罪をはるかしきこえたまひて(b)、一日の出家の功徳ははかりなきものなれば、なほ頼ませたまへ(c)」と、三つの部分に分けて、それぞれ考えてみたい。

まず、(a)「もとの御契り過ちたまはで」であるが、この「御契り」について、①薫との縁とする説、②僧都との縁とする説、③仏や観音との縁とする説、の三説がある。(5) 消息の前半で浮舟と薫との「御仲」を知った僧都の驚きが語られていること、また、直後の(b)の部分で薫の「愛執の罪」に言及していることから、全体の文脈の中では、①説のように薫との縁ととるのが最も自然な解釈であると思われる。

②の僧都との縁とする説(6)は、僧都が浮舟と自分との「契り」に再三言及していることを主たる論拠としているが、二人の人間の思いがけぬ出会いや強い結びつきに「契り」を言うことはこの物語の常套であって、たとえば薫と浮舟の関係についても一再ならず「契り」は言われているのである。(7)「御契り」の「御」という接頭辞も、それ以前に僧都が浮舟との「契り」に言及した例には付いておらず、自他の縁を言う場合に用いるかどうか疑問である。(8) また、これを僧都との縁ととると、「もとの」という語が解釈不能になる。すなわち、僧都と浮舟の関係は現在も継続していて過去のものになったわけではないし、また、「もとの」という語を「さきの世の」や「昔の」と同様に「前世の」という意味で用いる例はこれまで管見に入っていない。よって、「もとの御契り」を僧都との縁ととる②説は妥当性を欠くと言わざるをえない。

そして、③の説(9)であるが、たしかに、仏や観音との宿縁ということであれば、たとえば薫のそれよりも本源的なものとして、「もとの」という語が冠せられたと見ることは不可能ではない。しかし、これも、仏・菩薩の「本誓」をめぐって渕江文也氏が論じられたように、この物語において特定の人物に予定調和的に仏の救いが約束されているかのような叙述がなされることは不自然である。(10) また、仮に、ここの「もとの御契り」を「本誓」ととるとして、次の「過ちたまはで」をどう解釈すればよいのか。仏・菩薩の「本誓」を衆生が「過つ」ということは、そもそもありえないことではなかろうか。『源氏物語』における他の「契り」の用例に、仏・菩薩とのそれを言うものが皆無であることも注目されてよい。

結局のところ、ここで言っている「御契り」は、①の説に従って薫との縁と見るのが正解であろう。しかも、前後の「もとの」および「過つ」の語義からすれば、重松信弘氏がかつて強調されたとおり[11]、これは「宿縁」というよりは（宿縁に根ざす）「関係」の意であって、薫との以前の夫婦関係を指していると考えられる。

ただし、ここで注意すべきことは、この「もとの御契り」を薫との関係としながら還俗勧奨はしていないとする説もあることで、たとえば先の多屋氏はその立場に立っている。氏の言葉を借りれば、「もと夫婦であられた、その深い御縁をお捨てにならないで、その御縁にしたがって、大将の君に、愛着の罪過の悲しむべく畏るべきことを説き明かして、愛執の罪から解脱させ申上げなさって[12]」ということになる。また、「元の身分に復して、更めて薫の許諾を得て、浮舟は出直さなければならない、と僧都は指示するのである[13]」、「従前の薫との関係にしたがって薫のもとで尼としての生活を送ることが要請される[14]」などの解釈もある。「御契り」が夫婦関係について言われる場合、ことにそれが「御心ざし深かりける御仲」であるならば、単に夫と妻の間柄というだけでなく肉体関係の意を含むのが自然で、「もとの御契り過ちたまはで」はそれだけで既に肉体関係の復活を示唆すると考えられることから、これらの説には同意しがたいが、それでも、「もとの御契り」が薫との夫婦関係と見られることのみを根拠として、ただちにこの消息が還俗を勧めていると論断することはできないだろう。

次に、(b)は後回しにして、(c)の部分について考えてみたい。この「一日の出家の功徳ははかりなきもの」という一節の出典としては、古来『心地観経』が挙げられており、非勧奨論者の門前真一氏はこれをふまえて、出家を勧めるこの経典の趣旨に反して還俗の勧めにこの経文を用いるのは断章取義であるとして厳しく論難された[15]。しかし、一般には経文のそのような引用の仕方もありうると考えられるのに加えて、渕江氏の指摘のように『観無量寿経』を出典と見れば還俗勧奨の趣旨で使われてもおかしくないのであって[16]、この(c)の部分は、結局どちらにでもとれるということになる。

とすると、決め手は(b)の部分に求めるしかないということになるが、この「愛執の罪をはるかしきこえたまひて」という一節は、実は還俗勧奨論者にとっては解釈しにくいところで、勧奨説が優勢でありながら非勧奨説が跡を絶たないのも、還俗勧奨と見たのではこの部分がわからないことが最大の原因ではないかと思われる。すなわち、浮舟が還俗して、薫ともとの関係に戻ったとして、いったいどのようにして薫の「愛執の罪」を晴らすのか。出家者として手本を示し「愛執の罪」の懼るべきことを説くのならともかく、在家の身で愛欲を満たしながら「愛執の罪」を晴らすことが実際に可能なのか。――非勧奨論者のこのような問いに、これまで、還俗勧奨論者は明快な解答を示すことができずにきている。中には、浮舟が尼であることによって薫の「愛執の罪」が生ずるのだから、還俗すれば問題は解消されるという趣旨の解釈も見られるが[17]、「はるかしきこえたまひて」という言い方においては、「愛執の罪」へのより能動的・積極的な対応が求められていると見るべきである。

かつて門前氏が還俗勧奨説を批判して言われた「教理的根拠」が欠けているとは[18]、勧奨説のこうした弱点をついたものであろう。「教理的根拠」など不要であるという意見もあるが[19]、やはりそれでは説得力がない。この消息が還俗を勧めるものであると主張するなら、還俗して男女の関係を持ちながら、なおかつ相手の愛執の罪を晴らすことを可能にする何らかの論理の存在を示す必要がある。

三　密教僧としての横川の僧都

横川の僧都の消息の背後にどのような論理が伏在しているかを探る手がかりとして、ここで、僧都の人物像について考えてみたい。

手習巻冒頭に「そのころ横川に、なにがし僧都とかいひて、いと尊き人住みけり」（六―二七九）とあるのが、この僧都が物語に初めて登場する段である。この「尊し」という表現は高邁な宗教性の謂であるよりは僧都の「験者」としての能力の高さを示すものであるということが、今西祐一郎氏によって指摘されている。[20]僧都の加持祈禱の効験のあらたかさは時の天台座主をも凌ぐものであることが手習巻後半に記されており、[21]弟子僧が僧都を「天の下の験者」（手習巻・六―二八四）と称揚するのもあながち内輪褒めとばかりは言いきれない。この横川の僧都が恵心僧都源信を準えているとする旧注以来の説に対して、檀那僧正覚運や作者紫式部の異母兄弟定暹の師勝算の名が挙げられているのも、[22]彼らが源信と違って天皇家や上流貴族に奉仕する加持僧としての声望を得ており、横川の僧都のモデルとしてよりふさわしいと見られたからにほかならない。

このように、横川の僧都が天台僧の中でも密教に造詣の深い加持僧として描かれていることが注目される。僧都の言動には、天台密教の思想が反映している可能性が考えられてよい。

さて、天台密教において『法華経』とともに重んじられた中心経典はと言えば、『大日経』が挙げられるが、実際にはこの経典の注釈書である『大日経義釈』を核として台密の教学が形成されてきたということに、ここで留意しておきたい。『大日経義釈』については後にとりあげるが、まず『大日経』について見ると、全七巻三六品のうち最初の入真言門住心品は教相と言って教理を表し、第二品入曼荼羅具縁真言品以降は主として事相と言って実践的修法を示すという構成になっている。そこで、教理の大綱を示している住心品の内容を検討すると、ここで述べられているのは、要するに、一切の智慧の中で最高である大日如来の智慧、すなわち「一切智智」に安住することが真言門に入ることである、ということにほかならない。この「一切智智」について金剛手が大日如来に「如是智慧。以何為因。云何為根。云何究竟。（是の如くの智慧は、何を以てか因と為し、云何が根と為し、云何が究竟とするや）」[23]と問うたのに対し、如来は次のように答えている。

菩提心為因。悲為根本。方便為究竟。[24]
（菩提心を因と為し、悲を根本と為し、方便を究竟と為す。）

この言葉は、第二章でも述べたように、古来、「三句の法門」と称せられ、住心品の中核をなしているのみならず、『大日経』の中心課題と考えられるほどに重要視されてきたものである。そして、ここで「究竟と為す」とされている「方便」に関しては、『大日経』受方便学処品で論説され、『大日経義釈』で詳細な注釈がほどこされていることを既に確認している。

ここで前章までの検討結果をあらためて整理すれば、『源氏物語』宇治十帖においては、八宮、薫、宇治の阿闍梨ら主要人物の方便の思いがしばしば示され、その中でとりわけ明確に「方便」という語が用いられた二例については、『大日経』や『大日経義釈』の所説が投影されていた。一つは総角巻における宇治の阿闍梨の発言に見えていたものである。

とざまかうざまに、いともかしこく尊き御心なり。昔、別れを悲しびて、骨をつつみてあまたの年頸にかけてはべりける人も、仏の御方便にてなん、かの骨の嚢を棄てて、つひに聖の道にも入りはべりにける。この寝殿をご覧ずるにつけて、御心動きおはしますらん、ひとつにはたいだいしきことなり。また、後の世のすすめともなるべきことにはべりけり。急ぎ仕うまつるべし。（宿木巻・五―四五六）

宇治の阿闍梨がここで引いていた骨の嚢を頸にかけていた人の話が『大日経義釈』における菩薩の方便を説く例話から来ていると見られることは、既に述べたところである。

また、もう一つは、蜻蛉巻における薫の人生回顧に見えていた用例である。

かかることの筋につけて、いみじうもの思ふべき宿世なりけり、さま異に心ざしたりし身の、思ひの外に、かく、例の人にてながらふるを、仏なども憎しと見たまふにや、人の心を起こさせむとて、仏のしたまふ方便は、慈悲をも隠して、かやうにこそはあなれ（蜻蛉巻・六―二一六）

この薫の方便の思いについても、第二章で、『法華経』の随喜功徳品の所説とともに、『大日経』の「三句の法門」をふまえているものと推察した。

さらに、前章の考察において、八宮の追善供養として不軽行が選ばれたのは、それが在家菩薩の成道を促すのにふさわしい行と見なされたからであるという論を導いた。そして、その選択を行なった宇治の阿闍梨と、不軽行の声を

「あはれ」と聞いた薫においては、『大日経』受方便学処品に説かれる在家菩薩の方便行についての知識が共有されていたことを指摘した。

このように見てくると、蜻蛉巻までの段階で、既に八宮、薫、宇治の阿闍梨において、その人生観のベースに密教の思想――『大日経』や『大日経義釈』における方便の教説が存在することが示されていると言える。続く手習巻において、密教の高僧である横川の僧都が登場するのは、決して唐突なことではなく、物語を支える思想という観点から言えばごく自然な展開であったと考えられる。

四　『大日経義釈』の方便説

八宮、薫、宇治の阿闍梨という宇治十帖の主要登場人物には方便の思いが濃厚であり、しかも、「方便」という用語によって方便のはたらきが明確に意識されている二つの例は、明らかに密教の教説がベースとなっていた。宇治十帖の終結部で登場する密教僧横川の僧都の思考と行動のありようは、言ってみれば、その延長線上に構想されていたと考えることができるのではないだろうか。

僧都が「天の下の験者」――加持祈禱にすぐれた稀代の密教僧として描かれていることは先に述べたが、もう一つ、僧都の人物像について見逃せないことは、僧都がいわば「慈悲の人」として描かれていることである。[25]それは、たとえば、偶然に出会った人事不省にして正体不明の女（浮舟）を前に、僧都が弟子僧に語る次の言葉によって知られるところである。

まことの人のかたちなり。その命絶えぬを見る見る棄てんことといみじきことなり。池におよぐ魚、山になく鹿をだに、人にとらへられて死なむとするを見つつ助けざらむは、いと悲しかるべし。人の命久しかるまじきものなれど、残りの命一二日をも惜しまずはあるべからず。鬼にも神にも領ぜられ、人に追はれ、人にはかりごたれても、これ横さまの死をすべきものにこそはあめれ、仏のかならず救ひたまふべき際なり。なほこころみに、しばし湯を飲ませなどして助けこころみむ。つひに死なば、言ふ限りにあらず　（手習巻・六―二八四～二八五）

「ものよく言ふ僧都」（手習六―三四六）としての僧都の性癖を考慮に入れても、これは度を越して大仰な説経僧の口吻であって、僧都の行動の原理としての「慈悲」の理念をことさらに強調しようとする作者の意図が感じられる。僧都の慈悲の心は、また、「仏を紛れなく念じつとめはべらん」（手習巻・六―三四四）という山籠もりの本意を持ちながら、信徒から加持祈禱の懇請を受けては情にほだされ下山するというその行状にもよくあらわれている。

このように見てくると、僧都が浮舟を、そして薫を救うために、いかなる論理にしたがい、いかなる手段をとろうとしたかが、おのずと明らかになってくる。僧都が浮舟に宛てて書いた例の消息の背後には、『大日経』の「三句の法門」が説くような、慈悲に根ざした方便の思想があるのではないか。僧都がその慈悲の心をもって浮舟に対して行なおうとしたのは、方便としての還俗勧奨だったのではないだろうか。仏教者にとって、一度出家させた者をあえて還俗させるという行為は、たんなる挫折でないとすれば、方便以外のなにものでもない。

さらに言えば、僧都の消息には、浮舟自身の、慈悲による方便行への期待がこめられていたと考えられる。その証左となるのは、『大日経義釈』に見られる一つの例話である。『大日経義釈』においては、求道者たる菩薩が不邪淫戒に背くような行為をし、なおかつそれが他者救済のための方便として許されるという内容の話が説かれている。これは『大日経』受方便学処品に、菩薩のたもつべき十善業道[26]を掲げつつ、声聞乗等におけるそれとの違いを「智慧方便」の有無によると説いていることについて、『大日経義釈』で具体的な例話を示しながら注釈を加えているものである。

有菩薩、従生已来修童真行、尚未面覩女色。況起染心。常於山林修道。後季十八因入村乞食、有童女、見其端厳美妙、便生欲心著告言、我於仁者深生欲心、仁者行妙行、正為利一切耳、若我願不遂、恐致絶命、即違仁者本願而害衆生也。彼菩薩種種呵欲過失、彼終不捨。以不獲所願、因即悶絶。時彼親属念言、必是夜叉也、形貌異人、我女見而躃地、将不奪彼精気耶。共持刀杖執縛、将欲加害。女少蘇已見之、即具告父母因縁。彼言、是女之過、非童子咎。即便捨之。女人又追随不止。比丘念言、若彼不得所求、必自喪命而入悪道。遂従彼願、多時和合、伺彼欲少息時、以法勧導而説法利。彼女以深愛敬故即順其意、共修梵行成大法利。然此菩薩、但以大悲方便、能有下劣忍於斯事。而非欲貪所牽而作非法。若不由大悲、但以欲邪行心而作、即是犯戒也。此是具智方便故爾。[27]

（菩薩有り、生まれてより已来、童真の行を修し、尚未だ面して女色を覩ず。況や染心を起こさんをや。常に山林に於て道を修す。後に季十八にして村に入りて乞食するに因りて、童女有り、其の端厳美妙なるを見て便ち欲心を生じ、著して告げて言はく、我仁者に於いて深く欲心を生ず、仁者妙行を行なふは、正しく一切を利せんが為のみ、若し我が願ひ遂げずば、恐らくは絶命を致さん、即ち仁者の本願に違ひて衆生を害するなりと。彼の菩薩種種に欲の過失を呵すれども、彼終に捨てず。所願を得ざるを以て、因りて即ち悶絶す。時に彼の親属念言すらく、必ず是れ夜叉なり、形貌人に異なり、我が女見て地に躃る、将に彼の精気を奪はざらんやと。共に刀杖を持ちて執縛し、将に害を加へんとす。女少くして蘇り已り之を見て、即ち具さに父母に因縁を告ぐ。彼言はく、是女の過なり、童子の咎に非ずと。即便ち之を捨す。女人又追随して止まず。比丘念言すらく、若し彼求むる所を得ずば、必ず自ら命を喪ひて悪道に入らんと。遂に彼の願ひに従ひて、多時に和合し、彼の欲の少しく息む時を伺ひて、法を以て勧導し法利を説く。彼の女深く愛敬するを以ての故に即ち其の意に順ひ、共に梵行を修して大法利を成ず。然も此の菩薩、但し大悲方便を以て能く下劣を有して斯の事を忍ぶ。而して欲貪の牽く所にして非法を作すに非ず。若し大悲に由らず、但し欲邪行の心を以て作さば即ち之犯戒なり。此は是智方便を具するが故に爾り。）

美しい青年の菩薩に童女が「欲心」を起こし、つきまとう。菩薩は童女が失恋の末に自殺して悪道に堕ちることを懸念し、童女の願いに応じて肉体関係を持った上で折を見ては勧導し、やがてはともに「大法利」を成した――という話である。ただしこれは菩薩の「大悲方便」による行為であるからこそ認められるのであって、「欲邪行心」を以てすれば「犯戒」となると『大日教義釈』は説いている。

この話は、男女の立場が逆になってはいるが、求道者が自分に愛着を示す相手を救うための「大悲方便」としてあえて「多時和合」する――恒常的に男女の関係を持つ――という点では、浮舟の事例にあてはめることが可能である。[28]横川の僧都の消息は、こうした密教の教説をふまえて、浮舟に、いわば在家の「菩薩」[29]となって方便を行じ、薫の「愛執の罪」を晴らし、ともに成道をめざすことを勧めるものとして書かれていたと考えられる。[30]

以上、横川の僧都の人物像を手がかりに、宇治十帖の主要登場人物において密教の教説をベースにした方便の思いが見られることに着目し、方便の思想の観点から僧都の消息の真意を追究してきた。その結果、この消息は、古注釈の説のとおり、還俗を勧めたものであるという結論に達した。ここに、門前氏の批判に応えて、教理的根拠を示しつつ、僧都の消息が還俗勧奨であることを論証し得たと言ってよいだろう。

宇治十帖は、八宮が在家菩薩となった経緯から語り起こされ、浮舟に在家菩薩への道が指し示されたところで終局を迎えている。しかし、そのような促しに対して、浮舟は沈黙を押し通す。それはなぜなのか。

次章では、宇治十帖における主要人物八宮と薫の生き方を在家菩薩のありようという観点からあらためて捉え直した上で、物語最後の女主人公浮舟が、横川の僧都によって差し向けられた在家菩薩としての方便行の勧めをどのように受け止めたかについて、当時広く信受されていた『法華経』の記述から考えてみたい。

注

（1）『岷江入楚』においては、「もとの御ちきりあやまち給はてあいしふのつみをはるかし」について、「箋此まゝにては薫の愛執は（な）るへからすもとのことくの契になり愛執の罪をはる（か）せと也」と、また、「猶たのませ給へ」について、「薫ともとのことく契り給ふとも一たひ出家の功徳はむなしかるへからすとたのませ給へと也」と釈している。「箋」は三条西実枝の講説の「聞書」を示すものであり、実枝の説をふまえてこの解釈がなされている。中田武司編『岷江入楚　第四巻』（源氏物語古注集成、桜楓社）、七六八頁。

（2）多屋頼俊「宇治十帖の結末」、『源氏物語の思想』（法蔵館、一九五二年）、二六九頁。

（3）山口昌男「源氏物語夢浮橋巻の文芸構造―愛執の罪を中心として―」、『日本文芸研究』三二―一（一九八〇年）。また、渡會敦幸「救済のゆくえ―横川僧都の消息をめぐって―」、伊井春樹編『古代中世文学研究論集　第一集』（和泉書院、一九九六年）。

（4）ここで、僧都が「書きあきらめ」た内容を、「浮舟が薫の思う人である趣」（日本古典文学大系『源氏物語』頭注）、「事実」（新日本古典文学大系『源氏物語』脚注）などとする解釈もあるが、賛成できない。「他人は心もえず」との対比から、「まがふべうもあらず」とは浮舟本人にとってであることが知られる。すなわち、ここは僧都が浮舟には誤解しようのないほどはっきりとお書きになっているという意味である。よって、その内容は、浮舟にとっては自明のことがらに属する薫との事実関係であるよりは、それをふまえた僧都の指示の部分であると見なされる。また、「僧都がすでに全部を知ったことは疑う余地もない」（日本古典文学全集『源氏物語』頭注）との解釈も、「書きあきらめ」るという表現に託された僧都の意志の働きを無視するもので、不自然である。

（5）三説のいずれにも分類できないものとして、「御契り」を「前世から当然そうなるべく約束されていた浮舟の現実の身の上」とする説（中哲裕「浮舟・横川の僧都と「出家授戒作法」」、『長岡技術科学大学言語・人文科学論集』二、一九八八年）があるが、「契り」という語は基本的に二者間の関係を前提としており、「宿世」と同義になるのはごく例外的なケースであること、および、本文中で後述するように、「もとの」が「前世の」の意味にならないことから、同意できない。

（6）門前真一『源氏物語新見』（門前真一教授還暦記念会、一九六五年）、二六二頁。また、松村誠一「「もとの御契り」（浮舟）は「さるべき昔の契り」（僧都）」、『成蹊国文』一八（一九八五年）。

（7）「これは別人なれど、慰めどころありぬべきさまなりとおぼゆるは、この人に契りのおはしけるにやあらむ」（宿木巻・五―四九四）、「かく契り深くてなん参り来あひたると伝へたまへかし」（同・五―四九五）、「宇治橋の長きちぎりは朽ちせじをあやぶむかたに心さわぐな」（浮舟巻・六―一四五〜一四六）など。

（8）渡辺仁史『源氏物語』試論―無常と「行ひ」―」、『文芸研究』一四二（一九九六年）、八頁。

（9）阿部俊子「浮舟の出家」、『源氏物語と和歌 研究と資料Ⅱ』（武蔵野書院、一九八二年）。

（10）渕江文也『源氏物語の思想的美質』（桜楓社、一九七八年）、一〇〇頁。

（11）重松信弘『源氏物語の思想』（風間書房、一九七一年）、四九一頁、四九九頁。

（12）多屋頼俊「浮舟と横川の僧都」、『文学』三六―一一（一九六八年）。

（13）久保重「手習・夢ノ浮橋私見」、『樟蔭国文学』六（一九六八年）、三九頁。

（14）今西祐一郎「「横川僧都」小論」、『論集日本文学・日本語２ 中古』（角川書店、一九七七年）、二七四頁。「御契り」を薫との関係としながら非勧奨を説くものとしては、他に、広川勝美「浮舟再生と横川の僧都」（『仏教文学研究 第四集』法蔵館、一九六六年）、多屋頼俊「浮舟と横川の僧都」（『文学』三六―一一、一九六八年）がある。

（15）門前真一注（６）書、二七〇頁。

（16）渕江文也注（10）書、六一頁。

（17）たとえば、深沢三千男「横川僧都の役割―浮舟の救いをめぐって―」、『仏教文学研究 第八集』（法蔵館、一九六九年）。

（18）門前真一「浮舟の救ひの問題―還俗勧告の教理的根拠は果してあるか―」、『天理大学学報』五八（一九六八年）。

(19)　重松信弘注（11）書、四八九頁。
(20)　今西祐一郎注（14）論文。
(21)　僧都の突然の下山の理由を問われた弟子僧の発言として、「一品の宮の御物の怪になやませたまひける、山の座主御修法仕まつらせたまへど、なほ僧都参りたまはでは験なしとて、昨日二たびなん召しはべりし」（手習巻・六―三三二～三三三）とある。
(22)　寺本直彦「檀那贈僧正覚運と紫式部」、『源氏物語受容史論考　続編』（風間書房、一九八四年）。丸山キヨ子『源氏物語の仏教』（創文社、一九八五年）、三〇九頁。
(23)　大正新脩大蔵経、第十八巻、一頁中段。
(24)　大正新脩大蔵経、第十八巻、一頁下段。
(25)　たとえば、丸山キヨ子注（22）書がそのような捉え方をしている。
(26)　不奪生命戒、不与取戒、不邪婬戒、不妄語戒、不麁悪罵戒、不両舌語戒、不綺語戒、不貪戒、不瞋戒、不邪見戒。
(27)　卍続蔵経（新文豊出版公司）、第三十六冊、九二二～九二三頁。私に句読点を付し、書き下しを行なった。
(28)　なお、女が男の愛欲の念を晴らし仏道に導く説話の流布とその影響については、三角洋一「横川の僧都小論―浮舟還俗非勧奨論の復権に向けて―」（森一郎編『源氏物語作中人物論集』、勉誠社、一九九三年）に論じられている。ただし、論中に挙げられた志賀寺上人の話と真福田丸の話は、老僧や卑しい男に思いをかけられた貴女が相手の結縁を導いたという話であって、女が男の愛執を晴らす例としては興味深いが、女が出家者でない点で、三角氏の非勧奨説とどう関わるかが理解できない。氏が真福田丸話と関連づけておられる『維摩経』仏国品第八の「或現作淫女、引諸好色者、先以欲鉤牽、後令入仏智」の文言も、むしろ還俗勧奨説の論拠として引かれてよいものであろう。
(29)　丸山キヨ子注（22）書の五八頁でも、論証の過程は異なるが、この消息は還俗勧奨であるとし、「僧都が自ら選び、浮舟にも指示した菩薩の道」を指摘している。
(30)　ただし、大乗仏教では、密教に限らず顕教においても戒律の遵守についての考え方が漸次ゆるやかになる傾向が認められ、僧都の消息の背後にあるものを密教の教説のみに限定することはできない。この点については、今後さらに検討を加えたい。

第五章　女性と方便

今此会中跋陀婆羅等五百菩薩。師子月等五百比丘尼。思仏等五百優婆塞。皆於阿耨多羅三藐三菩提不退転者是。
（『妙法蓮華経』常不軽菩薩品）

一　沈黙する浮舟

浮舟は沈黙する。薫の遣わした弟小君の懇願を退け、ひたすら沈黙を押し通す。沈黙することで、薫との再会を頑なに拒む。そして、物語は終焉を迎える。「人の隠しするゑたるにやあらん」――薫は、浮舟の拒絶の背後に他の男の影を見る。よもやそれが浮舟みずからの意思であるとは思わずに。

宇治十帖が、ひいては『源氏物語』が、女の沈黙とそれを理解できない男の当て推量の描写で擱筆されていることには、どのような意味があるのか。本章では、宇治十帖を特徴づける仏教思想の一面に目を向け、浮舟の沈黙の背後にある、当時における仏教的救済をめぐる女性固有の問題意識を探りあててみたい。

夢浮橋巻において、浮舟が「沈黙する女君」として繰り返し描かれていることについては、吉井美弥子氏の詳細な論考がある。(1) 吉井氏は、浮舟の沈黙を夢浮橋巻の表現方法として捉え、沈黙は直前の手習巻における手習と類似しているが、手習との違いは内面の思いを表現しないことにあるとした。そして、表現しないことによって他者と隔絶し、自己の存在をかろうじてとりとめようとしているのが浮舟の沈黙の意味であり、その浮舟の姿は、この物語もまた「沈黙」へと到り着こうとしていることを象徴していると述べた。

吉井氏の論は、物語の方法論の見地からの指摘として傾聴に値するが、浮舟の沈黙の意味するところを、また別の見地から――より主題論的な立場から――考えることも可能であろう。浮舟が沈黙によって他者と隔絶し、自己の存在をとりとめようとしているという吉井氏の指摘はまさにそのとおりであると思われるが、浮舟がなぜそこまでして他者と隔絶する必要があったかという疑問が残る。本稿では、浮舟が沈黙によって回避しようとしたのは具体的にはどのような事態であったのかということをあらためて考え、沈黙の実質的な意味を探ってみたい。

浮舟の沈黙は、直接的には薫の接近を拒むものであったと見られるが、その薫との再会によってもたらされるであろう新たな関係を、浮舟はどのように見通していたのだろうか。

小君の持ってきた薫の消息は、「今は、いかで、あさましかりし世の夢語《ゆめがたり》をだに」（夢浮橋巻・六―三九二）と、浮舟に会いたいという意向を示しているものの、強引に復縁を迫っているわけではない。また、この手紙を見た浮舟の思いは次のとおりである。

かくつぶつぶと書きたまへるさまの、紛らはさん方なきに、さりとて、その人にもあらぬさまを、思ひのほかに見つけられきこえたらむほどの、はしたなさなどを思ひ乱れて、いとどはればれしからぬ心は、言ひやるべき方もなし。（夢浮橋巻・六―三九二）

その後、「ただ一言をのたまはせよかし」と返答を請う小君に、浮舟は「ものものたまは」ず、答えようとしないが、その浮舟の心中が語られることはなく、小君に対してのみならず、読者に対しても沈黙が守られたまま、物語が閉じられる。したがって、右の浮舟の心中描写に見られる、尼姿を見顕される「はしたなさ」を除いては、浮舟が薫との再会とその後のなりゆきをどのように思い描いて沈黙を押し通したかは明記されていない。

ただし、それを知る一つの手がかりとして、仲介役の横川の僧都が小君に託し、薫の消息に先立って浮舟に届けられた消息がある。前章で考察の対象としたものであるが、あらためて全文を引用しよう。

今朝、ここに、大将殿のものしたまひて、御ありさま尋ね問ひたまふに、はじめよりありしやうくはしく聞こえはべりぬ。御心ざし深かりける御仲を背きたまひて、あやしき山がつの中に出家したまへること、かへりては、仏の責そふべきことなるをなん、うけたまはり驚きはべる。いかがはせん。もとの御契り過ちたまはで、愛執の罪をはるかしきこえたまひて、一日の出家の功徳ははかりなきものなれば、なほ頼ませたまへとなん。ことごとには、みづからさぶらひて申しはべらむ。かつがつこの小君聞こえたまひてん。（夢浮橋巻・六―三八六～三八七）

引き続き、この消息について、「まがふべうもあらず書きあきらめたまへれど、他人は心も得ず」と述べられていることから、横川の僧都の消息の指示内容が、「他人」ならぬ浮舟本人には、自明にして取り違えようのないものであったことが知られる。

とすると、この僧都の消息の内容から、浮舟があくまで拒もうとした、薫との新たな関係がいかなるものであったかが見えてくるのではないか。

二　在家菩薩となることの勧め

横川の僧都のこの消息については、長い間、浮舟に還俗を勧めたものであるか、そうでないかが論議の的となってきた。薫の許しを得ない出家を「仏の責そふべきこと」と言っている点、「もとの御契り」が薫とのそれと見なしうる点、などから、どちらかと言えば、還俗勧奨説が優勢であったが、一方で、非勧奨説の最大の論拠として、還俗を勧めていると解釈したのでは「愛執の罪をはるかしきこえたまひて」という一節が理解できない、ということが言われてきた。還俗してもとの関係に戻り、しかも「愛執の罪をはるか」すことができるはずはない、という主張である。

しかし、男女の関係を持ちながら「愛執の罪をはるか」すことが本当に不可能かと言えば、必ずしもそうではないことを、前章の考察で明らかにした。その論拠として、この消息を書いた横川の僧都が天台密教の高僧として描かれていること、天台密教の根本経典『大日経』の注釈書『大日経義釈』に、菩薩が方便として不邪婬戒に違背する例話があることを指摘した。『大日経義釈』の原文は既に引いたので引用を省くが、あらためてその内容を略記すれば、次のとおりである。

ある少女が眉目秀麗な青年菩薩に懸想する。叶わぬ恋に少女が自殺しようとするのを見かねた菩薩は、「方便」として彼女と男女の関係を持ち、折を見ては仏道を勧めた。女は男を敬愛していたのでその教えに随順し、ついにはともに成道した――。

この話は菩薩による十善業道の行法を説く『大日経』受方便学処品の経文を注釈した部分にあるもので、菩薩が衆生救済のための「方便」として行なうのであれば、戒に反するような行為をしても容認されるという趣旨の譬え話の一つである。この話の文脈で言えば、密教の考え方では、たとえば不邪婬戒に背いても、それが相手を勧導し得道させるための方便であれば許容されることがわかる。先の消息に立ち戻って考えてみると、浮舟が還俗して薫ともとの関係になっても「愛執の罪をはるか」すことは十分に可能だということになる。

僧都は、浮舟に宛てた消息の中で、明らかに、還俗して薫のもとに帰り、薫を救うことを勧めている。『大日経義釈』では男性の菩薩による「方便」としての善導と救済が説かれていたが、僧都は浮舟に女性の在家菩薩（優婆夷）によるそれを求めている。(2) ここで男女の立場が入れ替わっているが、女性が「菩薩」として他者を救うという考え方は、当時必ずしも珍しいものではなく、追善供養における願文等にその例を見ることができる。(3) 横川の僧都の還俗勧奨は、密教の根本経典『大日経』に説かれる菩薩の方便の思想にもとづくもので、天台密教の僧侶として、当然の行為であったと言える。

そうなると、浮舟が沈黙によってあくまで回避しようとしたものも、たんに薫と会うことの「はしたなさ」のみではないと思われる。再会の先には、還俗、薫との復縁、優婆夷としての後半生が見通され、それが忌避されていたと言えるのではないか。

三　在家菩薩と見なされた八宮

浮舟が横川の僧都に還俗、薫との復縁、そして優婆夷としての信仰生活を勧められており、浮舟の沈黙はそのことへの抵抗と見られることを論じてきた。僧都の密教僧としての立場に即してみれば、浮舟には、在家菩薩として薫とともに仏道修行を続ける道が示されていたということになる。

この「在家菩薩」としての人間の生き方は、しかしながら、ここで初めて提示されたものではなく、宇治十帖の始まりから描かれてきたものであった。前章までの考察をふまえつつ、しばらく、在家菩薩という観点から、宇治十帖の主要人物の生き方、思考のあり方について考えてみたい。

そのころ、世に数まへられたまはぬ古宮おはしけり。（橋姫巻・五―一一七）

宇治十帖の物語は、このように、宇治に住む零落した皇族八宮の紹介によって開始される。この八宮こそは、在家菩薩の象徴とも言うべき人物ではなかったか。少なくとも、八宮を知る人々の目にはそのように映っているように見える。

八宮は深く仏道を志し、修行に心を入れながらも、姫宮たちの行く末の後ろめたさに出家できずにいる。篤心の在俗信者であり、まさに「優婆塞」（橋姫巻・五―一三三）という呼称にふさわしい人物である。しかも、八宮にはもう一つの特別の呼び名があった。宮の噂を聞いた冷泉院が、

いまだかたちは変へたまはずや。俗聖とか、この若き人々のつけたなる。あはれなることなり。（橋姫巻・五―一二八）

と述べ、薫もこれに耳をとどめて「俗ながら聖になりたまふ心の掟やいかに」と、ただならぬ関心を覚えている。これが後の二人の親交のきっかけとなるのだが、この「俗聖」こそは、在俗の信者にして悟り深き存在、つまり在家菩

薩としての八宮のありようを端的に示す呼称であると言ってよい。

宇治十帖の物語は、この、在家菩薩を体現するかのような八宮の登場によって語り始められ、その「俗ながら聖になりたまふ心の掟」を薫とともに注視し続けていく。橋姫巻に続く椎本巻において、宮は導師である宇治の阿闍梨の寺に籠ったまま死を迎えるが、最期まで出家していない。このことは、死の直後に「入道の御本意は、昔より深くおはせしかど、……思し離れがたくて過ぐいたまへるを」（椎本巻・五―一九〇）と語られていることや、遺された姫たちが「御髪などおろいたまうてける、さる方にておはしまさましかば」（同・五―二〇五）と反実仮想の形で父宮を偲んでいることからも明らかである。八宮は、その本意であった出家を果たすことなく、「俗聖」のままで、まさに在家菩薩としてその生涯を終えたのである。

そのことはまた、八宮に対して行なわれた追善供養の内容からも確認することができる。八宮の一周忌の後、阿闍梨の夢に宮が現れて追善を求めたため、阿闍梨は弟子僧たちに「常不軽」の行を行なわせる。以下は、大君を相手にその経緯を語る阿闍梨の言葉である。

いかなる所におはしますらむ。さりとも涼しき方にぞと思ひやりたてまつるを、先つころ夢になむ見えおはしまししし。俗の御かたちにて、世の中を深う厭ひ離れしかば、心とまることなかりしを、いささかうち思ひしことに乱れてなん、ただしばし願ひの所を隔たれるを思ふなんいと悔しき、すすむるわざせよと、いとさだかに仰せられしを、たちまちに仕うまつるべきことのおぼえはべらねば、たへたるに従ひて行ひしはべる法師ばら五六人して、なにがしの念仏なん仕うまつらせはべる。さては思ひたまへ得たることはべりて、常不軽をなむつかせはべる（総角巻・五―三二〇）

ここで八宮が「俗の御かたちにて」夢に見えたとわざわざ述べられていることに注意したい。そして、阿闍梨が思案のすえ思いついて実施するに至った「常不軽」の行も、実のところ、在家菩薩の救済と深く関わる行法であった。

常不軽行とは、『法華経』常不軽菩薩品に登場する常不軽菩薩のふるまいに由来する行である。常不軽菩薩は、遭う人ごとに礼拝しては「我深敬汝等。不敢軽慢。所以者何。汝等皆行菩薩道。当得作仏」と唱え、人々の軽侮・迫害に耐えたという。常不軽行は、この菩薩に倣い、右の二十四字の経文を誦唱しながら家々の門を礼拝して歩く行法である。

『法華経』常不軽菩薩品の叙述によれば、この常不軽菩薩の生まれ変わりが実は現在の釈尊なのであり、菩薩を軽侮し迫害した者たちは、長い間地獄で大苦悩を受けたが、その後ふたたび常不軽菩薩の教化に遇い、現在無上菩提を得ているのだという。そして、第三章で見たように、ここで四衆平等の救済が説かれる中で、まっさきに挙げられているのは、在家菩薩の成道の例なのである。

宇治の阿闍梨が八宮の追善供養において、追善の行としては異例の常不軽行をあえて行なっていることの背景には、この行が在家菩薩の成仏の助縁となるという確信があったと考えられる。ここからも、阿闍梨が、八宮についてどのような見方をしていたかが明らかである。それは、八宮が終生在家菩薩であったという認識にほかならない。

四　在家菩薩をめざす薫

八宮はこうして阿闍梨によって在家菩薩に最もふさわしい追善の行を手向けられ、宇治十帖の表舞台から退場するが、八宮の生涯に象徴される在家菩薩の生き方を、その後の物語の中にも見出すことができる。

先に見たように、薫は早くから八宮の「俗ながら聖になりたまふ心の掟」にただならぬ関心を示していた。薫もまた、出家を願いつつもそれが叶わぬ状況の中で、「法の師」(4)八宮に倣って、在家菩薩の道を歩もうとしていたのではないか。橋姫巻の終わり近くに、薫の厭世的な発言を受けて、匂宮が「いで、あなことごとし。例のおどろおどろしき聖詞《ひじりことば》見はててしがな」(五―一五五)と揶揄する場面があるが、僧侶でもないのに大仰な「聖詞」が口癖となっている人物として薫が捉えられているのは、薫の内にある在家菩薩的な要素を示すものとして興味深い。

薫自身による在家菩薩としての自覚を窺わせるのは、宿木巻における阿闍梨との会話である。久しぶりに宇治を訪れた薫は、阿闍梨を召し寄せて故大君の忌日の法事について指示した後、大君の思い出の残る八宮邸の寝殿を解体し、阿闍梨の寺の近くに堂を造るという計画を披露する。

阿闍梨召して、例の、かの御忌日の経仏のことなどのたまふ。「さて、ここに時々ものするにつけても、かひなきことの安からずおぼゆるがいと益なきを、この寝殿こぼちて、かの山寺のかたはらに堂建てむとなん思ふを、同じくはとくはじめてん」とのたまひて、「堂いくつ、廊ども、僧房などあるべきことども書き出でのたまひなどせさせたまふを　(宿木巻・五―四五五)

この申し出に対して、阿闍梨が「いと、尊きこと」と答えたのを受けて、薫は堂の造立を思い立った経緯を次のように説明する。

昔の人の、ゆゑある御住まひに占め造りたまひけん所をひきこぼたん、情なきやうなれど、その御心ざしも功徳の方には進みぬべく思しけんを、とまりたまはん人々を思しやりて、えさはおきてたまはざりけるにや。今は兵部卿宮の北の方こそはしりたまふべければ、かの宮の御料とも言ひつべくなりにたり。されば、ここながら寺になさんことは便なかるべし。心にまかせてさもえせじ。所のさまもあまり川面近く、顕証にもあれば、なほ寝殿を失ひて、異ざまにも造りかへんの心にてなん
（宿木巻・五―四五五～四五六）

ここで、薫が「昔の人」すなわち故八宮の「功徳の方には進みぬべく思しけん」志に触れていることに注意したい。堂の建立と寄進は仏教的な功徳になるという前提のもとに、八宮の遺志を汲んで、このような計画がなされているのである。

そして、この薫の発言に続くのが、これまでにも再三取り上げた、阿闍梨の「仏の御方便」をめぐる発言である。

とざまかうざまに、いともかしこく尊き御心なり。昔、別れを悲しびて、骨をつつみてあまたの年頸にかけてはべりける人も、仏の御方便にてなん、かの骨の嚢を棄てて、つひに聖の道にも入りはべりにける。この寝殿をご覧ずるにつけて、御心動きおはしますらん、ひとつにはたいだいしきことなり。また、後の世のすすめともなるべきことにはべりけり。急ぎ仕うまつるべし。
（宿木巻・五―四五六）

この阿闍梨の発言に見える骨を首にかけていた人の話は、先に紹介した青年菩薩の話と同様、『大日経義釈』における『大日経』受方便学処品の注釈部分を出典としている。(5) 亡き妻を忘れられず、長年その骨を背負って暮らしてい

た男が、菩薩の「方便」によって骨を棄てて得道するという話である。阿闍梨の発言の中で薫が準えられているのは菩薩ではなく骨を首にかけていた男の方であるが、ここで重要なことは、阿闍梨が、この『大日経義釈』の例話を、薫が当然知っているものとして持ち出していることである。当時、密教の根本経典である『大日経』はその注釈書である『大日経義釈』もしくは『大日経疏』を通じて読まれていたと言われ、薫がこのような『大日経義釈』の細部に通じていたとすれば、『大日経』の本文についての知識も当然あったはずである。

それでは、『大日経』受方便学処品には何が説かれているのか。先にもふれたように、そこでは、まず、菩薩がいかに十善戒を受持すべきかが説かれ、特に声聞におけるそれとの違いが行道における「智慧方便」の有無にあることが強調されている。先の『大日経義釈』の青年菩薩の話は不浄行戒（不邪婬戒）に関する話、上述の骨を首にかけていた男の話は不妄語戒に関する話であり、いずれも『大日経』受方便学処品前半の十善業道を説く部分の注釈に見える例話である。そして、同品の後半部分には何が説かれているかと言えば、在家菩薩の持戒のありようが特にとりあげられ、論じられているのである。

秘密主。応知菩薩有二種。云何為二。所謂在家出家。秘密主彼在家菩薩受持五戒句。勢位自在。以種種方便道随順時方。自在摂受求一切智。所謂具足方便。示理舞伎天祠主等種種芸処。随彼方便。以四摂法。摂取衆生。皆使志求阿耨多羅三藐三菩提。謂持不奪生命戒。及不与取。虚妄語。欲邪行。邪見等。是名在家五戒句。菩薩受持如所説善戒。(6)

（秘密主よ、当に知るべし。菩薩に二種有り。云何が二と為す。所謂在家と出家となり。秘密主よ、彼の在家の菩薩は、五戒の句を受持し、勢位自在にして、種種の方便道を以て、時方に随順し、自在に摂受して、一切智を求む。所謂方便を具足して、舞伎、天祀主等の種種の芸処を示理し、彼の方便に随ひ、四摂の法を以て、衆生を摂取して皆阿耨多羅三藐三菩提を志求せしむ。謂く不奪生命戒、および不与取、虚妄語、欲邪行、邪見等を持つなり。是を在家の五戒の句と名づく。菩薩は所説の如き善戒を受持す。）

八宮の「俗ながら聖になりたまふ心の掟」を知りたいと切に願い、宮のもとで法文を学んだ薫が、在家菩薩のあるべき姿を説いたこの経文を見逃すはずはない。とりわけ、引用文中の「四摂の法」とは、布施・愛語・利行・同事の四つの事を指している。宿木巻で薫が堂の建造と寄進を思い立っていることは、そのうち布施の行にあたる。これは在俗信者である在家菩薩ならではの善行であり、当人の功徳となることでもある。阿闍梨が薫の計画を「後の世のすすめともなるべきこと」と賞讃しているのはその故である。薫には、布施が在俗信者としての務めであるという認識が十分にあったと考えられる。

阿闍梨が持ち出した『大日経義釈』の骨を首にかけていた男の話は『大日経』受方便学処品の本文についての注釈の部分にあるものであり、薫にあらためて同品に説かれている在家菩薩をめぐる右の経文を思い起こさせた可能性がある。阿闍梨の言葉を受けて、薫はさらに新たな行動をとり、計画を実現するための手筈を整える。

とかくのたまひ定めて、御庄の人ども召して、このほどのことども、阿闍梨の言はんままにすべきよしなど仰せたまふ。（宿木巻・五―四五七）

日ごろ慎重で優柔不断な薫にしては、異様に素早い措置である。これは、先の薫の発言に見られたように、私淑していた八宮の遺志を継ぎ、また阿闍梨の期待に応えて、在家菩薩にふさわしい行ないをしようとする薫の強い意欲のあらわれであると考えられる。

薫が『大日経』の教説をよく理解し、生きて行く上での一つの指針としていたことは、後の蜻蛉巻の叙述からも、窺い知ることができる。浮舟死去の報に接した薫が、次々と愛する者を失ってきたみずからの来し方を省みる例の場面である。

ただ今は、さらに思ひしづめん方なきままに、悔しきことの数知らず、かかることの筋につけて、いみじうもの思ふべき宿世なりけり、さま異に心ざしたりし身の、思ひの外に、かく、例の人にてながらふるを、仏なども憎しと見たまふにや、人の心を起こさせむとて、仏のしたまふ方便は、慈悲をも隠して、かやうにこそはあなれ

（蜻蛉巻・六―二一六）

傍線部の方便をめぐる思いが『大日経』入真言門住心品に見える次の一節をふまえたものであることは、第二章で論じたとおりである。

菩提心為因。悲為根本。方便為究竟。(7)

（菩提心を因と為し、悲を根本と為し、方便を究竟と為す。）

この「三句の法門」は、『大日経』の思想の核心を表していると言われ、『大日経義釈』にも繰り返し引かれている。

薫が人生を振り返って総括する重要な局面でこの経文をベースに思考していることは、いかに彼が『大日経』や『大日経典義釈』の教説、とりわけ仏や菩薩の方便に関する教説に日頃から親しみ、これを深く理解し、尊重していたかを示すものであると考えられる。

五　在家菩薩になれない浮舟

八宮が周囲から在家菩薩の象徴と見なされ、また、薫の生き方が在家菩薩としてのそれをめざすものであったことを見てきた。その背後には、天台密教の根本経典である『法華経』および『大日経』の在家菩薩に関する教説があった。八宮の導師が宇治の阿闍梨であり、薫が八宮を「法の師」としていたことからすると、仏法の学びに関して、阿闍梨――八宮、八宮――薫というラインが形成され、その中で彼らが『法華経』や『大日経義釈』を中心とした天台密教関連の多くの法文を読み、在家菩薩のあるべき姿やその成道の可能性についての認識を共有していたと見ることができる。

一方、浮舟には、どれだけの用意があったのか。先に、横川の僧都が、天台密教の考え方をもとに、浮舟に還俗して薫を救うことを勧めていたことを述べた。その勧めに接した浮舟には、還俗して優婆夷として生きることを勧められていることは理解できたはずだが、その背後にある、在家菩薩による方便という考え方をにわかに理解できたかどうかは不明である。僧都が消息の中で、「ことごとには、みづからさぶらひて申しはべらむ」――詳細はみずから出向いて直接説明しようと述べていたのは、あるいはその部分であったのかもしれない。

浮舟が仏典に日常的に親しむようになったのは、九ヶ月ほど前に出家を果たして以来のことであり、しかも、特に導師に付いて仏法を学ぶということはしていない。「行ひもいとよくして、法華経はさらなり、こと法文なども、いと多く読みたまふ」（手習巻・六―三五四）とあるが、あくまで自己流の読みであり学びであったと推察される。横川の僧都に天台密教関連の仏典の勉強を勧められていたとすれば、「こと法文」の中に『大日経義釈』が入る可能性は高いが、浮舟がこれを読んでいたかどうかはわからない。しかし、少なくとも『法華経』を読み込んでいたことが右の叙述から明らかであるので、以下、『法華経』の叙述に即して、優婆夷――女性在俗信者の救済の問題について考えてみる。

『法華経』では、序品に続く方便品において大法会の座で説かれた法華一乗の教説を聞き、その教えを信受した者たちが、次々に仏による「授記」すなわち成仏の保証を得ていくさまが描かれている。初めに、縁覚と並んで「二乗」と称せられ、本来仏になれない存在とされていた声聞たちが、それまでの教えは「方便」であり、ただ一仏乗があるのみであるとする仏の説示を領解し、仏の記別を受けて、成仏を約束される。最初の例は、譬喩品における声聞舎利弗への授記である。この舎利弗の例をはじめとして、『法華経』の各段階でどのような人物に対して授記が行なわれたかを整理すれば、次のとおりである。

譬喩品第三	声聞（舎利弗）
授記品第六	声聞（大迦葉、須菩提、大迦旃延、大目犍連）
五百弟子受記品第八	声聞（富楼那、憍陳如以下千二百人、優楼頻螺迦葉以下五百人）
授学無学人記品第九	声聞（阿難・羅睺羅以下二千人）
法師品第十	菩薩・声聞その他（法華経の一偈一句を聞いて随喜する者）

勧持品第十三　　　　比丘尼（摩訶波闍波提・耶輸陀羅以下六千人）
分別功徳品第十七　　菩薩（微塵数の法身の菩薩）
常不軽菩薩品第二十　四衆

こうして見ると、仏の授記は、おおむね、声聞、菩薩、比丘尼の順に行なわれている。従来仏になるのは不可能とされていた声聞の成仏を説くのが法華一乗思想の主眼であるから、まず声聞が記別を受けているのは当然であろう。その最終段階に当たる授学無学人記品において、菩薩の側から、なぜ声聞ばかりに授記が行なわれるのかという疑念が発せられたことをきっかけに、次の法師品で菩薩にも授記が行なわれるのである。続いて勧持品で比丘尼が記別を受けているのは、比丘は当然（出家）菩薩として授記されているという了解があるのであろう。そして、常不軽菩薩品に至って、四衆に対する常不軽菩薩（実は釈尊の前身）による授記が行なわれる。常不軽菩薩品は、仏の授記の物語の締めくくりとして、四衆、すなわち、優婆塞、優婆夷までをも含むすべての仏教信者の平等な救済を保証するという重要な役割を担っていたことになる。(8)

しかし、第三章でもふれたように、常不軽菩薩品では、四衆の得道が言われながらも、実際に成道を約束された者の例としてあげられていたのは、（在家）菩薩、比丘尼、優婆塞それぞれ五百人であった。常不軽品の長行最終段において、釈尊が勢至菩薩を相手に事の次第を解き明かす場面を引用する。

得大勢。彼時四衆比丘比丘尼優婆塞優婆夷。以瞋恚意軽賤我故。二百億劫常不値仏不聞法不見僧。千劫於阿鼻地獄受大苦悩。畢是罪已。復遇常不軽菩薩教化阿耨多羅三菩提。(9)

（得大勢よ、彼の時の四衆たる比丘・比丘尼・優婆塞・優婆夷は瞋恚の意を以て我を軽んじ賤しむるが故に、二百億劫常に仏に値はず、法を聞かず、僧を見ずして、千劫阿鼻地獄において大苦悩を受く。この罪を畢ふること已りて、復た常不軽菩薩の阿耨多羅三藐三菩提に教化するに遇へり。）

そして、その無上菩提を得て成仏を約束され、現在釈尊の法会に参座している者の例としてあげられているのが、四衆のうちでも、優婆塞と比丘尼、すなわち男性の在家信者および女性の出家者なのである。右の引用に続く部分を見よう。

得大勢。於汝意云何。爾時四衆常軽是菩薩者。豈異人乎。今此会中跋陀婆羅等五百菩薩。師子月等五百比丘尼。思仏等五百優婆塞。皆於阿耨多羅三藐三菩提不退転者是。(10)

（得大勢よ、汝が意において如何。爾の時の四衆の常にこの菩薩を軽しめたる者は、豈に異人ならんや。今、此の会中の跋陀婆羅等の五百の菩薩と、師子月等の五百の比丘尼と、思仏等の五百の優婆塞との皆阿耨多羅三藐三菩提において退転せざる者、是なり。）

以上の記述によれば、過去世において常不軽菩薩を迫害し、そのいわば逆縁によって無上菩提への教化に遇ったのは四衆、すなわち比丘・比丘尼・優婆塞・優婆夷であって、すべての仏教信者ということになるが、そのうち実際に無上菩提を得て退転しない者の例としてあげられているのは、現在の法会に参加している菩薩・比丘尼・優婆塞それぞれ五百人である。そして、注目すべきことは、ここで最初にあげられている「菩薩」とは、出家菩薩（比丘）ではなく、在家菩薩（優婆塞）だということである。なぜなら、ここの「菩薩」五百人の代表者跋陀婆羅は、在家菩薩の代表あるいは象徴として、『法華経』をはじめとする諸経典に登場する存在だからである。(11)

この実際に成仏を保証された者たちを見ると、そこに優婆夷が入っていないことに気づく。最初にあげられた在家菩薩は、一般には優婆塞もしくは優婆夷を意味する。ここでは跋陀婆羅が代表としてあげられているため、優婆塞を指しているように思われるが、あるいは優婆夷もそこに含まれているのだろうか。それにしても、在家菩薩とは別に優婆塞をあげながら、優婆夷をあげていないのはなぜなのだろうか。

この不審は、『法華経』のサンスクリット語原典を見れば氷解する。これまで見てきた『法華経』は、五世紀初めに鳩摩羅什が訳した漢訳『妙法蓮華経』である。『源氏物語』が書かれた当時の日本においても広く用いられていたものである。しかし、サンスクリット語原典の現代日本語訳『正しい教えの白蓮』によれば、当該部分は次のように書かれている。

ところで、マハー＝スターマ＝プラープラよ、その折にかの偉大な志を持つ求法者に怒鳴りつけたり、彼を嘲り笑ったりした連中が誰であったかと、疑念をもち疑惑を抱いているかも知れない。それは、いま、この会衆の中にいるバドラ＝パーラをはじめとする五百人の求法者たち、シンハ＝チャンドラーをはじめとする五百人の尼僧たち、スガタ＝チェータナーをはじめとする五百人の女の信者たちであるが、かれらはすべて今では、この上なく完全な「さとり」を目ざして引き返すことのない者となっている。(12)

つまり、羅什の漢訳本で「優婆塞」と訳された部分は、原典では女の信者と書かれているのであり、本来「優婆夷」

と訳すべきものだったのである。原典においては、最後に女の信者たちをあげることで、最も救われ難い女性在俗信者までが救われるという点を強調していたのである。

右に引いたのは、常不軽菩薩品長行の一節であるが、同内容を繰り返した偈の部分を見ても、原典の『正しい教えの白蓮』では次のように書かれている。

そのとき邪教を信じていた僧・尼僧あるいは男の信者を、またその場合、女の信者に至るまで、すべて「さとり」に達しうると、かの賢者は宣言した。

そして、かれらは幾千万の多くの仏を見たのである。

いま、余の面前にいる五百人より少なくない、僧たちも、尼僧たちも、また女の信者たちも、その人々である。(13)

ところが、この部分は、『妙法蓮華経』では、次のように訳されている。

時四部衆　著法之者　聞不軽言　汝当作仏　以此因縁　値無数仏　此会菩薩　五百之衆　并及四部　清信士女

今於我前　聴法者是(14)

（時の四部の衆の　著法の者にして　不軽の「汝は当に仏と作るべし」と言へるを聞きしは　この因縁をもって　無数の仏に値ひたてまつる　この会の菩薩の　五百の衆と　并及に四部の　清信士女とは今わが前において　法を聴く者これなり）

傍線を施した部分より、原典の『正しい教えの白蓮』が明らかに「女の信者」を強調しているのに対し、羅什訳『妙法蓮華経』はそうでないことがわかる。

このように見てくると、鳩摩羅什の漢訳本により『法華経』を読んでいた平安中期の女性たちには、比丘尼であることと優婆夷であることの間には甚だしい懸隔があると捉えられていたと考えてよいのではないか。比丘尼については勧持品における仏の授記があり、常不軽菩薩品で成道を保証された例も挙げられているが、優婆夷で成道の確証を得た例はない。優婆夷は結局、救済を保証されていないのである。

まして、浮舟は既に出家を果たし比丘尼となりおおせている。横川の僧都の勧めに応じて今さら優婆夷となることに、何の希望も持てなかったとしても不思議はない。僧都は浮舟に還俗して薫の「愛執の罪」を晴るかすことを勧めているが、薫を救済する自分の方は救われるのか、という暗い疑問への答えを、彼女はどこにも見出すことができないのである。浮舟が沈黙によって薫との再会を拒絶したのはそのためであると考えられる。浮舟には、横川の僧都の勧めに応じて在家菩薩となり、方便を行なう道は閉ざされていたと見るべきである。第一章で、藤壺や紫上に仏の方便の思いが見られないことに言及したが、浮舟にも菩薩の方便は意識されないままに物語は終わりを迎える。

宇治十帖は、終始、在家菩薩としての人間の生き方への強い関心を見せている。八宮は周囲から在家菩薩の典型と見なされ、薫は八宮に倣って在家菩薩の生き方を志し、そして浮舟は横川の僧都に在家菩薩となって方便を行なうことを勧められている。その背後には、宇治の阿闍梨、八宮、薫、横川の僧都らが拠り所としていた天台密教の在家菩薩の思想がある。しかし、おそらく、浮舟には在家菩薩による方便という考え方は十分に理解できていなかったであろう。彼女はその理解の及ぶ範囲で、僧都の勧める優婆夷としての生活を思い描き、その救いのなさに絶望する。浮舟の沈黙はその絶望のあらわれであると考えられる。

『源氏物語』が書かれた平安中期において、天台密教の在家菩薩についての教説は、男性信者には価値ある教えとして受けとめられ、生き方の指針ともなるべきものであったが、女性信者がみずからの人生を支えるものとしてこれを取り入れる条件は整っていなかったのではないかと考えられる。その一つの要因が、本章でとりあげた、漢訳『妙法蓮華経』における優婆夷の扱いの低さである。もし、当時の日本に、『法華経』のサンスクリット語原典の内容が正しく伝えられていれば、女性の宗教的立場も多少は異なり、『源氏物語』の結末も違ったものになっていたかもしれないが、それは詮なき仮想というものであろう。

注

（1）吉井美弥子「夢浮橋巻の沈黙」、『中古文学』四四（一九九〇年）。
（2）在家菩薩は一般には優婆塞・優婆夷を指す場合が多いが、『大智度論』の定義によれば、在家菩薩とは、在俗信者の中で「我当作仏、度一切衆生」の願を持つ者とされる。
（3）稲城正己「菩薩のジェンダー——菅原道真の願文と女人成仏——」、『仏教と人間社会の研究　朝枝善照博士還暦記念論文集』（永田昌文堂、二〇〇四年）。
（4）「法の師」は薫が浮舟に宛てた消息の中に見える歌「法の師とたづぬる道をしるべにて思はぬ山にふみまどふかな」（夢浮橋巻・六—三九二）による。一般に、この「法の師」は横川の僧都を指すとされているが、夢浮橋巻の冒頭に「年ごろ、御祈禱などつけ語らひたまひけれど、ことにいと親しきことはなかりけるを、このたび一品の宮の御心地のほどにさぶらひたまへるに、すぐれたまへる験ものしたまひけりと見たまひてより、こよなう尊びたまひて、いますこし深き契り加へたまひてければ」（六—三七三）とあるように、薫と横川僧都の交流は日が浅く、師弟関係にあったとは言えない。「法の師」は八宮のことであって、この歌は八宮の教えを求めて宇治の山荘を訪れたことをきっかけに思いがけずたどることになった愛執の道を示唆していると見た方がよい。

（5）高木宗監『源氏物語における仏教故事の研究』（桜楓社、一九八〇年）ではこの話の典拠を『大日経疏』に求めているが、天台宗所依の『大日経義釈』と見るべきである。なお、原文を第九章に掲げる。
（6）大正新脩大蔵経、第十八巻、四〇頁上段。
（7）大正新脩大蔵経、第十八巻、一頁下段。
（8）なお、提婆達多品第十二における提婆達多と龍女の成仏の話は、悪人成仏、女人成仏を説いたものとして有名であるが、仏の授記の物語の系列に属するものではない。また、久保継成氏によれば、提婆達多品は成立当初の『法華経』にはなく、後代になって付け加えられたものであるという。久保継成「法華経の菩薩行―常不軽菩薩品での総括―」、『印度学仏教学研究』三五―二（一九八七年）。
（9）大正新脩大蔵経、第九巻、五一頁上段～中段。
（10）大正新脩大蔵経、第九巻、五一頁中段。
（11）第三章注（25）を参照されたい。
（12）『正しい教えの白蓮』の引用は、坂本幸男・岩本裕訳注『法華経』（岩波書店、一九六七年）による。下巻一四三頁。
（13）注（12）書、下巻一四七頁。
（14）大正新脩大蔵経、第九巻、五一頁中段。

第二部　蛍巻物語論と仏法の論理

第六章　蛍巻物語論の論理構造

一切諸法。本来寂静。非有非無。非常非断。不生不滅。不垢不浄。一色一香無非中道。生死即涅槃。煩悩即菩提。

（『往生要集』巻上大文第四）

一　物語論の中の仏法論

仏のいとうるはしき心にて説きおきたまへる御法も、方便といふことありて、悟りなき者は、ここかしこ違ふ疑ひをおきつべくなん、方等経の中に多かれど、言ひもてゆけば、一つ旨にありて、菩提と煩悩との隔たりなむ、この、人のよきあしきばかりのことは変りける。よく言へば、すべて何ごとも空しからずなりぬや(1)

（蛍巻・三—二一三）

右は、『源氏物語』蛍巻の中で、光源氏が養女玉鬘に語り聞かせるという設定で展開されている、いわゆる物語論の最終段である。ここで、作者紫式部は仏の「御法」を持ち出し、そのありようを語ることで論を結んでいる(2)。ここには、本書で考察の対象としている「方便」という語が見えている。

第二部では、この蛍巻の物語論に「方便」が持ち出されていることの意味を追究していくが、本章では、その前提として、物語論の構造を明らかにし、右の仏法論がその中でどのように位置づけられるのかを検討する。この仏法論は、物語論全体の中でどのような役割をはたしているのだろうか。

本居宣長が「もののあはれ」論をたてて中世以来の儒仏的立場による『源氏物語』理解を排撃してからというもの、蛍巻の物語論で論じられた物語創作の動機について、儒教的もしくは仏教的な教誡をめざすものとする見方は次第に支持者を失うに至った。それとともに、右の論述についても、物語を仏教の唱導を図る手段として位置づけるものとする旧説は否定され、仏教の教説の論理を借りることで物語論のそれまでの論述を補い、論の享受者の理解をたすけようとするものであるとする見方が一般的になっている。

そうした見方の一つの典型をなすものとして、この蛍巻の物語論が『法華経』の三周説法の型をふまえて論じられているとする見解がある。(3) それによると、『花鳥余情』が帚木巻の「雨夜の品定め」の論法について指摘したのと同様に、蛍巻物語論も仏典でいう法説、譬喩説、因縁説の三周説法の形式で論じられており、右の仏法論の部分はそのうちの譬喩説にあたるという。このような見方によれば、この仏法論の論述は、それまでの物語論の本論（法説）を支える役割をもつものであり、仏教の教説は、物語論の論理を補強するために援用されているということになる。

ここで仏法論が導入された理由はそれだけではないと思われるものの、筆者も基本的にはそうした見方に異論はない。後述するように、この部分の論述が前段までの論述を裏付ける役割をはたしていることは確かであり、その意図するところは、少なくとも仏教の教説そのものの唱導ではない。

問題は、現在、蛍巻の物語論に仏教的教誡色はみとめられないという共通理解があるにもかかわらず、この論述の一部について、それと大きく矛盾する解釈が広く行なわれていることである。すなわち、「菩提と煩悩との隔たりなむ、この、人のよきあしきばかりのことは変りける」という一節の解釈である。
　本章では、この一節についての従来の解釈を物語論全体の論理構造にてらして再検討し、蛍巻物語論における仏法論の位置づけについて考えてみたい。

二　〈虚〉か〈実〉か

　まず、前掲の仏法論の部分に至るまでの蛍巻物語論の構成をたどり、この物語論の論点は何かということを確認しておきたい。
　以下に、光源氏（文中では「殿」）の発言とその枠組みをなす地の文を分けて表示する。物語論の各部分における源氏の論調を把握するため、特に枠組みの部分に傍線を付す。

殿も、こなたかなたにかかる物どもの散りつつ、御目に離れねば、

A「あなむつかし。女こそものうるさがらず、人に欺かれむと生まれたるものなれ。ここらの中にまことはいと少なからむを、かつ知る知る、かかるすずろごとに心を移し、はかられたまひて、暑かはしき五月雨の、髪の乱るるも知らで書きたまふよ」

とて、笑ひたまふものから、また、

B
「かかる世の古事ならでは、げに何をか紛るることなきつれづれを慰めまし。さてもこのいつはりどもの中に、げにさもあらむとあはれを見せ、つきづきしくつづけたる、はた、はかなしごとと知りながら、いたづらに心動き、らうたげなる姫君のもの思へる見るにかた心つくかし。またいとあるまじきことかなと見る見る、おどろおどろしくとりなしけるが目おどろきて、静かにまた聞くたびぞ、憎けれどふとをかしきふしあらはなるなどもあるべし。このごろ幼き人の、女房などに時々読ますするを立ち聞けば、ものよく言ふ者の世にあるべきかな。そらごとをよくし馴れたる口つきよりぞ言ひ出だすらむとおぼゆれどさしもあらじや」

とのたまへば、「げにいつはり馴れたる人や、さまざまにさも酌みはべらむ。ただいとまことのこととこそ思うたまへられけれ」とて、硯を押しやりたまへば、

C
「骨なくも聞こえおとしてけるかな。神代より世にあることを記しおきけるななり。日本紀などはただかたそばぞかし。これらにこそ道々しくくはしきことはあらめ」

とて笑ひたまふ。

D(1)「その人の上とて、ありのままに言ひ出づることこそなけれ、よきもあしきも、世に経る人のありさまの、見るにも飽かず聞くにもあまることを、後の世にも言ひ伝へさせまほしきふしぶしを、心に籠めがたくて言

ひおきはじめたるなり。よきさまに言ふとては、よきことのかぎり選り出でて、人に従はむとては、またあしきさまのめづらしきことをとり集めたる、みなかたがにつけたるこの世の外のことならずかし」

D(2)「他の朝廷のさへ、作りやうかはる、同じ大和の国のことなれば、昔今のに変るべし、深きこと浅きことのけぢめこそあらめ、ひたぶるにそらごとと言ひはてむも、事の心違ひてなむありける」

D(3)「仏のいとうるはしき心にて説きおきたまへる御法も、方便といふことありて、悟りなき者は、ここかしこ違ふ疑ひをおきつべくなん、方等経の中に多かれど、言ひもてゆけば、一つ旨にありて、菩提と煩悩との隔たりなむ、この、人のよきあしきばかりのことは変りける」

D(4)「よく言へば、すべて何ごとも空しからずなりぬや」

と、物語をいとわざとのことにのたまひなしつ。（蛍巻・三―二一〇〜二一三）

このように、物語論の語り手である源氏の発言は、地の文の存在によってAからDの四つの部分に分けられる。BとCの間のカギカッコ内の発言は、聞き手の玉鬘のものである。Dの発言は、考察の便宜上、(1)〜(4)の四段に分けて示した。問題の仏法論は、D(3)・D(4)の部分にあたる。

AとCの発言は比較的短く、いずれも論者である源氏みずからの笑いをともなっている。Aは、物語に心を奪われ書写に熱中している玉鬘へのからかいの発言である。物語を「すずろごと」と断じるその根拠として、「ここらの中にまことはいと少なからむ」と述べている。一方Cは、直前の玉鬘の反発に応じて、Aとは逆に物語賞讃に転じたもので、よく知られている「日本紀などはただかたそばぞかし」という発言はここでなされている。しかし、これも、正史ではなく物語にこそ「道々しくくはしきこと」があるという論の常識はずれであること、また、笑いをともなっていることからも知られるごとく、物語は「ただいとまことのこと」とむきになって抗弁する玉鬘の矛先を冗談半分の大仰な物言いでかわしたものと見られる。(4) AとCは、一方では物語とその熱狂的享受者としての玉鬘を必要以上におとしめ、また一方では極端に持ち上げているものであって、内容的には正反対であるが、おそらくは源氏の玉鬘への屈折した思いを反映した、誇張の多い発言であるという点において共通している。

残るBとDは、それぞれAやCの三〜五倍ほどのまとまった分量もあり、源氏がやや真顔になって物語の本質について持論を披瀝しているもので、物語論の実質的な部分を構成していると見ることができる。詳しくは次節で検討するが、それぞれの部分の主旨をあえて一言で言うなら、Bは物語の魅力を認めた上での消極的擁護論、Dは玉鬘からの反撃に応じての、物語の積極的顕彰論と見なすことができる。そして、BからDへの論の展開をたどっていくと、前掲Aの「まことはいと少なからむ」という発言が、この物語に一貫する論点を提示していたことに気づく。この発言に応じた文言を拾いつつ論の展開を示せば、次のようになる。

A　まことはいと少なからむ

　　　←

B　いつはりども

　　そらごとをよくし馴れたる口つきよりぞ言ひ出だすらむ

　　　←

(いとまことのこと)

D　ありのままに言ひ出づることこそなけれ
　　この世の外のことならずかし
　　ひたぶるにそらごとと言ひはてむも、事の心違ひてなむありける
　　すべて何ごとも空しからずなりぬや

←

源氏の物語談義が始まる前の部分の、玉鬘の物語への熱中ぶりを描いた条に、玉鬘の心中について、

さまざまにめづらかなる人の上などを、まことにやいつはりにや、言ひ集めたる中にも、わがありさまのやうなるはなかりけりと見たまふ。（蛍巻・三―二一〇）

という記述があるが、物語論はおのずからこの「まことにやいつはりにや」という問題提起に応じて、様々な解答のありようを次々に示してみせた形になっている。最初は物語を「まことはいと少なからむ」と評し「いつはりども」と決めつけていたのが、玉鬘の「まことのこと」という反論を受けて、「ひたぶるにそらごとと言ひはてむも……」と方向転換し、最後には仏教の教説を引いて「何ごとも空しからず」と、一見最初とは正反対の結論に達している。このように、物語を「いつはり」あるいは「そらごと」と捉える見方と、さにあらずとする見方が相接して示されているが、源氏の本意がいずれにあったかと言えば後者にあることは言うまでもなく、それでなければ物語論の後半部分（D）は語られる必要がなかっただろう。また、後者の見方が必ずしも前者を撥無するものでないことは、そこに

引かれている仏教の教説の思想内容から明らかである。この点については、第四節で再び論じる。
以上見てきた論全体の構成とそのアウトラインから知られるように、この物語論の最大の論点は、物語が「そらごと」か「まこと」か――〈虚〉か〈実〉かということであって、その結論として（〈虚〉と見えることも）すべてが〈虚〉ならざることなのだという見解が示されている。そのことを、まずは確認しておきたい。

三　「よき」「あしき」の真意

さて、蛍巻の物語論において物語の虚実が論じられる際に、具体的にどのような論じ方をしているかと言えば、先に実質的な物語論が示されていると見た部分において繰り返し強調されているのは、人の「よき」「あしき」ということである。これを「善」「悪」と言い換えると語意が特定されてしまうので、原文のままとりあげておく。この「よき」「あしき」という言葉が見えるのは、Dの初めの部分においてである。

D(1)　その人の上とて、ありのままに言ひ出づることこそなけれ、よきもあしきも、世に経る人のありさまの、見るにも飽かず聞くにもあまることを、後の世にも言ひ伝へさせまほしきふしぶしを、心に籠めがたくて言ひおきはじめたるなり。よきさまに言ふとては、よきことのかぎり選り出でて、人に従はむとては、またあしきさまのめづらしきことをとり集めたる、みなかたがたにつけたるこの世の外のことならずかし

ここでは物語述作において人の「よき」「あしき」ありさまを強調することがとりあげられ、いずれも「ありのま

ま」（〈実〉）ではないが、「この世の外のこと」（〈虚〉）でもない、という論旨になっている。すなわち、物語の〈実〉ならざる側面の具体的なあり方として、人のありさまの「よき」「あしき」両方向への誇張が示され、それが同時に、〈虚〉ならざるものであることを指摘している。この後に続くD(2)の部分でも、物語の生まれる環境等の違いに言及しつつ、前引の「ひたぶるにそらごとと言ひはてむも、事の心違ひてなむありける」という見解に立ち至り、やはり物語が必ずしも〈虚〉と言えないことを再確認している。

そして、それに続くのが、本章の冒頭に掲げた、仏法についての論述である。

D(3)　仏のいとうるはしき心にて説きおきたまへる御法も、方便といふことありて、悟りなき者は、ここかしこ違ふ疑ひをおきつべくなん、方等経の中に多かれど、言ひもてゆけば、一つ旨にありて、菩提と煩悩との隔たりなむ、この、人のよきあしきばかりのことは変りける。

ここに再び、人の「よき」「あしき」という表現が見えていることに注目したい。用語の一致から見ても、また、直前に「この」という指示詞が置かれていることから見ても、これはD(1)で展開されていた人の「よき」「あしき」論についての言及であると見るのが自然である。とすれば、ここの「よき」「あしき」も、D(1)での用例と同様に、まずは、二者ともに物語における〈実〉ならざる側面を体現するものとして、〈虚〉か〈実〉かの議論の俎上に載せられるもののはずである。

ところが、この「菩提と煩悩の隔たり」以下の一節について従来行なわれてきた解釈を見ると、判で押したように、「よき」と「あしき」が切り離され対置され、両者の異同が論じられている。すなわち、〈虚〉か〈実〉かの論点を棚に上げて、「よき」と「あしき」との関係が問われているのである。例として、現行の主な『源氏物語』注釈書のこの一節についての注釈もしくは訳を挙げよう。

① 菩提（悟り）と煩悩（迷い）との間隔（差別）が、どうも、物語の、この、善い人（菩提）と悪い人（煩悩）の差別位の程度（事）には、違っているのであったっけ。(5)

② 菩提と煩悩との差はさっきの人の善悪と同じ程度の違いなのだ。(6)

③ 菩提と煩悩との差が、物語の人物の善と悪との差ぐらいに違っているわけです。(7)

④ 悟りと迷いの違いとは、今ここでいう、物語に誇張された善人と悪人の違いと同じ程度の違いなのです。逆に言えば、煩悩即菩提の道理と同じように、善といい悪と言っても、この世のほかのことではないという点で、結局は一に帰すると論を結ぶ。(8)

⑤ 悟りと迷いの違いは、こうした物語で誇張されている、善人と悪人の差ぐらいのもの、の意。(9)

⑥ 菩提と煩悩との隔たりというものは、物語の中の善人と悪人との相違のようなものです。(10)

いずれも、〈虚〉・〈実〉の問題が〈善〉・〈悪〉のそれに置き換えられてしまっているという点で、見事に一致している。中では、「煩悩即菩提」の教理に言及している④が親切であるが、それに続く解説は意味をなしていない。もし「煩悩即菩提」になぞらえて〈善〉と〈悪〉との関係を考えるのであれば、「善即悪」、「善悪不二」となるはずであって、「この世のほかのことではないという点で」などという条件が付くのは不自然である。

そもそも納得がいかないのは、いずれの注釈においても、「よき」「あしき」を安易に「善」「悪」に置き換えていることである。「善」と「悪」という漢字をあてがわれることによって、「よき」「あしき」は、途端に道徳的色彩を帯びる。②〜⑥のように、漢語に変換されてしまえば、なおさらのことである。

この物語論で言う「よき」「あしき」とは、人の境涯、品位、能力、教養、心的態度、容姿等々、様々な価値基準と関わる包摂的概念であると考えられるが、これを「善」「悪」と置き換えたのでは、意味が極度に限定されてしまう。なぜこのような安易な書き換えを行なうのか。漢字〔漢語〕の使用による意味の変化を承知の上で行なっているとすれば、直前の「煩悩と菩提」という仏教用語につられて、「よき」「あしき」にも仏教的な解釈をほどこしているとしか考えられない。そうした行為は、宣長以来の文学研究における、宗教的呪縛からの脱却の道筋を逆行するにひとしいものである。

『源氏物語』翻刻本の訳注ばかりではない。蛍巻の物語論に関する種々の研究文献を見ても、この一節の解釈には、一様に、〈虚〉・〈実〉の問題から〈善〉・〈悪〉のそれへの論点の移動が認められる。[11]

前節で論じたように、この物語論の主旨が一貫して物語に書いてあることの虚実を論じることにあるとするならば、このD(1)とD(3)の部分に見られる論点のずれは、D(3)の一節の解釈の誤謬に起因すると見るのが妥当であろう。そのことを、これらの部分の前後の論述によって再度検証する。

まず、前段Bをかえりみれば、ここでは「よき」「あしき」という語は用いられていないが、その論旨をたどると、それにあたる内容の論述がこの部分の中核をなしていることが知られる。

B　かかる世の古事ならでは、げに何をか紛るることなきつれづれを慰めまし。さてもこのいつはりどもの中に、げにさもあらむとあはれを見せ、つきづきしくつづけたる、はた、はかなしごとと知りながら、いたづらに心動き、らうたげなる姫君のもの思へる見るにかた心つくかし。またいとあるまじきことかなと見る見る、おどろおどろしくとりなしけるが目おどろきて、静かにまた聞くたびぞ、憎けれどふとをかしきふしあらはなるなどもあるべし。このごろ幼き人の、女房などに時々読ますするを立ち聞けば、ものよく言ふ者の世にあるべきかな。そらごとをよくし馴れたる口つきよりぞ言ひ出だすらむとおぼゆれどさしもあらじや

傍線部「げにさもあらむ」から「かた心つくかし」までの部分は「よき」ことの強調、「いとあるまじきことかな」から「あらはなるなどもあるべし」までの部分は「あしき」ことの強調について論じていると見ることができる。ただし、ここでは、「よき」ことと「あしき」こととの違いが問題になっているわけではない。「よき」内容であるにせよ、「あしき」内容であるにせよ、これら誇張に満ちた物語は「いつはりども」と総括され、ひとくくりに〈虚〉として捉えられている。これを受けて、最後に「そらごとをよくし馴れたる口つきよりぞ言ひ出だすらむとおぼゆれどさしもあらじや」と問いかけているのである。ここでの論点は、やはり物語叙述の〈虚〉・〈実〉の問題なのであって、「よき」こと「あしき」ことのそれは二次的なものにすぎない。

また、後段、先のD(3)に引き続く物語論の結末を見ても、

D(4)　よく言へば、すべて何ごとも空しからずなりぬや。

とあって、これは物語論の発端から掲げられてきた、〈虚〉か〈実〉かの問題への、最終的な解答となっている。

このように見てくると、物語論を貫く主軸となる論点は、やはり、物語に書いてあることが〈虚〉か〈実〉かとい

うその一点にほかならない。にもかかわらず、現行の諸解釈によれば、D(3)の部分のみ、論点がずれているのである。

以上をわかりやすく図示すれば、図一のようになる。

図一　現行の解釈による蛍巻物語論の論理構造

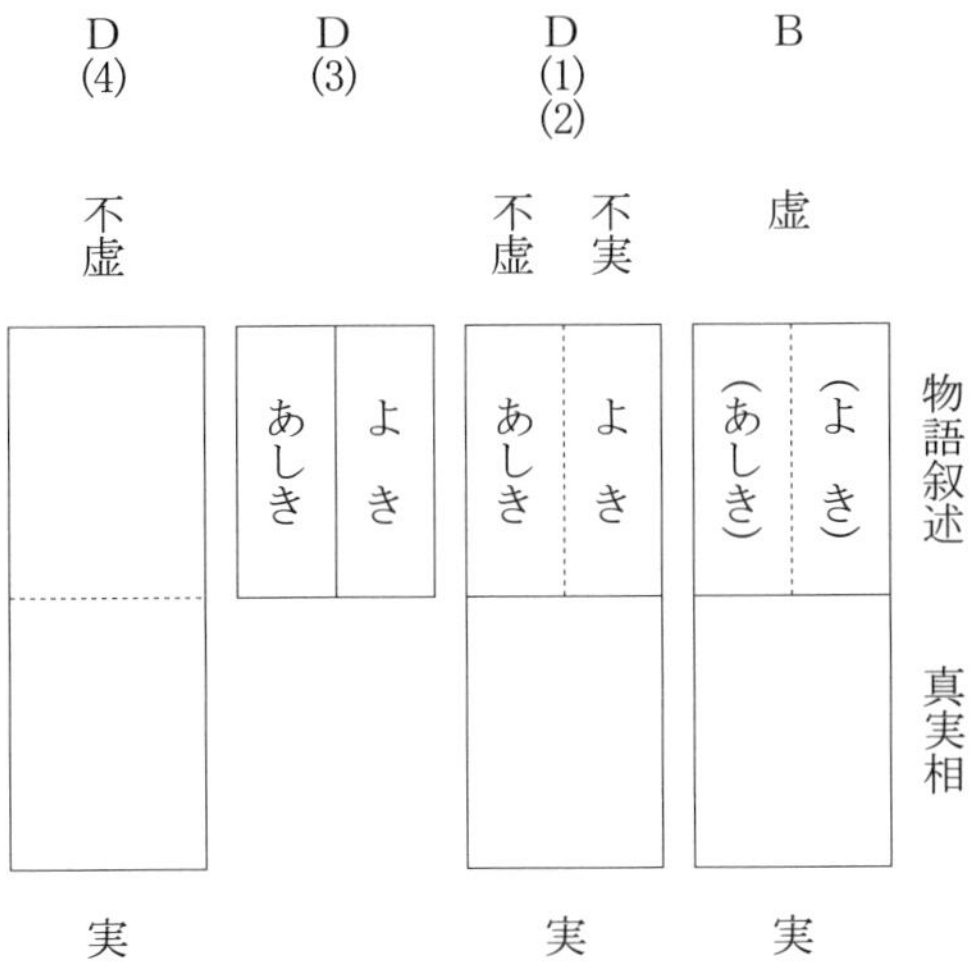

B→D(1)(2)→D(4)とたどる限り、論点は一貫しているが、D(3)のみずれている。これでは、なぜ、D(3)からD(4)の結論が導き出されるのか、理解不能である。

このような論理の不整合性を解消するためには、D⑶の「菩提と煩悩」以下の部分の解釈の見直しを行なう必要がある。この一節をどのように解釈すれば、全体の筋がとおり、作者が構築したもとの論旨に添うことができるのだろうか。

四　「煩悩即菩提」の教理

図一から明らかなように、D⑶の「菩提と煩悩」以下の一節についての現行の解釈の問題点は、「よき」と「あしき」の対比が関心の的になっているために、物語叙述の虚実という、この物語論本来の論点が見えなくなってしまっていることにある。

ここの「よき」「あしき」は、もともとの形がそうなっているように、切り離さずに「よきあしき」という一つのものとして捉えるべきである。そして、文面には表れていないが、物語論のこれまでの論理構造にならえば、物語の中の人の「よきあしき」ありさまと対比されるものとして、現実世界における人間のありのままの姿が暗に想定されているはずである。したがって、ここで「菩提と煩悩」とパラレルな関係にあるのは、通説で言われる「よき」と「あしき」ではなく、いわば人間世界の真実相と「人のよきあしきばかりのこと」なのである。「人のよきあしきばかりのことは変りける」とは、「人のよきあしきばかりのこと」が真実相と「変りける」と言っているのであると解釈される。そのように考えてこそ、物語の論理が首尾一貫する。

以上の論は、「人のよきあしき」以下の部分について、物語論の論理構造から演繹的に新たな解釈を導き出したものであるが、この部分の言葉の使い方そのものを見ても、この解釈の妥当であることが知られる。

一つには、先にもふれたように、「よき」と「あしき」を切り離さずに「よきあしき」と一括している。しかも、「よきあしき」で切れるのではなく、「よきあしきばかりのこと」と続いている。これで、いよいよ「よきあしき」の一体性は確実である。「よきあしきは変りける」となっているのであれば、「よき」と「あしき」の違いを述べているという解釈が可能であるが、「よきあしきばかりのことは変りける」であるから、そうした解釈の成り立つ可能性は低い。

もう一つの論拠として挙げられるのは、「よきあしき」の後に「ばかり」という語が付いていることである。「ばかり」には程度の意味と限定の意味があるが、前掲の『源氏物語』の注釈や訳では、①「差別位の程度」、②「善悪と同じ程度」、③「善と悪との差ぐらい」、④「善人と悪人の違いと同じ程度」、⑤「善人と悪人の差ぐらい」と、いずれも「ばかり」を程度の意味にとっている。[12] 原文では、「ばかり」は「よきあしき」に直結しているから、「差（別）」や「違い」に「（同じ）程度」「ぐらい」などを付けて訳しているこれらの訳し方はどう見ても変なのだが、「ばかり」を程度の意味にとって「よいわるいの程度」と解釈することは可能である。もしも、「よきあしきばかり」で切れているのであれば、そのように解釈して、「よいわるいの程度が違う」と筋の通った訳をほどこすことができる。しかし、原文は「よきあしきばかりのこと」なのである。「ばかり」を程度の意味にとる限り、この「こと」がどうしても理解できない。

とすれば、この「ばかり」は程度の意味ではなく、限定の意味で捉えるべきであろう。先に引いたＤ⑴の部分に「よきことのかぎり選り出でて」、「あしきさまのめづらしき事をとり集めたる」とあり、「よき」につけ「あしき」につけ、それぞれの要素を選択・集積し、ことさらに強調するという物語述作のあり方が述べられていた。「ばかり」という語は、これらの記述を反映しているのではないか。「よきあしきばかりのこと」という表現は、「よきばかりのこと、あしきばかりのこと」の意であって、よいならよいでそれだけを選び、わるいならわるいでそれだけを集めて書くという物語述作のあり方を指していると見られる。

「よきあしきばかりのこと」についての筆者の解釈は右のとおりであるが、ここで問題になるのが、「菩提と煩悩の隔たり」の意味するところである。この句について、中世の注釈家らによる古注では、天台教学で言う「煩悩即菩提」の教理をふまえた解釈をほどこしていた。これに対し、宣長は、「煩悩と菩提との隔たり」を文字通りに両者の違いと捉えた。現在の研究では、前掲の諸訳注からも知られるように、これら両説を受けて、この句をそのまま菩提と煩悩の違いと解する見方と、「煩悩即菩提」の教理をふまえて結局両者に隔たりがないことを指しているとする見方に、見解が分かれている。このまったく対照的な二つの見方の当否を見極めないかぎり、これまで論じてきた「よきあしきばかりのこと」以下の部分の真意も、正しく捉えることは不可能である。

煩悩と菩提の概念は仏教思想の根幹に関わるものであり、両者の関係をどう捉えるかは、古来仏教教学上の最重要課題の一つであり続けてきた。煩悩と菩提は本来的には対極に位置するもの、相容れないものであるはずだが、時代が下るにつれ、天台教学にいう「煩悩即菩提」の教理により、両者の相即が主張されるようになってくる。中世日本における本覚思想の盛行はそうした思想動向の究極的な到達点と見てよいが、『源氏物語』の書かれた平安中期においても既に、「煩悩即菩提」の教理は知識人階層に広く浸透していたと見られる。(13)

当時世に流行し紫式部も少なからぬ影響を受けたと言われる源信の『往生要集』にも、理を縁とする四弘誓願の説明として、

一切諸法、本来寂静、非有非無、非常非断、不生不滅、不垢不浄、一色一香無非中道、生死即涅槃、煩悩即菩提、

翻一一塵労門、即是八万四千諸波羅蜜、無明変為明、如融氷成水、更非遠物、不余処来、但一念心、普皆具足、如如意珠[14]

（一切の諸法は、本来寂静なり、有にあらず無にあらず、常にあらず断にあらず、生ぜず滅せず、垢れず浄からず。一色一香も中道にあらずといふことなし。生死即涅槃、煩悩即菩提なり。一一の塵労門を翻せば、即ちこれ八万四千の諸波羅蜜なり。無明変じて明となる、氷の融けて水と成るが如し。更に遠き物にあらず、余処より来るにもあらず、但だ一念の心に普く皆具足せること、如意珠の如し。）

とあり、また、臨終の勧念を説く段にも、

当知、生死即涅槃、煩悩即菩提、円融無礙、無二無別、而由一念妄心、入生死界来、無明病所盲、久忘本覚道[15]

（当に知るべし、生死即涅槃、煩悩即菩提、円融無礙にして無二無別なることを。而るに一念の妄心に由りて生死界に入りてよりこのかた、無明の病に盲られて、久しく本覚の道を忘れたり。）

とある。迷妄の娑婆世界と清浄なる極楽浄土との二元性を強調し念仏往生を勧めるのが浄土教の教旨であることからすれば、本来それとは相容れぬはずの「煩悩即菩提」という発想がここに見えること自体が、当時の天台教学におけるこの教理の重要性を示唆するものであると言える[16]。紫式部の天台教学に関する知識がどの程度のものであったかは論の分かれるところであるが、仮にこれをごく控えめに見積もっても、教学の根本に関わるこの「煩悩即菩提」の教理を、式部が知らなかったはずはない[17]。

そのような前提にたってあらためて本文を検討すると、前後の文脈から見ても、「菩提と煩悩との隔たり」は、「煩悩即菩提」の教理に添って解釈すべきものであることがわかる。すなわち、この直前のD(3)前半部に何が書いてあるかと言えば、要するに、（仏教には方便ということがあっていろいろと違ったことが説かれているように見えるが）「言ひもてゆけば、一つ旨にありて」――畢竟、仏の教えは一つだということであり、また、先に見たとおり、後続するD(4)の部分でも、「すべて何ごとも空しからず」として〈虚〉ならざることにおいての全体の一致を述べている。もし菩提と煩悩との「隔たり」を両者の懸隔としてのみ捉えるならば、それに比せられた人間の真実相と「人のよきあしきばかりのこと」もその違いが指摘されていることになり、物語叙述の〈虚〉の側面が強調されてしまうので、前後の文意と合わない。さらに言えば、物語論のD(1)・D(2)の部分で示されていた、物語叙述は〈実〉ならず〈虚〉ならずという論者の判断も、宙に浮いてしまうのである。

したがって、ここの「菩提と煩悩との隔たり」という表現は、対極に位置するもの、大きく隔たったものとしての菩提と煩悩の本義を孕みつつも、「煩悩即菩提」の天台教理にもとづき、結局のところ両者には違いがないという意味で用いられていると考えられる。互いに大きく隔たっているように見えながら、実のところは一致している――そういうものの典型として、仏教でいう「煩悩」と「菩提」とがとりあげられ、それになぞらえる形で、誇張に満ちた物語叙述と現実の人間世界の真実相との関係が説明されているのである。ここに至って、物語叙述は、真実相と一如であることにおいて、〈虚〉でありながら同時に〈実〉であるという立場を獲得する。

以上、現行の解釈に不備があると見られた「菩提と煩悩」以下の一節について、筆者なりの解釈を試みた。この新たな解釈によれば、先の図一のD(3)の部分は、図二のように描き換えられる。

図二　新解釈による蛍巻物語論D⑶部分の論理構造

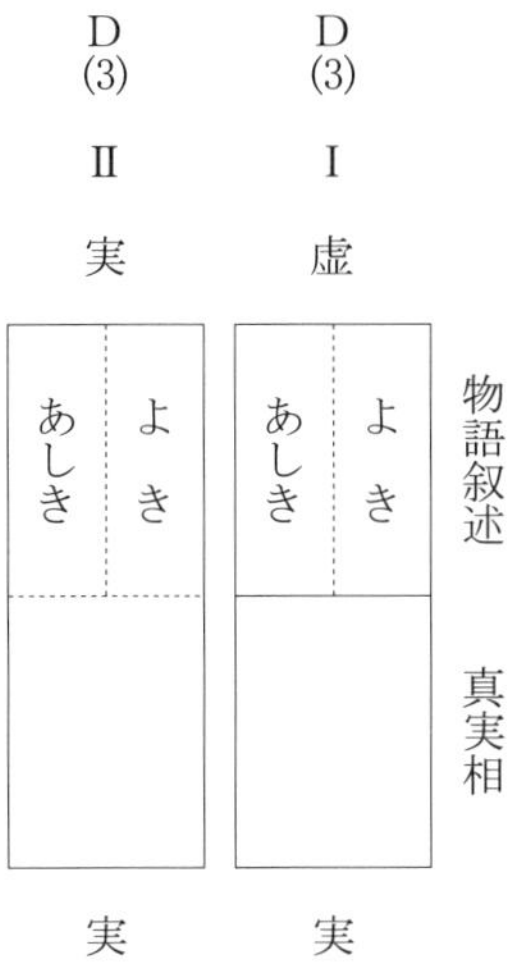

図二のⅠとⅡは、それぞれ、「菩提」と「煩悩」の関係の二つの捉え方に対応している。Ⅰは両者を隔絶したものとする捉え方であり、Ⅱは「煩悩即菩提」の教理にもとづく捉え方である。Ⅰの上にⅡの重ねられた形が、このD⑶の部分の論理構造ではないだろうか。このように考えて初めて、先に示したD⑴からD⑷への論の展開が自然なものとして理解されるのである。

五　「譬喩説」としての仏法論

蛍巻の物語論の仏法を論じた部分、特に「菩提と煩悩との隔たりなむ、この、人のよきあしきばかりの事は変りける」という一節についての従来の解釈を物語論全体の論理構造にてらして再検討し、より整合性のある新しい解釈の仕方を提示した。

このことは、たんなる語釈の問題であるにとどまらず、この物語論における仏教思想の位置づけを考える上で、少なからぬ意味を持つものと考えられる。第三節でも述べたが、従来の解釈にしたがえば、右の一節の「よきあしき」は「よき」と「あしき」に分断されてそれぞれ前項の「菩提」と「煩悩」に比定されるため、「善」「悪」という仏教道徳的色彩を帯びた概念として捉えられる傾向があった。このことが、場合によっては、この物語論でいう「よき」「あしき」全体の概念規定にまで影響を及ぼし、言葉の意味、ひいては論全体の主旨の正当な理解を妨げていたのである。[18]

「菩提と煩悩」と「よきあしき」が併置されていれば何のためらいもなく「菩提」と「よき」(「善」)、「煩悩」と「あしき」(「悪」)をそれぞれ結び付けてしまうという反応の仕方は、我々の思考回路が、たとえば『花鳥余情』の著者のそれとさして変わっていないことを示してはいないか。[19] しかし、これは無理からぬことであるのかもしれない。儒仏的見地からの『源氏物語』論をあれほど激しく糾弾した宣長にして、この部分については、

かはりけるとは、物語どもに、人のよきとあしきとの、かはりたるさまを書たるは、かの仏説の、菩提と煩悩とのへだゝりを説たるがごとしと也[20]

という解釈を示すにとどまっているからである。

蛍巻の物語論に見るかぎり、作者式部は、物語の存在価値というものを、仏教の思想内容とは本質的に関わりのないところで捉えていたようである。物語論の最後のところで引かれる仏教の教説は、この物語論の最大の論点となっている虚実論に決着をつけるために、その論証の手だてとして援用されたものであった。その意味で、この仏法論を

「譬喩説」と見る先学の見方は間違っていない。

しかしながら、この仏法論については、その前半部を中心に未解明の問題も多く、本章で述べたのとはまた異なる観点からその意義を捉えることもできそうである。何より、仏法論の最大の鍵語《キーワード》と目される「方便」についての検討が必要である。以下、第九章までの考察を通じて、「方便」がここで言及されていることの意味を解明していく。次章では、この「方便」が多く見られるという「方等経」が何を指すかを追究し、この仏法論全体の思想的源泉を明らかにしたい。

注

（1）　引用は新編日本古典文学全集『源氏物語 ③』（小学館）による。なお、二行目「疑ひをおきつべくなん」の後の読点は句点とすべきであると考えられるが、ここでは同書の校訂にしたがって引用しておく。

（2）　蛍巻の源氏による物語談義を作品内部のこととして作者と切り離して考えようとする立場もあるが、筆者はそうした立場はとらない。この方法論上の問題に関する議論については、阿部好臣「源氏物語の物語観―その周辺をめぐって―」、『源氏物語講座 五』（勉誠社、一九九一年）に整理されている。「作品を紡ぎだすのは、〈書く〉という営為である以上、その格闘を相対化して全く別な冷たい視点から「物語論」を開陳するというのは、やはり不可能なのではないだろうか」（同書二七二頁）という阿部氏の見解に賛意を表したい。近年、日向一雅氏もこの問題にふれて、『源氏物語』の中の評論は登場人物の意見と見る以上に作者の見解が披瀝されたものと考えられる例が多く、蛍巻の物語論もその代表的な一つであるとしている。日向一雅「源氏物語「蛍」巻の物語論をめぐって―政教主義的文学観との関わりを考える―」、日向一雅編『源氏物語の礎』（青簡舎、二〇一二年）、二四九頁。また、蛍巻の「物語論」の範囲については様々な考え方があるが、本書では、本章冒頭部に引用した部分までを「物語論」として論じる。

（3）　阿部秋生「蛍の巻の物語論」、『人文科学科紀要』二四（一九六〇年）、高橋亨「物語論の発生としての源氏物語―物語

史覚え書き（二）―」、『名古屋大学教養部紀要A』（一九七八年）。

（4）岩瀬法雲氏も『源氏物語』における「道々し」の他の用例の検討にもとづき、この源氏の発言を「諧謔的」なものと見ている。『源氏物語と仏教思想』（笠間書院、一九七二年）、三九頁。

（5）日本古典文学大系『源氏物語　二』（岩波書店）、四三三頁。

（6）玉上琢彌『源氏物語評釈　五』（角川書店）、三三八頁。

（7）日本古典文学全集『源氏物語　三』（小学館）、二〇五頁。

（8）新潮日本古典集成『源氏物語　四』（新潮社）、七五頁。

（9）新日本古典文学大系『源氏物語　二』（岩波書店）、四四〇頁。

（10）新編日本古典文学全集『源氏物語　③』（小学館）、二一三頁。

（11）多屋頼俊「源氏物語の物語論について」、『大谷学報』二〇―四（一九三九年）、『源氏物語の研究』（法蔵館、一九九二年）所収、二九五頁。大久保良順「天台教学から見た『源氏物語』」、『仏教文学研究　一』（法蔵館、一九六三年）、七五頁。菊田茂男「「源氏物語」蛍の巻の物語論」、『文化』三〇―二（一九六六年）、一二四頁。藤井貞和「雨夜のしな定めから蛍の巻の〝物語論〟へ」、『共立女子短期大学紀要』一八（一九七四年）、四六頁。村井利彦「源氏物語蛍巻「物語論」のために」、『神戸山手女子短期大学紀要』一八（一九七五年）、五八頁。今井卓爾『物語文学史の研究　源氏物語』（早稲田大学出版部、一九七六年）、四〇八頁。高橋亨注（3）論文、二五一頁。高木宗監『源氏物語における仏教故事の研究』（桜楓社、一九八〇年）、四一四頁。石田穣二「蛍の巻の物語論について」、『文学論藻』五六（一九八一年）、二一頁。吉岡曠「蛍巻の物語論」、『文学』五〇―一一（一九八二年）、七四頁。武原弘「蛍巻の物語論について―その機構および位相―」、『日本文学研究』二〇（一九八四年）、二八頁。阿部秋生『源氏物語の物語論―作り話と史実―』（岩波書店、一九八五年）、一一二頁。神野藤昭夫「蛍巻物語論場面の論理構造」、『国文学研究』六七（一九八九年）、六五頁。三角洋一「蛍巻の物語論」、『人文科学紀要』九七（一九九三年）、二九頁。伴利昭「『源氏物語』蛍巻の物語論と勧学会」、『論究日本文学』六〇（一九九四年）、一三頁。以上いずれも、「菩提と煩悩」に「善」・「悪」を比定している。ただし、中で、石田氏の論は、単純に菩提・煩悩の隔たりと善悪のそれを同一視するのでなく、菩提・煩悩のあり方、善人・悪人の誇張と実人生や史書における善悪のあり方の二者が同じ程度に違っているとしている点で注目される。しかし、そのように考えると、実人生における善悪のあり方について理解できない部分が出てくる。石田氏自身、「ただ、煩悩即菩提に対して、善悪不二、これが果して実人生における善悪のあり方に対応するかどうか、作者自身にも責任はとれないであろう」と述べているとおりである。また、近年、工藤重矩氏は、物語論の本文は「よき」と「あしき」の違いを言っているのではないとし、「人のよきあしき」を語るときの、事実そのままか、取捨選択を加えるかの違いに着目されている。工藤重矩『平安朝文学と儒教の文学観─源氏物語を読む意義を求めて─』（笠間書院、二〇一四年）、一〇三頁。しかし、工藤氏はそこに（物語の）「史書との違い」を見て、史書と物語の違いを菩提と煩悩との隔たりに比定しており、その点筆者の見解とは異なる。なお、右に挙げた諸説の「よき」「あしき」の表記について付け加えれば、古注釈の引用による場合は別として、漢字表記でなく「よき」「あしき」のひらがな表記を用いているのは、阿部氏、伴氏、工藤氏のみである。

(12)　なお、⑥の新編日本古典文学全集本では、「ばかり」は訳出されていない。

(13)　大久保良峻「天台本覚思想の基盤」、『国文学 解釈と鑑賞』六二―三（一九九七年）、二九～三〇頁。

(14)　『往生要集』巻上大文第四、日本思想大系『源信』（岩波書店）、三四六頁。

(15)　『往生要集』巻中大文第六、注（14）書、三七七頁。

(16)　田村芳朗「天台本覚思想概説」、日本思想大系『天台本覚論』（岩波書店）所収。なお、同じく『往生要集』に、本文で挙げた初めの引用文に関する問答として、「問、煩悩菩提、若一躰者、唯応任意起惑業耶、答、生如是解、名之為悪取空者、専非仏弟子、今反質云、汝若煩悩即菩提故、欣起煩悩悪業、亦応生死即涅槃故、欣受生死猛苦、…（中略）…是故当知、煩悩菩提、躰雖是一、時用異故、染浄不同」（巻上大文第四、注（14）書、三四七頁）とある。「煩悩即菩提」の教理が一歩間違えば「悪取空」の邪見をもたらしかねないという問題意識にたつ叙述である。このような配慮をしてまで「煩悩即菩提」をとりあげざるをえなかったところに、天台教学におけるこの教理の抜き難さが窺える。

(17)　紫式部の天台教学上の知識について考察したものとして、三角洋一「『源氏物語』と仏教」（『仏教文学』一二、一九八八年）がある。

(18)　たとえば、多屋頼俊注（11）書においては、仏法論の前の部分の「よき」「あしき」について、「右の「善き」「悪しき」

は、次の文に菩提と煩悩に比している点から見て、仏教的な意味に解すべきものであろうと思う」（二九四頁）と述べている。仏法論の解釈の誤りが物語論全体の解釈に影響している例である。

(19)　一条兼良『花鳥余情』に、「煩悩と菩提とはたとへは水と氷とのことし水と氷とはたゝ一性なりまよへは菩提の水こほりとなるさとれは煩悩のこほり水となるかことしまたく各別の物にあらす善悪不二邪正一如の理なれはしはらくよきあしきはかりのかはりめなり」とある。源氏物語古注集成『花鳥余情』（桜楓社）、一八三頁。

(20)『源氏物語玉の小櫛』、本居宣長全集（筑摩書房）第四巻、一九五頁。ここで宣長が「よき」「あしき」を仏教的な概念として捉えているのでないことは言うまでもないが、両者の関係を菩提と煩悩との関係に比定している点においては、『花鳥余情』等における儒仏的見地からの解釈の仕方と何ら選ぶところがない。

第七章　仏法論の思想的基盤

迦葉当知。如来是諸法之王若有所説皆不虚也。於一切法以智方便而演説之。其所説法。皆悉到於一切智地。
（『妙法蓮華経』薬草喩品）

一　仏法論を支えるもの

蛍巻物語論を締めくくる仏法論は、物語には「人のよきあしきばかりのこと」が書かれていて一見虚偽のようだがこれらは実は世の真実相をあらわしているのだという物語論の結論を導くために、一種の「譬喩」として置かれているものであった。しかし、この仏法論は同時に、『源氏物語』の中で仏法というものの性格が全体として正面から論じられている唯一の例であり、その意味で注目される。ここに、仏法論を再度引用する。

仏のいとうるはしき心にて説きおきたまへる御法も、方便といふことありて、悟りなき者は、ここかしこ違ふ疑ひをおきつべくなん、方等経の中に多かれど、言ひもてゆけば、一つ旨にありて、菩提と煩悩との隔たりなむ、この、人のよきあしきばかりのことは変りける。よく言へば、すべて何ごとも空しからずなりぬや

（蛍巻・三―二一三）

ここでは、『源氏物語』述作当時の読者である知識階級一般の常識的な仏教理解をベースに論が展開されていると見てよい――それでなければ説得力のある「譬喩」にはなりえないだろう――が、その仏教理解が具体的にいかなる仏教上の教説にもとづいた、いかなる性格を持つものであるかは、十分に解明されているとは言えない。

中世の『源氏物語』注釈においては、これを天台教学と結びつけて解釈するのが主流であったが、本居宣長の「もののあはれ」論によって儒仏的見地からの『源氏物語』解釈が排撃されて以来近代に至るまで、この仏法論への天台教学の影響を積極的に論じることは禁忌と言ってよい状況が続いた。二十世紀もなかばになってようやく、そうした宗教的要素への注意が稀薄な『源氏物語』研究のあり方への反省から、『源氏物語』と仏教思想との関わりを扱う論著が世に問われるようになり、その中で、少数ながら、蛍巻仏法論と『法華経』や天台教学との結びつきをあらためて主張する論述も行なわれるようになった。その一つの成果が、筆者自身も前章において展開した、仏法論後半に見える「煩悩と菩提との隔たり」という一句を天台の「煩悩即菩提」の教理に即して捉えようとする見方の復活である。(1)

しかし、現在のところ、蛍巻仏法論の思想的源泉としては、仏法論中のいくつかの語句について断片的に『法華経』や天台宗の論釈類との関連が指摘されているにすぎず、(2)仏法論全体を根底から支える論説の出処を論じたものはない。本章では、天台教学的に解釈するかどうかで大きく論の分かれている仏法論前半の「方等経」という語に着目し、その指示内容を、この語の当時における一般的な用法と仏法論自体の文脈の両面から特定する。仏法論においては、仏法にも「方便」ということがあるので凡愚の者は「ここかしこ違ふ」疑いを持ってしまう、そのようなことは「方等経」に多い、と書かれており、本書で追究している『源氏物語』における方便の思想のあらわれを見ていく上でも、この「方等経」が何を指しているのか解明することは避けて通ることのできない重要なプロセスである。本章では、「方等経」についての検討を通じて、この仏法論を支えている、仏教の根源的な考え方――より具体的には、仏の説法というものについての見方を示す教説を探り出したい。

二　「方等経」の二つの解釈

まず、「方等経」の語義について検討しよう。『源氏物語』述作当時、「方等経」という言葉には、次の二つの意味があったと言われている。

(1)　大乗経典の総称
(2)　天台宗の教判で言う「五時」のうち「方等時」の経典

問題の仏法論に見える「方等経」という語は、どちらの意味で用いられているのだろうか。古注釈では、作者がここで天台教判をふまえた論を展開しているものと見て、(2)の方等時経典の意と解釈している。『河海抄』は、

方便とは法花已前諸経なり。方等経とは方等部の諸大乗を指歟。(3)

と述べ、また、『花鳥余情』も、

しはらく天台宗の義によらは法花を真実とさたむるにつきて尓前の諸経をは皆方便といへり方等経は五時教の中第三時にあたる大乗教の初門也浄名思益等の経なり小乗を弾斥して大乗を褒美する故に方等部をは弾呵褒貶の教といふ二乗に対してとき給ふ故也(4)

と解説している。

一方、現代の注釈においては、古注における天台教学を拠り所とした仏教色の強い解釈への抵抗感がいまだに払拭されていないためか、(1)の語義――大乗経典の総称ということで諸注おおむね一致している。現行の『源氏物語』の注釈書を見ると、次の如くである。

① 方等経、正しくは、大乗方等経と言う。華厳経・法華経のような、大乗の経典を総称して言う。一部の経典を指す名称ではない。方等とは、時間的にも空間的にも、不変で平等な実相の妙理である。それを述べたものである。方便も真如であり、真如も方便である。虚も実であり、実もまた虚であるのは、不変平等の真如実相である。(5)

② 大乗では大乗経典を総称する。天台では五時教（華厳時・阿含時・方等時・般若時・法華涅槃時）の第三時の経を言う。それ以前の教えは方便にすぎない、とするのである。なお、「方等」とは方正平等の意。諸法諸聖に通ずる意である。(6)

③ 大乗では、大乗の教法を説く経典の総称。(7)

④ 華厳、法華など大乗経典の総称。(8)

⑤　法華経など大乗の経典の総称。[9]

②が「方等経」の二つの意味を併記しているほかは、すべて(1)大乗経典の総称の意味で解釈している。しかも、これは『源氏物語』の注釈に限られたことではなく、この仏法論をめぐる研究文献においても、「方等経」を大乗経典と解するのが大勢である。さらに言えば、右に掲げた注釈のうち三つが「方等経」の例として『法華経』を挙げているのは、たんに大乗経典の一つの代表例として挙げたのか、それともここの「方等経」が特に『法華経』を指すと見ているからかは不明であるが、この箇所を扱った論考の中には、特に『法華経』を指すと述べているものもある。[10]一方、『河海抄』や『花鳥余情』と同様、「方等経」を方等時の経典として(2)の意味にとっている論考もあるが、[11]少数派に属する。

このように、現代では、蛍巻の仏法論に見える「方等経」については、『法華経』等の大乗経典を指すとするのがほぼ定説になっているが、これについて、さしあたり、次の疑問が生ずる。すなわち、この仏法論において、「方等経」はどのようなものとして描かれているかといえば、「方便といふことありて、悟りなき者は、ここかしこ違ふ疑ひをおきつべくなん、方等経の中に多かれど」とあるように、凡夫に疑念を起こさせるような方便の説法を多く含む経典とされているのである。とすると、『法華経』を所依経典とする天台仏教が隆盛を極め多数の信者を集めていた当時の日本の状況からして、「方等経」を『法華経』等の大乗経典とすることには、大きな矛盾がありはしないだろうか。『法華経』こそは、爾前経の所説を「方便」とし、『法華経』のみが真実を説いていると主張する経典だからである。

しかも、この仏法論の背後には、『法華経』方便品の思想があることが既に指摘されている。[12]私見によれば、より具体的には、この仏法論の「方等経の中に多かれど」までの部分は、表層的には『法華経』の方便品を締めくくる次の一段の所説をベースに書かれている。

舎利弗当知　諸仏法如是　以万億之方便　随宜而説法　其不習学者　不能暁了此　汝等既已知　諸仏世之師　随宜方便事　無復諸疑惑　心生大歓喜　自知当作仏(13)

（舎利弗、当に知るべし、諸仏の法はかくの如く、万億の方便を以て宜しきに随ひて法を説き給ふと。その習学せざる者はこれを暁了すること能はざるも、汝等は既已に知りぬ、諸仏、世の師の宜しきに随ふ方便の事を。また諸の疑惑なく、心に大歓喜を生じ、自ら当に仏と作るべしと知れ。）

このように爾前経の説法が「万億之方便」を以てなされたものであることを説く『法華経』の叙述をふまえてこの部分が書かれているのだとすれば、「方等経」に『法華経』が含まれてよいはずはない(14)。また、『法華経』の問題は措いて、「方等経」がたんに大乗経典一般を指すと見るとしても、大乗経典よりも思想内容が浅劣であると見なされていた小乗経典が何故ここで除外されているのかがわからない。

『河海抄』や『花鳥余情』が説いたように、蛍巻仏法論の「方等経」が天台五時判で言う方等時の経典を指している可能性について、もう一度考えてみる必要があるのではないだろうか。そもそも、当時において、「方等経」という言葉が大乗経典の総称の意味で使われるというのは、実際によくあることだったのだろうか。

三　「方等経」と「大乗経」

ここで、『源氏物語』が書かれた時代、「方等経」という語がどのように使われていたかを、「大乗経」という語と比較しながら検討しよう。

仏典の世界では、たしかに「方等（経）」が大乗経典を指す用例がある。試みに、古今経論の要文の一大アンソロジーとして当時人気を博していた『往生要集』（九八五年成立）を繙けば、『観仏三昧海経』からの引用部分に、

諸凡夫、及四部弟子、謗方等経、作五逆罪、犯四重禁、偸僧祇物、婬比丘尼、破八戒斎、作諸悪事種種邪見、如是等人、若能至心、一日一夜、繫念在前、観仏如来一相好者、諸悪罪障、皆悉尽滅(15)

とあり、また、『観無量寿経』からの引用部分に、

上品上生者、若有衆生、願生彼国者、発三種心、即便往生、何等為三、一者至誠心、二者深心、三者迴向発願心、具三心者、必生彼国、復有三種衆生、当得往生、何等為三、一者慈心不煞、具諸戒行、二者読誦大乗方等経典、三者修行六念、迴向発願、願生彼国、具此功徳、一日乃至七日、即得往生、上品中生者、不必受持方等経典、善解義趣、於第一義、心不驚動、深信因果、不謗大乗、以此功徳、迴向願求生極楽国、…（中略）…下品下生者、或有衆生、作衆悪業、雖不誹謗方等経典、如此愚人、多造衆悪法、無有慚愧、臨終聞十二部経首題名字、及合掌、

称南无阿弥陀仏(16)

とある。

このように、経典からの引用部分には、大乗経典の総称としての「方等経」、「(大乗)方等経典」等の言葉が見えている。特に、浄土三部経の一部として広く読まれていた『観無量寿経』に、しかもこの経典の眼目である九品往生を説く段に複数の用例があることを考えると、少なくとも直接経典に接することのできた知識階級の人々においては、「方等経」という語が大乗経典の意味を持つことが知られていたと見てよい。

しかし、『往生要集』における「方等経」等の用例は右の引用文中の四例にすぎず、「大乗」、「大乗経」、「大乗経典」といった言葉が引用文にも著者源信の評釈の部分にも数多く(二三例)見られるのに比べれば、格段に少ない。さらに言えば、経文の引用において、原典の「方等(経)」をあえて「大乗(経)」に書き換えている例が見られる。たとえば、『往生要集』では、『観仏三昧海経』からの引用で「大乗」という語を含む例が三例あるが、次に示すように、そのうち二例は字句どおりの引用ではなく、原文では「方等(経)」となっていたのが「大乗」と書き改められている。

具五逆者。其人受罪足満五劫。復有衆生犯四重禁虚食信施。誹謗邪見不識因果。…(中略)…謗方等経。具五逆罪。破壊僧祇。汚比丘尼。断諸善根。如此罪人具衆罪者。身満阿鼻獄。(17)　(原文)

↓

造五逆罪、撥無因果、誹謗大乗、犯四重、虚食信施者、堕此中。(18)　(引用文)

若諸比丘比丘尼。優婆塞優婆夷、犯四根本罪。不如等罪及五逆罪。除謗方等。[19]　（原文）

↓

若諸比丘比丘尼、若男女人、犯四根本罪十悪等罪五逆罪、及謗大乗。[20]　（引用文）

これらのことからすると、『往生要集』述作当時においては、大乗経典を指す語として「方等（経）」があることは知られていても、その意味で実際に使われていたのはほぼ「大乗（経）」という語だったのではないかと推察される。時代はやや遡るが、弘仁年間（八一〇～八二四）の成立とされる[21]『日本国現報善悪霊異記』（以下、『霊異記』）を見ても、「大乗（経）」の用例が一五例あるのに対して、「方等」は中巻第二十二話に次の一例が見出されるにすぎない。

涅槃経十二巻文、如二仏説一、我心重二大乗一、聞三婆羅門誹二謗方等一、断二其命根一、以二是因縁一、従レ是以来、不レ堕二地獄一[22]

しかも、これまた経典（『涅槃経』）からの引用文中の用例であって、『霊異記』の地の文の中には「方等（経）」の用例は皆無である。

『霊異記』に続く仏教文学と言えば、永観二年（九八四）成立の『三宝絵』が挙げられるが、ここでも、「大乗（経）」が一三例を数えるのに対して、「方等（経）」は四例と少ない（但し東寺観智院本による）。そのうち上巻の序に見える一例は『観仏三昧海経』からの抄出で、やはり経典の引用である。他の三例は中巻の地の文中にあり、そのうち一例は中巻序に見えるもので、次節で取り上げる。残り二例は『霊異記』の記事をベースにした説話（中巻第五話、同第十五話）の中に見えるもので、二例とも『霊異記』や『三宝絵』の異本では「方広経」と記されている。しかも、第十五話の他の箇所では同じ経典について「方広大乗経」「大乗経」という語が使われている。「方等経」はたんなる誤写とも考えられるが、これらについても、次節で検討しよう。参考までに、中巻第五話、第十五話の「方等経」の用例について、平安末期成立の『今昔物語集』における同素材の説話の表記も含めた対照表（表二）を掲げる。

表二　「方等経」と「方広経」―文献による表記の異同―

書名	説話番号	表記	説話番号	表記
霊異記	上巻八	方広経	下巻四	方広経典
三宝絵（東寺観智院本）	中巻五	方等経	中巻十五	方等経／方広経／方広大乗経／大乗経
（関戸本）		方広経		はうとう経／方広経／方広大乗／大そう経
（前田本）		方広経		方広経／方広経／方広大乗／大乗経
今昔物語集	―	―	十四巻三十八	方広経

なお、「方広（経／経典）」は『霊異記』に六例、東寺観智院本『三宝絵』に二例、前田本『三宝絵』には四例あり、いずれも経典からの引用以外の部分に見えている。「方広経」の語義は、「方等経」と同じく大乗経典の総称の意とされる。[23] もし蛍巻仏法論の「方等経」が大乗経典一般を指すのなら、「方広経」という語を用いる選択肢もあったわけで、『霊異記』での使用頻度の高さからすれば、むしろその方が自然かと思われる。にもかかわらず、「大乗経」でも「方広経」でもなく、「方等経」が採用されているのはなぜかということがやはり問題になる。

四　『三宝絵』に見える「方等経」

ここで注目されるのが、『三宝絵』中巻の序に見られる「方等」の用例である。序文を冒頭から引用する。

釈迦ノ御ノリ正覚成給シ日ヨリ、涅槃ニ入給シ夜ニイタルマデ、説給ヘル諸ノ事、一モマコトナラヌハナシ。ハジメ花厳ヲ説テ、菩薩ニサトラシメ給、日ノ出テ先ヅ高峰ヲ照ガゴトシ。次ニ阿含ヲノベテ、沙門ニシラシメ給ニ、日ノタカクシテ漸ク深キ谷ヲテラスガゴトシ。又所〻ニシテ方等クサ〴〵ノ経ヲアラハスニ、仏ハ一音ニ説給ヘレドモ、衆生ハシナ〴〵ニシタガヒテサトリヲウル事、雨ハ一ノ味ニテソヽケドモ、草木ハ種〻ニ随テウルホヒヲウルガゴトシ。十六会ノ中に般若ノ空キサトリヲオシヘ、四十余年ノ後ニ法花ノ妙ナルミチヲヒラキ給ヘリ。鷲ノミネニヲモヒアラハレ、鶴ノ林ニ声タエニシヨリコノカタ、迦葉ガ詞ヲ鐘ノ音ニツタヘ、阿難身ヲ鎰ノ穴ヨリイレリ。千人ノ羅漢ヲ撰トヾメテ、スベテ一代ノ聖教ヲ注ヲケリ。ソレヨリノチ、廿余人ノヒジリウケツタヘ、十六大国ノ王ヒロメマモリキ。尺尊隠給ヘレドモ、教法ハトヾマリタレバ、薬ヲトヾメテ薬師ノワカレヌルニ同ジ。タレカ煩悩ノ病ヲ除カザラム。玉ヲカケテ友ノサリヌルニ同ジ。ツヒニ無明ノ酔ヲサマスベシ。(24)

『三宝絵』中巻は三宝のうち「法宝」をとりあげた巻であるが、右の引用の前半部分は言うまでもなく、天台の五時判にもとづく釈尊一代の説法の解説で、傍線を付した「方等クサ〴〵ノ経」は方等時の諸経典の意にほかならない。後半の「迦葉ガ詞ヲ鐘ノ音ニツタヘ」以下の部分では、釈迦入滅後の仏法伝播における故事を紹介し、最後に『法華

経』の譬喩を引いて釈迦の教法が今に伝えられていることを説いている。(25)

これに関して興味を引くのは、中巻における説話の配列方法である。中巻では、経典の功力を伝える話を中心に一八の説話が掲載されている。そのうち最終話を除く一七話が『霊異記』を出典とするが、年代順に説話が並べられている『霊異記』と比べると、順序が異なる箇所がある。『三宝絵』中巻の説話の配列はどのような基準によるのか。

表二に、『三宝絵』中巻の各説話においてその法力が強調されている経典等を示す。『霊異記』における説話番号も示し、順序が異なっている部分に波線を付す。表二に示されている経典等を見ていくと、第四話以降の説話は、基本的に、中巻序の解説の順序にしたがって並べられていることに気づく。

表二　『三宝絵』中巻説話所載の経典

説話番号	表　題	法力を示す経典等	『霊異記』の説話番号
一	聖徳太子	——	上巻四
二	役行者	——	上巻二十八
三	行基菩薩	——	中巻七・二十九
四	肥後国シシムラ尼	華厳経	下巻十九
五	衣縫伴造義通	方等経／方広経	上巻八
六	播磨国漁翁	加持	上巻十一
七	義覚法師	般若心経	上巻十四
八	小野朝臣麿	千寿陀羅尼経	下巻十四
九	山城国囲碁沙弥	法華経	上巻十九
十	山城国造経函人	法華経	中巻六

十一	高橋連東人	法華経	中巻十五
十二	大和国山村郷女人	経	中巻二十
十三	置染郡臣下鯛女	三帰五戒	中巻八
十四	楢磐島	金剛般若経	中巻二十四
十五	奈良京僧	方等経／方広経	下巻四
十六	吉野山寺僧	法華経	下巻六
十七	美作国採鉄山人	法華経	下巻十三
十八	大安寺栄好	法華経	――

　巻頭の三話は、聖徳太子、役行者、行基菩薩という三人のすぐれた仏教者の行跡を紹介しており、全体の導入の部分と考えられる。[26] 続く第四話から第十二話までの説話を見ると、五時判の順序で――華厳時から阿含時、方等時、般若時を経て法華涅槃時に至る五時の説法の順序で経典等が並べられ、その法力が説かれている。[27] そして、第十三話から第十八話までは、釈迦入滅後の仏法伝播についての解説をふまえた説話と見なすことができる。三つの説話――第四話、第八話、第十三話が『霊異記』の配列順にならっていないのは、それぞれ、華厳時の経典、般若時の経典、小乗的持戒の功力を説く説話としてそこに置かれる必要があったためであると考えられる。[28]

　そして、そのような解釈が成り立つとすれば、「方等経／方広経」の功力を説く説話が第五話に置かれているのは、著者為憲に、この「方等経」を大乗経典の総称でなく方等時の経典と見なそうとする意図があったからだと見ることができる。ここの一八話は、最後の一話を除いてすべて『霊異記』を出典としているが、『霊異記』の一一六話におよぶ説話のうち三話を数えるにすぎない「方広経」をめぐる説話の中からこの話が採用され、しかも本によっては一部「方等経」と書き換えられてさえいるのは、そうした事情を反映しているのではないか。一方、第十五話における「方等経／方広経」は、同じ話の中で「方広大乗経」、「大乗経」などと書き換えられており、釈尊滅後の大乗仏教の広がりを示す目的で、大乗経典の意で用いられていると見たほうがよさそうである。

以上、「方等経」と「大乗経」の用例について、『源氏物語』に先行する『霊異記』、『三宝絵』、『往生要集』の三作品を検討した結果を、表三にまとめて示す。[29] 表中括弧内の数字は、経典からの引用文中の用例数を示している。

表三　「方等経」と「大乗経」の用例数

書名＼用語	方等／方等経／方等経典		大乗／大乗経／大乗経典
	方等時経典の意	大乗経典の意	大乗経典の意
霊異記	○	一（一）	一五（一）
三宝絵	二（○）	二（一）	一三（一）
往生要集	○	四（四）	二三（一四）

表三から明らかなように、平安時代前期に仏教の唱導を目的として著された三つの作品に見るかぎり、「方等（経）」等の語の用例は「大乗（経）」等のそれに比べて格段に少なく、しかも、それらが大乗経典を意味するのは、ほぼ経典からの引用の場合に限られている。この結果から推察されることは、仏教界ではともかく、この時代の民間において大乗経典の意味で普通に使われていたのは「大乗（経）」という言葉であり、一方「方等（経）」という言葉は、経典の引用には見られるものの大乗経典の意味で積極的に用いられることは稀だったのではないかということである、これより、当時の文献において、経典の引用以外の部分で「方等（経）」という言葉が用いられている場合、方等時

の経典を意味すると見たほうがよいと考えられる。

このことをさらに裏付けるのが、往生伝類の記述である。平安中期から後期にかけて盛行する往生伝では、大乗経典受持の功徳がしばしば強調されるが、その大乗経典を指すのに使われている言葉は専ら「大乗（経）」であって、少なくとも筆者が目を通した範囲では、[30]「方等（経）」という語の用例は皆無である。往生伝に類するものとして十一世紀後半に成立した『法華験記』においても、事情は同じであった。

このように見てくると、『源氏物語』において、養女玉鬘を相手とした物語談義の中で光源氏の口にのぼせられた「方等経」という言葉が大乗経典一般を意味している可能性は、きわめて低いと考えざるをえない。この「方等経」は、やはり天台の五時判に言う方等時の経典の意であると見るべきであろう。

五　天台の方等時解釈

以上の考察をふまえて、蛍巻仏法論の「一つ旨にありて」までの部分の通釈を示せば、次のようになるだろう。[31]

仏が、たいそう立派な考えで説いておかれた教説にも、方便ということがあって、智解の浅い者は、（その教説の）あちらこちらが違っているという疑いの念を抱いてしまいそうになる。（そうしたことは）方等時の経典の中に多く見られるのだが、結局は、（仏法の）主旨は一つに帰するのであって、……

さて、ここで新たな問題として浮上するのは、一つには、方等時の経典に方便が多く誤解を生じやすいという見解はいったい何を根拠としているのかということである。仏法論で用いられている「方等経」という語が大乗経典一般を指すのではなく、天台五時判で言う方等時の経典を指すということについては、前節までの考察によって論証しえたと思うが、なぜ――たとえば阿含時や般若時でなく――方等時なのかということが解明されなければ、これまた説得力を欠いた主張にとどまるしかないだろう。また、仏法論中の「一つ旨にありて」という叙述、さらには、仏法論、ひいては物語論全体を締めくくる「すべて何ごとも空しからずなりぬや」という叙述がどこから出てきているのかということも気になるところである。これらの叙述も、従来言われているごとくたんに『法華経』のあちらこちらの経文を借用したものではなく、天台教学の一貫した論理をふまえてなされている可能性がある。

はじめの点――なぜ方等時経典なのかという点については、この蛍巻物語論の「方等経」を方等時経典の意であるとする数少ない論者の一人である渕江文也氏が、次のように述べている。

方等時八年の説法の特徴は対機説法なる点にある。相対的に対破すること、即ち相手の機に応ずる方法を用いての化益であるから所謂「物に応じて権に現ずる善巧方便」ということになる。帰趨は同一でも彼の機に対しての説き方と此の機に対しての説き方とでは異なる仕方でなされてある。蔵・通・別・円の四教が此時期に並び説かれている所以である。(32)

この解説が既に右の問いに対する解答になっていようが、なお、私に『法華玄義』を参照すれば、天台智顗は、五時の説法のそれぞれの特徴を『華厳経』の「三照」や『涅槃経』に言う「五味」になぞらえて解説する中で、方等時について次のように説いている。

次照平地。影臨万水逐器方円随波動静。示一仏土令浄穢不同。示現一身巨細各異。一音説法随類各解。恐畏歓喜厭離断疑神力不共故。見有浄穢聞有褒貶。嗅有薝蔔不薝蔔。華有著身不著身。慧有若干不若干。此如浄名方等。約法被縁猶是漸教。約説次第生蘇味相。[33]

（次に平地を照らす。影万水に臨み、器の方円に逐ひ、波の動静に随ふ。一仏土を示して浄穢不同ならしめ、一身を示現するに巨細各異なり。一音の説法類に随ひて各解し、恐畏し、歓喜し、厭離し、断疑するは神力不共なるが故なり。見に浄穢有り、聞に褒貶有り、嗅に薝蔔不薝蔔有り、華に著身不著身有り、慧に若干不若干有り。此れ浄名の方等の如し。法の縁に被らしむるに約せば、猶是れ漸教なり。説の次第に約せば、生蘇味の相なり。）

これを要するに、仏の説法は一つであるが、衆生の機根に応じてそれが様々な形で現れるということであろう。中でも「一音説法随類各解」の部分は、方等時の代表的な経典の一つとされる『維摩経』の経文を出典とするが、[34]先に見たように『三宝絵』中巻序にも「仏ハ一音ニ説給ヘレドモ、衆生ハシナぐニシタガヒテサトリヲウル」として引かれていたところで、方等時の説法の多様性とその本質的同一性を示す表現として当時僧俗を問わず知識人の間で広く知られていたのではないかと思われる。

そして、筆者の見るところ、例の仏法論の前半の帰結――「言ひもてゆけば、一つ旨にありて」を導いているのは、この「一音説法」の法理にほかならない。この「一つ旨」について、たとえば岩瀬法雲氏は『法華経』方便品の「皆為一仏乗故」の訳語とし、三角洋一氏も『法華経』迹門の開三顕一になぞらえたもの」としている。[35]そうした先学の見解は、行き着くところとしては正しいかもしれないが、仏法論の始まりからの文脈に即して見ていくと、『法華玄義』が方等時の説法のあり方の解説に援用した「一音説法」の考え方をふまえてこそ、「方便といふことありて」「ここかしこ違ふ」仏法の説くところが「一つ旨」に帰するという結論が自然に導き出されると言えるのではないだろうか。仏法論前半の叙述は、『法華経』自体の文言とともに、『法華玄義』における五時判についての解説、ひいては『維摩経』の所説をベースにして書かれたものであると見るべきであろう。

それでは、仏法論そして物語論全体を締めくくる「すべて何ごとも空しからずなりぬや」という叙述は何に由来するのか。再び岩瀬法雲氏の見解を引けば、この叙述は『法華経』如来寿量品に繰り返される「皆実不虚」の訳であるという。(36) 寿量品が『法華経』の要品として広く読誦されていたことからすれば、たしかにその可能性は大きいが、この典拠を寿量品のこの経文に限定してしまうと、仏法論の前半部分からのつながりがいま一つはっきりしない。「方便」の存在の指摘から「一つ旨にありて」という見解が、そして、「一つ旨にありて」から「何ごとも空しからず」という結論が直接に導かれることを同時に保証する教説が、どこかに存在するのではないか。

これについて私見を示せば、方便品や寿量品の経文もさることながら、『法華経』薬草喩品の所説と、それについての『法華文句』の注釈が、この仏法論の展開に大きく関わっている。まず、薬草喩品の始まりに近い部分で、如来の方便による説法の虚しからざることを説いた次の一節が注目される。

迦葉当知。如来是諸法之王若有所説皆不虚也。於一切法以智方便而演説之。其所説法。皆悉到於一切智地。(37)

（迦葉よ、当に知るべし、如来はこれ諸法の王なれば、若し説く所有らば、皆、虚しからざるなり。一切法においては、智の方便を以てこれを演説し、その説く所の法は、皆悉く一切智地に到らしむ。）

薬草喩品では、この後、如来の説法が「一雲」や「一雨」に譬えられ、いわゆる三草二木の譬喩によって如来の平等なる説法のありようが語られるのであるが、その趣旨は同品後半にある偈頌の次の部分によく示されている。

仏平等説　如一味雨　随衆生性　所受不同　如彼草木　所稟各異　仏以此喩　方便開示　種種言辞　演説一法　於仏智恵　如海一滴[38]

（仏の平等の説は　一味の雨の如くなるに　衆生の性に随ひて　受くる所同じからざること　彼の草木の　稟くる所各異なるが如し　仏は此の喩を以て　方便して開示し　種々の言辞をもちて　一法を演説すれども　仏の智恵においては　海の一滴の如し）

傍線部より、論の展開の順序は異なるものの、これら薬草喩品の経文の趣旨がほぼ蛍巻仏法論全体の論旨と重なっていることが知られる。とりわけ、この品に仏の説法の譬喩として繰り返し登場する「一雲」「一雨」という語について、『法華文句』に次のような解釈が示されていることは注目に値する。

問一雲一雨。與一音同異。答下地以一音。令他聞一法。仏以一音。随類各解。今一雲一雨。正是随類之一音也。[39]

（問ふ、一雲一雨と一音とは同異いかん。答ふ、下地は一音を以て他をして一法を聞かしむるも、仏は一音を以て類に随ひて各解せしむ。今の一雲一雨は正しく是れ随類の一音なり。）

これは言うまでもなく、『法華玄義』において方等時の説法のあり方の特徴を示すものとして『維摩経』から引用されていた「一音説法」の教理をふまえた注釈である。先に引いた『三宝絵』中巻序においても、「方等クサ〴〵ノ経」の説明において、「仏は一音ニ説給ヘレドモ、衆生ハシナ〴〵ニシタガヒテサトリヲウル事、雨は一ノ味ニテソヽケドモ、草木は種〳〵ニ随テウルホヒヲウルガゴトシ」として、「一音説法」と『法華経』薬草喩品の譬喩が結びつけられている。このことは、当時、「方等経」→「一音説法」→「三草二木喩」の連想が決して特異なものでなかったことを窺わせるものであり、『法華経』薬草喩品の所説が蛍巻仏法論のベースになっていることの傍証となるものである。蛍巻仏法論における「方等経」への論及が、仏法が「一つ旨」にあるという前半部分の帰結へ、そしてさらには、仏法と同じように物語においても「何ごとも空しからず」とする物語論の最終的な結論へとつながっていくその理由は、『法華経』薬草喩品の所説と、それに対する『法華文句』の「一音説法」という考え方に即した注解がこの仏法論の背後にあると見ることによって、はじめて了解されるのである。(40)

以上、『源氏物語』蛍巻物語論の末尾に置かれた仏法論の思想的源泉は何かという問題設定にもとづき、文中の「方等経」という語の当時一般における用法および前後の文脈を手がかりに考察を試みた。その結果、この「方等経」は大乗経典一般ではなく方等時の経典と捉えるべきであることが明らかになり、『法華玄義』の五時判の方等時解釈の仏法論全体への影響を想定することによって、『法華経』やその注釈書の文言との部分的相似を説くにとどまっていた従来の典拠説に欠けていたものを補うことができた。

結果的には天台教学を足場とする古注釈の説に同調することになるが、「方等経」の語義について『源氏物語』述作当時における一般的な用法から考察した点、仏法論の典拠として『法華経』方便品最終段や薬草喩品の所説を新たに示した点、そして、『法華玄義』や『法華文句』で用いられている「一音説法」の法理の仏法論全体への影響を指摘した点に、本章における考察の意義があると考えている。古注釈に見られたような仏教宣揚の立場からの『源氏物語』解釈を忌避するあまり、『源氏物語』の思想基盤が何によって形成されているかの一つの確かなあらわれを見誤ることがあってはならないと思う。

蛍巻仏法論が当時の知識人の間に広く浸透していた天台教学の論理に立脚して書かれているということは、この仏法論が、物語論を支える譬喩として効果的に機能しうるものであったことを示すものである。しかし、仏法論がここに導入された理由は、それだけであろうか。仏法論は、たしかにここで譬喩説の役割を果しているが、これを仏法でなく他の譬喩に代替することが可能であったか、さらに極論すれば、譬喩にすぎないのだから取り去っても物語論に影響はないか、と言えば、決してそうではないだろう。仏教の唱導ということは問題外としても、ここで仏教の教説がとりあげられたことには、たんなる譬喩を超えた実質的な意味もあったはずである。

次章では、仏教的見地から文芸というものがどのように捉えられていたかに着目し、蛍巻物語論の最後の部分で仏法論が展開されていることの意味について、新たな観点から考察を進めていく。

注

（1）三角洋一「蛍巻の物語論」、『源氏物語と天台浄土教』（若草書房、一九九六年）。初出は『人文科学科紀要』九七（一九九三年）。

（2）岩瀬法雲『源氏物語と仏教思想』（笠間書院、一九七二年）第七のⅢでは、仏法論中の「方便」、「一つ旨にありて」、「すべて何ごとも空しからずなりぬや」をとりあげて、『法華経』の経文との関連を説いている。また、大場朗「螢の巻と仏教―『妙法蓮華経文句』の方便解釈にそって―」（『仏教文学』六、一九八二年）は、同じく「方便」の語について『法華文句』の影響を指摘している。三角洋一注（1）書も、仏法論中のいくつかの語句をとりあげ、古注釈を借りる形で天台思想の影響を示唆している。

（3）玉上琢彌『紫明抄・河海抄』（角川書店）、四九〇頁。
（4）『花鳥余情』（源氏物語古注集成、桜楓社）、一八三頁。
（5）日本古典文学大系『源氏物語　二』（岩波書店）、四七五頁。
（6）玉上琢彌『源氏物語評釈　五』（角川書店）、三三八頁。
（7）日本古典文学全集『源氏物語　三』（小学館）、二〇五頁。なお、新編日本古典文学全集『源氏物語　③』（小学館）もこの注釈を踏襲している。
（8）新潮日本古典集成『源氏物語　四』（新潮社）、七五頁。
（9）新日本古典文学大系『源氏物語　二』（岩波書店）、四四〇頁。
（10）阿部秋生『源氏物語の物語論―作り話と史実―』（岩波書店、一九八五年）、一〇五頁。
（11）渕江文也『源氏物語の思想的美質』（桜楓社、一九七八年）、八〜一二頁。高橋亨「物語論の発生としての源氏物語―物語史覚え書き（二）―」、『名古屋大学教養部紀要A』（一九七八年）、二四九頁。稲賀敬二「枕草子と源氏物語」、紀野一義・三木紀人編『仏教文学の古典（上）』（有斐閣、一九七九年）、七三頁。他に、阿部秋生「紫式部の仏教思想」、『国語と国文学』三四―二（一九五七年）もあるが、著者は後の注（10）書ではまったく異なる見解を示している。
（12）岩瀬法雲注（2）書一四六頁および高木宗監『源氏物語における仏教故事の研究』（桜楓社、一九八〇年）四一二頁に、蛍巻仏法論と『法華経』方便品との関係が指摘されている。
（13）大正新脩大蔵経、第九巻、一〇頁中段。
（14）阿部秋生注（10）書の「方等経」を『法華経』とする説は、著者が、「方等経」に、「方便」ではなく「方便説」（方便についての説）が説かれていると理解していることによると考えられる。「方等経」に『法華経』を含めて考える諸家の説も、同様の誤解にもとづいている可能性がある。
（15）『往生要集』巻下大文第七。日本思想大系『源信』（岩波書店）、三七九頁。
（16）『往生要集』巻下大文第九。注（15）書、三八九頁。
（17）大正新脩大蔵経、第十五巻、六六九頁中〜下段。

(18)『往生要集』巻上大文第一。注(15)書、三二八頁。
(19) 大正新脩大蔵経、第十五巻、六五五頁中段。
(20)『往生要集』巻中大文第六。注(15)書、三七四頁。
(21) 出雲路修校注『日本霊異記』(新日本古典文学大系、岩波書店、一九九六年)解説、三一九頁。
(22) 注(21)書、二四六頁。
(23) ただし、『大通方広懺悔滅罪荘厳成仏経』を指すとする見方もある。注(21)書校注者の出雲路修氏はその立場をとっている。
(24) 新日本古典文学大系『三宝絵　注好選』(岩波書店)、七四頁。
(25) 引用文中の「迦葉ガ詞ヲ…廿余人ノヒジリウケツタヘ」の部分は『大智度論』に見える阿羅漢による法蔵の結集を、「十六大国ノ王ヒロメマモリキ」の部分は『仁王般若経』等の般若経点の描かれた仏法の弘通を、「尺尊隠給ヘレドモ」以下の部分は、『法華経』の如来寿量品および五百弟子受記品に見える譬喩を用いて大乗仏教の定着を述べた部分である。
(26) 巻頭の三話と第四話以降との間に断裂があることについては、荒木浩「三宝絵」(『岩波講座　日本文学と仏教　第九巻　古典文学と仏教』、岩波書店、一九九五年)六九頁に論じられている。
(27)『三宝絵』の文中に阿含時の経典は見えないが、東寺観智院本のみながら、第四話に「阿含会ヲマウケテ」という叙述があることが注目される。正しくは「安居会」とあるべきところで、たんなる誤記とも考えられるが、五時の説法を強調するためにあえてそのような表記を行なった可能性もある。また、加持の功力を説く第六話については、密教を五時判のどこに位置づけるかという当時の天台宗における大問題と絡むが、唐の広脩・維蠲による『唐決』では方等時相当とされたのに対し、円珍の『大日経指帰』では法華涅槃時に位置づけており、なお検討が必要である。第八話の『千手経』をどう位置づけるかも問題であるが、観音信仰という点で第七話の『般若心経』と関連づけられているものと見たい。第十二話にはたんに「経」とあって、いずれの経典であるかが明記されていないが、「七人ノ法師アリテ経ヲヨム」という部分に関して、この話の出典となっている『霊異記』中巻第二十話の注釈として、「七巻本の妙法蓮華経が誦経されたか」(注(21)書、九三頁)とあるのにしたがい、『法華経』と見なしておく。

(28) なお、出雲路修氏は、中巻の説話群の配列に出典の『霊異記』(時代順)と異なる部分があることについて、第一話、第五話、第九話、第十八話の冒頭に見える「昔」という語に着目され、中巻法宝説話部は一〜四話、五〜八話、九〜十七話、十八話の四つの説話群から成っており、説話の配列替えはそのために行なわれたと主張された(出雲路修『説話集の世界』、岩波書店、一九八八年、八四〜九八頁)。しかし、注(26)の荒木論文の見解に加え、第五話の「昔」は東寺観智院本のみに見えるものであること、第九話の「昔」は既に『霊異記』の記事に見えていること、出雲路説によっては第十三話の配列替えの説明がつかないこと、出雲路説において第二群の説話、第三群の説話の特徴としてそれぞれ挙げられている「現報」と「法ノ力」の別が必ずしも分明でないことなどにより、出雲路説には賛意を表しがたい。

(29) 『霊異記』については、各説話のタイトル中の用例も含めて数える。「法華大乗」等の連語は除く。『往生要集』の「大乗方等経典」は「方等経」の用例として数える。

(30) 『日本往生極楽記』、『続本朝往生伝』、『本朝神仙伝』、『拾遺往生伝』、『後拾遺往生伝』、『三外往生伝』、『本朝新修往生伝』、『高野山往生伝』、『念仏往生伝』について検討した。

(31) 本章冒頭に掲げた新編日本古典文学全集本の校訂文では、「疑ひをおきつべくなん」の後に読点が置かれているが、係助詞「なん」で文が終っている(「ある」が省略されている)形と見て、句点を置いたほうがよい。ここでは、そのように考えて現代語訳を行なう。

(32) 渕江文也注(11)書、九頁。

(33) 『妙法蓮華経玄義』巻第一上、大正新脩大蔵経、第三十三巻、六八三頁中段。

(34) 『維摩詰所説経』巻上、仏国品第一に、「仏以一音演説法。衆生随類各得解。皆謂世尊同其語。斯則神力不共法。仏以一音演説法。衆生各各随所解。普得受行獲其利。斯則神力不共法。仏以一音演説法。或有恐畏或歓喜。或生厭離或断疑。斯則神力不共法」とある。大正新脩大蔵経、第十四巻、五三八頁上段。

(35) 岩瀬法雲注(2)書、一四六頁。また、三角洋一注(1)書、八四頁。

(36) 岩瀬法雲注(2)書、一四六頁。

(37) 大正新脩大蔵経、第九巻、一九頁上段。

（38）大正新脩大蔵経、第九巻、二〇頁中段。

（39）『妙法蓮華経文句』巻第七上。大正新脩大蔵経、第三十四巻、九六頁下段。

（40）なお、このほか、蛍巻仏法論の思想的源泉として、『往生要集』の叙述が注目される。すなわち、『往生要集』における四弘誓願の解説の条（注（15）書、三四六頁）に、

　二縁理者、一切諸法、本来寂静、非有非無、非常非断、不生不滅、不垢不浄、一色一香無非中道、生死即涅槃、煩悩即菩提[a]

と「煩悩即菩提」が言われているが、この釈義をふまえて、問答料簡の部で、「問、煩悩菩提、若一躰者、唯応任意起惑業耶」との問いが発せられ、それに対する解答が示される。これに引き続き、「凡夫不堪勤修、何虚発弘願耶」という問いがなされ、その解答の結論の部分（注（15）書、三四八頁）に、

　是故行者、随事用心、乃至一善、無空過者[b]、如大般若経云、若諸菩薩、行深般若波羅蜜多方便善功[c]、無有一心一行空過而不廻向一切智者[b]

とあることが注目される。蛍巻仏法論中の「方便といふことありて」を傍線部cと、「菩提と煩悩の隔たり」をaと、「すべて何ごとも空しからずなりぬや」をbと関連づけて考えることができる。この『往生要集』が引用している『大般若経』の一節に言う「方便」は、修行者としての菩薩の行なうそれであって、仏法論で説かれていた仏の教説における方便と同じでないことは承知しておく必要があるが、それでも、この『往生要集』の叙述が仏法論に影響している可能性は高いと考える。なぜなら、第六章で論じたように、この仏法論がなされた動機は、物語虚実論に決着をつけることにあったわけだが、次章以下で述べるように、その虚実論は、たんに物語に書かれていることが真実か否かということにとどまるものではなく、物語を書くという作者自身の行為の是非の問題と深く関わるものだったのであって、そうした見地からすると、ここで言う「方便」を仏のそれに限定するよりは、菩薩の方便、すなわち、求道者の行為としての方便も含めて広く捉えることの方が、この物語論全体の趣旨にふさわしいと考えられるからである。

第八章　仏教的文芸観と蛍巻物語論

願以今生世俗文字之業狂言綺語之過
転為将来世世讃仏乗之因転法輪之縁
（「香山寺白氏洛中集記」）

一　虚言の罪

紫式部が『源氏物語』を書いた罪によって地獄に堕ちたという、いわゆる紫式部堕地獄説が、平安末期からさかんに唱えられるようになる。たとえば『宝物集』には、次のような一節がある。

ちかくは、紫式部が虚言《そらごと》をもつて源氏物語をつくりたる罪によりて、地獄におちて苦患のしのびがたきよし、人の夢にみえたりけりとて、歌よみどものよりあひて、一日経かきて、供養しけるは、おぼえ給ふらんものを。(1)

ここに見えるように、式部堕地獄説が広まるとともに、歌文に携わる者たちの間で、地獄に堕ちた式部を救済するための源氏供養がしばしば行なわれるようになる。

一方、やはり同じ頃から、『源氏物語』という優れた作品を書いた紫式部を観音等の化身と見なす見方も出てくる。『今鏡』は式部の創作活動を「妙音、観音など申すやむごとなき聖たちの女になり給ひて、法を説きてこそ、人を導き給ふなれ」と評しており、その前提として次のように述べている。

大和にも、唐土にも、文作りて人の心をゆかし、暗き心を導くは、常のことなり。妄語などいふべきにはあらず。わが身になきことをあり顔にげにげにといひて、人にわろきを良しと思はせなどするこそ、虚言などはいひて、罪得ることにはあれ。これはあらましなどやいふべからむ。綺語とも、雑穢語などはいふとも、さまで深き罪にはあらずやあらむ。(2)

こうした堕地獄説と観音化身説は、紫式部の創作活動に対する評価の両極をなしている。このような後代における『源氏物語』評価の分裂については最終章であらためて論じるが、右に挙げた対極的な評価の背後には一つの共通理解があるのであって、それは、二つの叙述の表現を借りるならば、「虚言」は「罪」であるという認識にほかならない。『宝物集』と『今鏡』の見解の相違は、式部の創作を「虚言」と捉えるか否かの違いに由来している。

「虚言」を「罪」とするこのような見方が、仏教における文芸観――仏教に関わりのない世俗の文学や芸能の営みを虚飾に満ちたものとして罪悪視し排斥する考え方――に根ざしていることは言うまでもない。仏教側の用語を用いて言えば、右の『今鏡』からの引用文に見えている「妄語」の問題である。(3)

確実な文献によるかぎり、日本の文芸史上こうした仏教的文芸観をふまえ問題解消への取り組みを見せた初期の例としては、十世紀後半に始まる勧学会の活動が挙げられる。(4) 周知のごとく、これは唐の白楽天の思想と行動の影響を受けて始められた活動である。『源氏物語』が書かれた十一世紀初頭の段階において、文芸の創作が罪業になるとする見方は既に知識人の間に浸透していたと見られるが、そのような仏教的文芸観を、物語作者たる紫式部はどのように捉えていたのだろうか。

従来、紫式部の『源氏物語』創作が後代において仏教的立場からどう評価されたかということは、論頭に挙げた紫式部堕地獄説をはじめしばしば取り上げられ論じられてきたが、ほかならぬ式部自身が創作活動を行なう上で仏教の文芸否定の問題をどのように考えていたかについては、不明な点が多い。本章では、式部が生きていた時代における文芸観、とりわけ物語観をめぐる思想史的状況を明らかにし、その中で式部がみずからの物語創作の営みをどのように意義づけていたかについて考えてみたい。

二　「狂言綺語」観の成立と変容

世俗の文芸を否定する考え方は仏教の根本的立場として古くから存在したが、[5]文芸の担い手の側からこの問題を意識的に取り上げ、その対応の仕方において後世に多大な影響を及ぼしたのは、中唐の詩人白楽天（七七二―八四六）であった。仏教の帰依者であった白楽天は、晩年に自作の詩文を七十巻の書として香山寺に奉納した。その時に書かれた「香山寺白氏洛中集記」の一節、

我有本願、願以今生世俗文字之業、狂言綺語之過、転為将来世世讃仏乗之因、転法輪之縁也[6]

が、仏教の否定的文芸観に対する白楽天の対応を示すものとして、平安中期以降の日本における文芸観のあり方を大きく規定することとなる。仏教の文芸観を端的に表すものとして広く用いられる「狂言綺語」という用語の典拠がここに求められることは言うまでもない。

ここで確認しておきたいことは、第一には白楽天がみずからの創作活動を「狂言綺語」と認識していることである。つまり、ここでは仏教の否定的文芸観はそのまま受け容れられている。第二には、「狂言綺語」を為し仏教の教戒に背いた罪を解消するために、作品の奉納という形で修善を営むばかりでなく、願文を通じて、今世における「世俗文字之業」「狂言綺語之過」をいわば逆縁として来世以降の「讃仏乗」「転法輪」を図るという、仏法との結縁による滅罪の論理を打ち出していることである。

平安中期に始まる勧学会の活動がこの白楽天の言動の影響を受けたものであったことは先にもふれた。初期の結衆の一人源為憲の手になる『三宝絵』（九八四年成立）の「比叡坂本勧学会」の条によれば、大学寮の紀伝道の学生の有志が集まり、

願ハ僧ト契ヲムスビテ、寺ニマウデ会ヲ行ハム。クレノ春、スヱノ秋ノ望ヲソノ日ニ定テ、経ヲ講ジ、仏ヲ念ズル事ヲ其勤トセム。コノ世、後ノ世ニ、ナガキ友トシテ、法ノ道、文ノ道ヲタガヒニアヒス丶メナラハム(7)

として勧学会を創始したという。すなわち、僧俗同座しての勉強会であって、講経と念仏を行ない、讃仏の詩を作り寺に納めるほか、僧侶は『法華経』の偈を、一方学生は居易（白楽天）の詩文を誦し、「僧ノ妙ナル偈頌ヲトナヘ、俗ノタウトキ詩句ヲ誦スルヲキクニ、心オノヅカラウゴキテ、ナミダ袖ヲウルホス」ありさまであったという。

学生が誦する白楽天の「タウトキ詩句」として、『三宝絵』は次の三例を挙げている。

百千万刧ノ菩提ノ種、八十三年ノ功徳ノ林
願ハコノ生ノ世俗文字ノ業、狂言綺語ノアヤマリヲモテカヘシテ、当来世々讃仏乗ノ因、転法輪ノ縁トセム
此身何足愛、万刧煩悩ノ根、此身何足厭、一聚虚空ノ塵

中に例の願文が見えることより、白楽天の「狂言綺語」の認識とそれへの対応をふまえて勧学会の活動が行なわれたことは明らかである。参加した学生が自分たちの文芸創作を「狂言綺語」と捉えつつ、「僧ト契ヲムスビ」「コノ世、後ノ世」の修善を通じて問題の解決を図ろうとしているその姿勢は、白楽天のそれと軌を一にする。(8)

ここで注意を引くのは、願文の二句目が「狂言綺語ノアヤマリヲモテカヘシテ」となっていることで、この「カヘシテ」は先の『白氏文集』所載の原文の「転」のよみとしてはやや不自然である。藤原公任撰の『和漢朗詠集』（一〇一八年成立）に、この願文が、

願以今生世俗文字之業狂言綺語之誤
飜為当来世々讃仏乗之因転法輪之縁(9)

という形で採録されているが、「カヘシテ」というよみはこの「飜」の字にもとづくものであろう。「飜」の字が採択されたのがいつのことか――『三宝絵』が書かれた時点で既にその形で流布していたのか、あるいは『和漢朗詠集』

撰述の折にこの字がとられて『三宝絵』の現存本に伝えられたものか——は不明であるが、この「翻」字の採用に狂言綺語観の受容における日本的な特徴を認めることができるのではないか。

すなわち、「転」も「翻」も、ものごとの劇的な変化を表すという意味では違いはないが、前者がものごとの異質のものへの変化を示すのに対し、後者は本質的に同じものごとの様相の変化を示す語であると考えられる。『白氏文集』所載の原文では「世俗文字之業」「狂言綺語之過」を一転して「讃仏乗之因」「転法輪之縁」とすることが望まれていたのであるが、『和漢朗詠集』所載の文では、「世俗文字之業」「狂言綺語之誤」を翻せば「讃仏乗之因」「転法輪之縁」となるという前提のもとにその実現が願われている。ここでは「世俗文字之業」「狂言綺語之誤」と「讃仏乗」「転法輪」は表裏一体の関係にあると言ってよく、それは一見まったく論理的でないのだが、それだけにかえってこの願文はそのような非論理性を補うにたる呪術的な要素を孕んでいるように見える。日本において白楽天のこの願文は文芸の創作活動を正当化する一種の「呪文」として唱えられ続けたと言われるが、(10)そのことを可能ならしめた一つの要因はこの「翻」の字の採択にあるのではないか。

白楽天の願文は『和漢朗詠集』への採録により一躍世に広まることとなり、仏教で言う「妄語」「綺語」等の罪を滅する秘力を持つ言葉として受け入れられていく。(11)しかも、『梁塵秘抄』に「狂言綺語の誤ちは、仏を讃むるを種として、麁き言葉も如何なるも、第一義とかにぞ帰るなる」(12)とあり、さらに下って『風姿花伝』には「月氏・晨旦・日域に伝る狂言綺語をもて、讃仏転法輪の因縁を守り、魔縁を退け、福祐を招く」(13)とあるように、「狂言綺語」こそが讃仏転法輪のもとであるとしてこれを肯定的に捉える見方に変容してきている。こうした「狂言綺語」観の変容が、煩悩即菩提の教理を掲げる本覚思想の盛行と無縁でないことはここにあらためて論ずるまでもなかろう。

白楽天における「狂言綺語」の認識とそれへの対応の仕方を原点にその系譜をたどってきたが、いずれにも共通するのは、仏教的な文芸観をそのまま受け容れて文学や芸術を「狂言綺語」と見なした上で、「狂言綺語」をなすことによる仏法への結縁という論理を示して問題の解決を図っていることである。その論理の立て方は環境により、また時代の推移につれ変わってくるが、文芸を「狂言綺語」と見なす見方と仏教との結縁による滅罪の論理は一貫して受け継がれていると言える。そのことを、まずは確認しておきたい。

三　『三宝絵』の物語観

前述のように、『源氏物語』に先立つこと約半世紀の時点で、白楽天の「狂言綺語」の認識と対応をふまえて勧学会の活動が始められていた。当時における『白氏文集』の流行、式部自身の経典や漢籍についての該博な知識を考えれば、紫式部がこうした仏教的な文芸観の存在を知らないはずはないと言えよう。

しかし、式部の遺した日記、家集、そして『源氏物語』を見るかぎり、「狂言綺語」の語が見えないのはもとより、そのもととなっている仏教的な文芸観をふまえて文芸の創作を罪悪視するような記述はない[14]。「罪」という言葉は『源氏物語』に約一九〇例見えており、仏教的価値観にもとづく用例が多いが[15]、その中で明確に世俗の文芸の創作を罪としている例はなく、『紫式部日記』における用例を見ても同様である。紫式部堕地獄説が巻間に唱えられ始めたのは『源氏物語』成立後一世紀もたたぬ時期であったと推測されるが、当の紫式部には、「罪ふかき人」[16]としての自己認識とそれにともなう救済への危惧はあっても、創作の罪による堕地獄への表だった危機感は窺うことができないのである。「狂言綺語」の文芸観が世を席巻しつつある中で、紫式部はみずからの物語創作の行為をどのように捉えていたのだろうか。

ここで一つ考えておかなければならないのは、当時における物語というものの地位の低さである。物語が当時言語表現の価値体系の最下層に位置づけられており、勧学会の文人たちの意識する「狂言綺語」としてすら認知されていなかったとする説がある。(17)たしかにそのように考えれば、紫式部に際立った危機感が見られないことの説明がつく。しかし、本当にそうなのだろうか。物語を「狂言綺語」とする見方は式部の時代にはまったく存在しなかったのだろうか。

当時、内典（仏）＞外典（儒）＞史書＞詩＞和歌＞物語という言語表現の階層性《ヒエラルキー》が存在し、物語が最も価値の低いものと見なされていた(18)ことについては、筆者にも異論はない。特に最後の和歌と物語の関係について言えば、和歌が既に伝統もあり担い手も広範でその社会的地位が確立していたのに対し、物語は歴史も浅く婦女子のなぐさみごとにすぎなかったわけで、その優劣は明らかである。それをさらに裏付けるものとして注目したいのは、選子内親王を中心とする人々の歌（九八四〜九八六年頃の作）(19)を集めた『大斎院前の御集』の一連の贈答である。

　廿日のほどに、歌の尚侍《かみ》に典侍《すけ》なさせ給に、典侍になりて、
みはなれどさきたゝざりし花なれば木高き枝にぞ及ばざりける
　と聞こえさせたれば、御、
賤枝といたくなわびそ末の世は木高きみこそなりまさるべき
　かく司々なりてのち、物語の典侍は歌司こそかくべけれ、とて、物語の尚侍、歌の典侍に
うちはへて我ぞ苦しき白糸のかゝる司は絶えもしなゝむ
　かへし

白糸の同じ司にあらずとて思ひ分くこそ苦しかりけれ

物語の清書きせさせ給て、古きは司の人に配らせ給へば、物語の尚侍、民部のもとにやるとて、

四方の海にうちよせられてねよ《ママ》ればかき捨てらるゝ藻屑なりけり

民部、久しう参らぬ頃なりければ

かき捨つる藻屑を見ても嘆くかな年経し浦をあれぬと思へば[20]

これは既に言われているように[21]、選子サロンにおいて後宮十二司の擬制としての和歌司、物語司が設けられ、それをめぐって歌が詠まれているものである。まず先に和歌司の任官がなされていること、歌典侍に任命された者が歌尚侍になれなかったことを嘆いていること、物語司の典侍は歌典侍が兼任することになったこと、それを聞いた物語尚侍が歌典侍を相手に精神的苦痛を訴え、こんな司は絶えてしまってほしいと愚痴をこぼしていること、物語の清書によって不要になった本を「藻屑」と称していること――贈られた側もそう言っているのでこれは謙辞とはとれない――等々、物語の主たる享受者である女性たちの間においてさえ、和歌に比べて物語が格段に低く見られていたことが、これらの贈答歌から読み取れるのである。

このように、紫式部在世当時、物語への評価が低かったことは明らかであるが、それは「狂言綺語」としてすら認知されないほどの埒外の低さだったのだろうか。

この時代の物語観を語る上で見過ごすことができないのは、先にも引いた『三宝絵』の総序の次の一節である。

又物ノ語ト云テ女ノ御心ヲヤル物、オホアラキノモリノ草ヨリモシゲク、アリソミノハマノマサゴヨリモ多カレ

ド、木草山川鳥獣モノ魚虫ナド名付タルハ、物イハヌ物ニ物ヲイハセ、ナサケナキ物にナサケヲ付タレバ、只海アマノ浮木ノ浮ベタル事ヲノミイヒナガシ、沢ノマコモノ誠トナル詞ヲバムスビオカズシテ、イガヲメ土佐ノオトヾ、イマメキノ中将、ナカ井ノ侍従ナド云ヘルハ、男女ナドニ寄ツヽ花ヤ蝶ヤトイヘレバ、罪ノ根、事葉ノ林ニ露ノ御心モトヾマラジ。(22)

周知のように『三宝絵』は、当代一流の文人源為憲が、若くして出家の身となった尊子内親王の「尊キ御心バヘヲモハゲマシ、シヅカナル御心ヲモナグサム」(総序)ためのものとして表した仏教説話集である。右の一節は世間に流布している物語というものがその目的にふさわしくないという趣旨をあらわしているところで、仏教的見地からの物語観を示したものとしてこれまでにもしばしば論及されている。しかし、これと先般から注目している文芸を「狂言綺語」とする見方との関係が、今一つはっきりしないのである。この一節はたしかに仏教的な立場からする物語批判として書かれているのだが、それは、物語がたとえば白楽天の言う「狂言綺語之過」をなしていると見ているからなのか、それともそうでないのか。

考察の便宜上、右の引用文を意味上のまとまりごとに区分し、記号を付したので、以下、これに即して見ていく。まず、これまでにも常に指摘されているとおり、ここでは大きくXとYの二種類の物語が取り上げられている。(23)次に、X・Yに続く傍線部がそれぞれの物語群についての批評となっているわけであるが、問題は、傍線部Cをどう捉えるかである。すなわち、従来の解釈には二通りあって、一つはこれを傍線部BとともにYの物語群への批評を形成する部分ととる見方であり、もう一つは、この部分が独立してX・Y両群の物語すべてに対する批評をなしているととる見方である。傍線部A・Bに見える「……バ」という条件節の用法から言えば、前者が理屈に合っているように思われるが、一方、傍線部Cの結末の「露ノ御心モトヾマラジ」はこの『三宝絵』を献上される内親王の心情に即して物語批評を締めくくっているところで、内容的には後者の解釈の方が自然である。どちらの解釈が正しいのだろうか。

なぜこのようなことを問題にするかと言うと、二つの解釈のどちらをとるかによって傍線部Cの「罪」の含意が変わってくるからである。前の解釈によれば、「罪」は直前の「男女ナドニ寄ツヽ」との結びつきにより、仏教で指弾されるところの男女間の愛欲による罪を指していると見ることができる。一方、後の解釈によるならば、「罪」は傍線部A・B双方の内容を受けて、より包括的な意味を持つことになるだろう。

仏教上の「罪」と言えば男女愛欲の罪が最初に念頭に浮かぶのはありがちなことであって、前の解釈をとる先学が多いのもそのためかと考えられるが、ここで注意したいのは、傍線部Bが「男女ナドニ寄ツヽ、花ヤ蝶ヤトイヘレバ」と言っていて、文字通りに解釈すれば著者の関心の的は「男女」よりは「花ヤ蝶ヤ」の部分にあるということである。とすれば、ここの「罪」の含意としては、むろん男女の交渉上の罪もあろうが、男女関係によせて物語が「花ヤ蝶ヤトイ」う、その言い方に内在する罪という要素の方が強いのではないか。そもそも、この物語批評の対象が物語の叙述内容よりは叙述の方法にあることは傍線部Aからも明らかであり、傍線部Bでもそのようにとった方が全体の論旨が通る。

そうなると、傍線部Cを傍線部Bに従属させる必然性はなくなってくるのであって、やはりこれは傍線部A・Bの二種の物語群への批評を受けて全体をまとめている部分であると考えられるのである。それでは、「罪」とは何を指しているのかと言えば、これは傍線部A・Bの批評をともに受けて言われているのであるから、一つには物語が「浮ベタル事ヲノミイヒナガシ」「誠トナル詞ヲバムスビオカ」ぬことであり、また一つには「花ヤ蝶ヤトイ」っていることであるということになる。つまり、物語が虚偽と粉飾に満ちていることを指しているのである。これこそは、

「狂言綺語之過」そのものではないだろうか。

　そのような目で見れば、傍線部Cの前半「罪ノ根、事葉ノ林」という部分についても新しい解釈をほどこすことができそうである。この句は現存の諸本にこの形で出ているが、まず、「罪ノ根」と「事葉ノ林」の関係はどうなっているのだろうか。本書で引用している新日本古典文学大系本の底本、東寺観智院旧蔵本の本来の表記を確認すると、「罪ノ根ノ事ノ葉ノ林」と記された上で、「根」と「事」、「事」と「葉」の間の「ノ」が見せ消ちになっている。このことと「罪」と「事葉」が対概念にならないことから、「罪ノ根」と「事葉ノ林」は対句の関係ではなく、修飾・被修飾の関係であると考えられる。よって、この句全体の意味は、「罪の根から生じた言葉の林」ということになる。

　次に、なぜここで「罪ノ根」「事葉ノ林」という表現が用いられているかであるが、同じ総序の最後の部分から、その理由が明らかである。

参河権守源為憲ハ恩ヲイタヾケルコト山ヨリモ重ク、志ヲ懐ケル事海ヨリモ深キ宮人也リ。若クシテ文ノ道ニ遊テ一枝ノ桂ヲバ折テキ。老テ法ノ門ニ入リテ九ノ品ノ蓮スヲ願フ。内外トノ道ヲ見給フルニ、心ハ恩ノ為ニ仕ハレ、仏ノ種ネハ縁ヨリ起リケレバ、丁寧ロニ功徳ノ林ノ事ノ葉ヲ書キ集メ、深ク菩提ノ樹ノ善キ根ヲ写シ奉ルニ、心ノ緒ハ玉ヅサノ上ニ乱レ、涙ノ雨ハ水クキノ本ニ流ル。願ハ此ノ志ヲ以テ又後ノ世ニモ被引導奉ラム事、喩ヘバ猶浄飯王ノ御子ノ仏ニ成リ給ヘリシ時キ、古ルクヨリ仕マツレル憍陳如ガ先ヅ人トヨリ先キニ被度シガ如ナラム。于時永観二タ年セ中ノ冬ナリ。(24)

先の「罪ノ根、事葉ノ林」が右の傍線部分の「菩提ノ樹ノ善キ根」「功徳ノ林ノ事ノ葉」に応じた表現であることは明らかである。「罪ノ根」と「事葉ノ林」の間の「ノ」が見せ消ちにされたのも、この傍線部の表現が対句であることを意識してのことであろう。

そして、この「菩提ノ樹ノ善キ根」「功徳ノ林ノ事ノ葉」という表現が、勧学会で誦せられたものとして先に引いた「百千万劫ノ菩提ノ種、八十三年ノ功徳ノ林」という白楽天の詩句をふまえていることも、疑う余地はない。この詩句は白楽天の導師である如満大師の徳を讃えて賦せられたものと言われているが、例の「狂言綺語」をめぐる願文と並んで『和漢朗詠集』に採録され、『栄華物語』の法華講の記録にも見えているもので、白楽天の詩句の中でも人口に膾炙し、とりわけ仏事に際して好んで誦せられた一節であると見られる。

また、「罪ノ根」については、白詩の中にもう一つの典拠を見出しうる。これも勧学会の記事に引用されていた「万劫煩悩ノ根」という一句である。ここで「煩悩ノ根」と「罪ノ根」は、ほぼ同じ意味で用いられていると見てよい。(25)

以上より、『三宝絵』の物語批評の締めくくりの部分の「罪ノ根、事葉ノ林」という言い方は、白楽天の詩句にもとづくものであることが明らかである。そこには「狂言綺語」という言葉そのものは見えないが、文芸の創作が「狂言綺語之過」であると見ていた白楽天の罪障意識や求道心をふまえてこの部分が書かれていることは重要である。前掲の総序終段の傍線部に続く「心ノ緒ハ玉ヅサノ上ニ乱レ、涙ノ雨ハ水クキノ本ニ流ル」という文言も、たんなる感動をあらわしているのではなく、著者為憲の「若クシテ文ノ道ニ遊」んだことへの慚愧の念を反映しているのではないか。これに続いて惰陳如が釈迦との縁で速やかに済度された故事を挙げ、みずからの来世における救済を願っているところにも、白楽天が「狂言綺語之過」を悔悟し仏法との結縁による滅罪を願ったその論理に通ずるものが窺えるのである。

なお、源為憲における仏教の文芸観への強い関心を示すもう一つの事例として、『三宝絵』上巻の第二話を挙げることができる。『三宝絵』上巻は「昔ノ仏ノ行ヒ給ヘル事ヲ明ス種〻ノ経ヨリ出タリ」（総序）とあるように、三宝の一つ仏法を説く部分で、その前半に六波羅蜜の教えが説かれている。問題の第二話はそのうち持戒波羅蜜を説くものであるが、この持戒波羅蜜を固く守った例として、「虚《そ》ラ言《ご》ト不為《せぬ》ヌ戒《いむこ》ト」をたもった須陀摩王の故事が語られている。[26]中に、王の言葉として、「実語ハ第一ノ戒ナリ。実語ハ天ニ昇ル橋ナリ。妄語ハ地獄ニ入ル。我今実トヲ守リテバ命ヲ捨ツトモ悔イ有ラジ」とある。戒が殺生・偸盗・邪婬・妄語・飲酒の五悪を行なうことを戒めるものであるとすれば、この中で特に不妄語の戒をたもった例を挙げて持戒の手本としているのは、著者為憲における罪障意識のあり方を反映しているのではないか。文人為憲にとっては、仏教で言う種々の罪業のうち「妄語」の罪こそが最大の関心事だったのに違いない。『三宝絵』総序における物語批評の背後には、やはり物語を「狂言綺語」であるとする見方があると考えられる。

四　蛍巻物語論の執筆意図

これまでの考察により、紫式部の生きていた時代において、物語を「狂言綺語」と見なす考え方が存在していたことが判明した。物語は言語表現の最下層に置かれ低い評価を受けていたが、仏教的見地より「狂言綺語」として批判される資格を既に有していたのである。

そうした物語観を明確な形で示した『三宝絵』について、尊子内親王個人の「尊キ御心バヘヲモハゲマシ、シヅカナル御心ヲモナグサム」（総序）ために献上されたものであって、これがにわかに広く流布したとは考えがたいとする見方もある。(27) しかし、記録に残ったものは僅かであるとしても、こうした、物語が「狂言綺語」に当たるとする見方にもとづく発言が、為憲や式部の父為時を中心とする十世紀末の文人サロンの営みの中で交換されていた可能性はあり、式部も直接・間接にそうした見解に接していたと見ることができる。(28) 式部の『源氏物語』創作はそのような思想史的状況の中で行なわれたのである。

先述したとおり、紫式部には「狂言綺語」の過誤による明白な罪障意識は見られないのであるが、彼女が物語を書くということをどう捉えていたかは、第六章から取り上げてきた、『源氏物語』蛍巻における光源氏の物語談義に窺うことができる。この物語論の背後に「狂言綺語」の物語観を見据えつつ、あえて新たな読みを試みるなら、どうなるであろうか。

蛍巻の物語論は、物語に読みふける玉鬘の思いを反映した「まことにやいつはりにや」（三―二一〇）という疑問に応える形で、物語の叙述が「まこと」か「いつはり」かという論点をめぐって進められる。初めの段階では、源氏は玉鬘の熱中ぶりへのからかいをこめて、物語に「まことはいと少なからむ」と述べ、これを「いつはりども」とさえ称しているが、玉鬘の「いとまことのこととこそ思うたまへられけれ」という反撃を機に論調を転じて、「ひたぶるにそらごとと言ひはてむも、事の心たがひてなむありける」という見解を示し、さらには仏教の教説を引いて「すべて何ごとも空しからずなりぬや」と結論づけている。以上、既に第六章で論じたことであるが、言うならば物語虚実論がここに展開されているのである。

従来、この物語虚実論については、主として儒教的見地から、物語を史書との対比において論じているものだとする方向で説明されてきた。(29) すなわち、歴史的事実の記録である史書を〈実〉とし、これを基準として物語が〈虚〉であるか否かが論じられている、とする見方である。このような見方が一面で正しいことは否定できないが、しかし、はたしてそれだけでこの虚実論を説明しきれるものだろうか。

蛍巻の物語論が物語と史書との比較を軸に論じられているとする従来の見方は、大きく次の二点を論拠としている。一つは、右に挙げた玉鬘の反撃に応じて、「日本紀などはただかたそばぞかし」と、国史が引き合いに出されていることである。もう一つは、その後の源氏の発言の中に漢籍を意味する「ざえ（才）」という言葉があらわれていて、ここで再び史書と物語とが対比されていると見なしうることである。

しかし、これら二箇所の記述に関しては、その重要度や解釈の当否をもう一度問い直す必要があるのではないか。まず、第一の「日本紀」をめぐる記述は次のようなものである。

「骨なくも聞こえおとしてけるかな。神代より世にあることを記しおきけるななり。日本紀などはただかたそばぞかし。これらにこそ道々しく詳しきことはあらめ」とて、笑ひたまふ。（蛍巻・三―二一二）

『紫式部日記』に見られる「日本紀の御局」との関係もあって、物語論全体の中でも特によく取り上げられるところであるが、はたして一般に考えられているほど重要な部分なのだろうか。「日本紀などはただかたそばぞかし」という大仰な言い方、次に来る「これら（物語）にこそ道々しく詳しきことはあらめ」という常識はずれのもの言い、そしてそれに引き続く源氏の笑いから知られるように、ここの発言は玉鬘の反論を受けての源氏一流のまぜかえしと言うべきであって、従来言われているほどに重要視する必要はないのではないか。

また、二点目の「ざえ」についても、本当にこの言葉が使われているのかどうか、あらためて検討する必要がある、問題の部分は次のとおりである。

他の朝廷のさへ作りやうかはる。同じやまとの国のことなれば、昔今のに変るべし、深きこと浅きことのけぢめこそあらめ、ひたぶるにそらごとと言ひはてむも、事の心違ひてなむありける。（蛍巻・三―二一二〜二一三）

右のように、新編日本古典文学全集本では冒頭部を「他の朝廷のさへ」と校訂しているが、諸写本ではこの「さへ」が「さえ」と書かれている例が少なくない。[30] 右の部分は「さへ」と「ざえ」の違い、「作りやう」と「作りやは」の違いをはじめ異同が多く、古来難解とされるところであるが、筆者の見解では、ここは「ざえ」ではなく「さへ」を採り、その後の「作りやうかはる」を異本にもとづき「作りやはかは（れ）る」として反語と見なし、[31]「昔」から「あらめ」までの部分を挿入句と考えるのがよい。それでないと、文全体の意味が通らない。つまり、この部分には「ざえ」などという言葉はもとより存在しないのであって、ここで再び史書が取り上げられているわけではないのである。[32]

このように見てくると、蛍巻物語論が史書との比較において物語を論じているとする従来の見方は、間違いではないにせよ、ある程度の修正が必要である。ここで展開されている物語虚実論の背後には、たしかに史書を物語に比べて〈実〉であるとする発想があるが、それだけがこの虚実論を支えているわけではなさそうである。

それでは、この虚実論がなされる背景には、何があるのか。

私見によれば、この物語虚実論には、先程から論じてきた仏教の物語観――物語を「狂言綺語」と見なす考え方が大きく影を落としている。なぜなら、この物語論において問題にされているのは、物語の内容であるよりは、物語を創作するという行為であるからだ。物語論の中で、「まこと」に対するものとして「いつはり」と「そらごと」の二つの語が用いられているが、厳密に言えばこれら二語は意味が違う。少なくともここでの用法に即して言うならば、物語に書かれた事実に反する内容を「いつはり」と言い、事実と違った物語を作る行為を「そらごと」と言っているのである。(33)物語談義の前半において、源氏は物語を「いつはりども」と称しつつその魅力を認める発言をするが、その終わりのところで、「このごろ幼き人の、女房などに時々読ますするを立ち聞けば、ものよく言ふ者の世にあるべかな。そらごとをよくし馴れたる口つきよりぞ言ひ出だすらむとおぼゆれどさしもあらじや」と問いかけている。この「そらごと」は、事実に反することを語るという行為にほかならない。また、先ほどから取り上げている、「ひたぶるにそらごとと言ひはてむも、事の心違ひてなむありける」という源氏の見解も、次のような立論によって導かれている。

その人の上とて、ありのままに言ひ出づることこそなけれ、よきもあしきも、世に経る人のありさまの、見るにも飽かず聞くにもあまることを、後の世にも言ひ伝へさせまほしきふしぶしを、心に籠めがたくて言ひおきはじめたるなり。よきさまに言ふとては、よきことのかぎり選り出でて、人に従はむとては、またあしきさまのめづらしきことをとり集めたる、みなかたがたにつけたるこの世の外のことならずかし。他の朝廷のさへ、作りやうかはる、同じ大和の国のことなれば、昔今のに変るべし、深きこと浅きことのけぢめこそあらめ、ひたぶるにそらごとと言ひはてむも、事の心違ひてなむありける。

（蛍巻・三―二一二～二一三）

傍点を付した部分より、ここで「そらごと」と言われているのが、やはり、物語そのものの内容であるよりは、物語を創作する行為であることが知られる。したがって、源氏が最初に物語を「いつはりども」と決めつけていながらここに至って「ひたぶるにそらごとと言ひはてむも、事の心違ひてなむありける」と述べているのは、一見大きく矛盾しているようだが、必ずしもそうとは言えない。初めに言及していたのが物語の内容であるのに対し、後に論じているのは物語創作の行為の問題であるからだ。そして、この物語論がたんに物語に書かれた内容の「まこと」か「いつはり」かを論ずるにとどまらず、物語創作という行為の「そらごと」か否かを究極の論点としているところから、この論が「狂言綺語」の文芸観をふまえてなされていることを推察することができる。「狂言綺語」とは、もとより、「妄語」に代表される口業の罪悪であり、(34)戒められるべき行為の問題だからである。

もう一つ、この虚実論の背景に仏教的な文芸観があるという見方の根拠として挙げられるのは、右の「ひたぶるにそらごとと言ひはてむも、事の心違ひてなむありける」という一節の直後に例の仏法論が置かれ、それによって物語論全体が締めくくられていることである。この展開の仕方から、「そらごと」という語がやはり濃厚な仏教的色彩を持つことが窺えるが、何より、ここに仏教の教説が引かれていること自体がもっと注目されてしかるべきであろう。ここでもう一度、例の仏法論を引く。

仏のいとうるはしき心にて説きおきたまへる御法も、方便といふことありて、悟りなき者は、ここかしこ違ふ疑ひをおきつべくなん、方等経の中に多かれど、言ひもてゆけば、一つ旨にありて、菩提と煩悩との隔たりなむ、この、人のよきあしきばかりのことは変りける。よく言へば、すべて何ごとも空しからずなりぬや
（蛍巻・三―二一三）

第六章で述べたように、この部分は、蛍巻物語論全体の中で、それ以前の論述を支える譬喩説としての役割を果た

していると言われており、それは一面ではたしかにそのとおりである。しかし、物語を「狂言綺語」とする見方の存在を念頭においてこの一段を見直すならば、また新たな意義づけを試みることが可能なのではないか。すなわち、物語創作が「狂言綺語」であるという仏教的立場からの誹りを免れるためにこそ、ここで式部は、種々の「方便」も結局は「一つ旨」に帰するのであって「すべて何ごとも空しからず」とする大乗仏教の教説を取り上げ、物語は〈虚〉ならずというみずからの論の正当化を図っているのではないだろうか。仏教的見地からの批判をかわすために、同じ土俵に立って、仏教の論理を以て反駁することが必要だったのである。その意味では、この一段は、物語論のたんなる譬喩であることを超えていると言ってよい。

以上、『源氏物語』蛍巻の物語論が、当時浸透しつつあった、物語創作を「狂言綺語」と見なす仏教的物語観を背景として書かれたという推論を展開してきた。式部がこの物語虚実論の最後に仏教の教説を引いて「すべて何ごとも空しからず」と論を結んでいることには大きな意味がある。仏教の立場から言われる「狂言綺語」の、少なくとも「狂言」の部分に対する、これはアンチテーゼであると見なされるのである。(35)

そして、何より重要なことは、この式部の仏教的文芸観への対応が、白楽天以来なかば常道化していた、「狂言綺語」の過誤を自認しつつ仏法との結縁によって——ある場合には「飜す」というアクロバティックな手段をさえ用いて——滅罪を図るというやり方によってではなく、まずは文芸の創作というものが本当に「そらごと」であるのかどうかという疑問を呈し、文芸の本質を考察するという方法によってなされていることである。(36)仏教の否定的文芸観に対応する上で、このような態度を示したのは、紫式部が初めてであると言ってよいのではないか。後には、本章の冒頭に掲げた『今鏡』の記述のように、式部同様文芸の内容を吟味して仏教の否定的文芸観に対抗しようとする例も見受けられるようになるが、式部がこのような対応を見せたのは十一世紀初頭というきわめて早い段階においてであった。

多数の文学者はみな宗教思想にかられて其文学の価値を疵けしも式部は寧ろ之をかりて却て其価値を高めし者なりあはれまた稀世の文豪かな。(37)

という宮本花城の評言が想い起こされるところである。

注

（1）『宝物集』巻第五。新日本古典文学大系『宝物集　閑居友　比良山古人霊記』（岩波書店）、二二九頁。
（2）『今鏡』うちぎき第十。海野泰男『今鏡全釈　下』（福武書店、一九八三年）、五一九頁。
（3）仏教で言う「五戒」で戒められた五悪（殺生・偸盗・邪婬・妄語・飲酒）の一。また、十悪（殺生・偸盗・邪婬・妄語・綺語・悪口・両舌・貪欲・嗔恚・邪見）にも数えられ、口業に関わる四悪を代表している。
（4）永井義憲「仏教思想と国文学」、『講座仏教思想　第七巻』（理想社、一九七五年）第四章、一六二頁。ただし、同論文によれば、後世の文献から、日本で初めて文学に対して反省した人は智証大師円珍であったと推測されるという。
（5）永井義憲注（4）論文、一六一〜一六二頁。
（6）『白氏文集』（新華書店）、一七七〇頁。私に読点を付した。
（7）『三宝絵』下十四「比叡坂本勧学会」。新日本古典文学大系『三宝絵　注好選』（岩波書店）、一七二頁。以下、『三宝絵』からの引用は同書による。
（8）また、近年発見された源為憲『勧学会記』に、「我が党の或るひと、涙を拭いて曰わく、得難き人身を得、遭い難き善根に遭う、たとえ綺語の罪をとるとも、請う随喜の詩を作らむ。黙止することあたわず、意においていかん。結衆饗応す」

とあることからも、勧学会の結衆において「狂言綺語」の文芸観が強く意識されていたことは明白である。引用は後藤昭雄『平安朝漢文文献の研究』（吉川弘文館、一九九三年）による。仮名遣いも同書にしたがった。

（9）『和漢朗詠集』巻下、仏事。日本古典文学大系『和漢朗詠集』（岩波書店）、二〇〇頁。

（10）高橋亨「狂言綺語の文学―物語精神の基底―」、『源氏物語の対位法』（東京大学出版会、一九八二年）、二四七頁。

（11）たとえば『狭衣物語』巻二で、狭衣が男女関係の罪によせて「当来世々転法輪の縁とせん」とこの願文の一句を誦しているのは、その呪術的な力を恃んでいるものであろう。日本古典文学大系『狭衣物語』（岩波書店）、一四一頁。

（12）『梁塵秘抄』第二、雑法文歌。新日本古典文学大系『梁塵秘抄　閑吟集　狂言歌謡』（岩波書店）、六五頁。

（13）『風姿花伝』第四、神儀云。日本古典文学大系『歌論集　能楽論集』（岩波書店）、三七一頁。

（14）ただし、「嘘」という意味での「そらごと」と「罪」を関係づけている例はある。詳しくは第九章を参照されたい。

（15）重松信弘『源氏物語の仏教思想』（平楽寺書店、一九六七年）、三四〇頁。重松氏はこのうち九七例を仏教の罪としている。

（16）新潮日本古典集成『紫式部日記　紫式部集』（新潮社）、九九頁。

（17）高橋亨注（10）書、二六五頁。

（18）高橋亨注（10）書、二四五頁。

（19）『私家集大成　中古Ⅱ』（明治書院）解題による。

（20）注（19）書、七七頁。適宜漢字表記を用いた。

（21）野村精一「物語批評の変貌―『源氏物語』蛍巻を中心に―」、『日本文学講座　8』（大修館書店、一九八七年）、二八九頁。

（22）注（7）書、六頁。

（23）出雲路修「物語と仏教」（『仏教文学』一五、一九九一年）はこれらをそれぞれ「伝奇的な物語の類」、「好き者を題材とする物語の類」とし、阿部好臣「源氏物語の物語観―その周辺をめぐって―」（『源氏物語講座　第五巻』、勉誠社、一九九一年）は「擬人的異類譚」、「浮薄な恋物語」としている。

（24）注（7）書、七頁。
（25）なお、この「罪ノ根」という言葉は、当時広く読誦されていた『法華経』にも見えている。『法華経』の要品とされる方便品に、「説此語時。会中有比丘比丘尼優婆塞優婆夷五千人等。即従座起礼仏而退。所以者何。此輩罪根深重及増上慢。未得謂得。未證謂證。有如此失。是以不住。世尊黙然而不制止。爾時仏告舎利弗。我今此衆無復枝葉。純有貞実」（大正新脩大蔵経、第九巻、七頁上段）とある。釈尊の説法を不要と見た五千人の増上慢の者が退席する有名な場面である。ここで、退席者らを評して「罪根深重」としている。また、その時、その座に残った結衆は「貞実」なる者と称せられている。これより、『三宝絵』総序の「罪ノ根」という言葉にも、浮薄にして虚偽に満ちたものという意味がこめられているのではないかと考えられる。
（26）注（7）書、一四〜一七頁。
（27）江口孝夫校注『三宝絵詞』（古典文庫、現代思潮社、一九八二年）の解説による。
（28）『三宝絵』成立の二、三年後に成った慶滋保胤の『日本往生極楽記』には、既に『三宝絵』の影響が認められると言われており（小泉弘「『三宝絵』の後代への影響」、注（7）書、五一五頁）、為憲と親交のあった文人の間では『三宝絵』の内容が早くから知られていたと考えられる。また、丸山キヨ子氏も、『三宝絵』の写しは入手できたはずだとして、紫式部にとって『三宝絵』は「印象の深い作品」となっているのではないかと述べている。丸山キヨ子『源氏物語の仏教』（創文社、一九八五年）、六三頁。
（29）そうした方向での研究成果の主なものとしては、高橋亨「物語論の発生としての源氏物語―物語史覚え書き（二）―」（『名古屋大学教養部紀要A』、一九七六年）、阿部秋生『源氏物語の物語論―作り話と史実―』（岩波書店、一九八五年）、工藤重矩「源氏物語蛍巻の物語論義―「そらごと」を「まこと」と言いなす論理の構造―」（『平安朝文学と儒教の文学観―源氏物語を読む意義を求めて―』笠間書院、二〇一四年）などを挙げることができる。
（30）池田亀鑑『源氏物語大成』（角川書店）に採録された青表紙本系七本、河内本系六本、別本二本の諸本では、すべて「さえ」と表記されている。「さへ」から「さえ」への誤写はありえないとの論もあるが、早い段階で、「さへ」という表記を、「さえ」を誤写したものと勘違いして「さえ」に改めたという可能性もあるのではないか。現行の注釈書では、日本古典文学大系本、日本古典文学全集本、新編日本古典文学全集本が「さへ」をとり、『源氏物語評釈』、新潮日本古典集成本、新日本古典文学大系本が「ざえ」をとっている。

（31）池田亀鑑注（30）書に採録された河内本系および別本の諸本では、反語の表現になっている。

（32）なお、この部分については、吉岡曠氏の考察が委細を尽くしており、説得力を持つ。「蛍巻の物語論」、『文学』五〇―一一（一九八二年）、七〇～七二頁。参考までに氏の通釈を掲げれば、「異国の物語に至るまで、今言ったような物語の作り方は変っているでしょうか。いいえ変ってはいないのです。まして、同じ日本の国の物語ですから、虚構や誇張を通して真実を表現するという方法に変りのあるはずはありません。物語にもいろいろあって、昔の物語と今の物語とは当然変っているでしょうし、内容の深い物語、浅い物語の区別はありましょうが、物語というのは今言ったようなものなのですから、一方的に絵そらごとと言い切ってしまうのも、物語というものの実情から離れてしまうことになるのでした」と書かれている。

（33）阿部秋生氏の「蛍の巻の物語論」（『人文科学科紀要』二四、一九六〇年）によれば、「いつはり」とは「言葉を前提としてゐる語」、「そらごと」は「事実の有無を前提としてゐる語」であるとされ、これが同氏の注（29）書に引き継がれて通説となっているが、わかりにくい。白井たつ子氏は、「「いつはり」と「そらごと」とは、「虚偽」もしくは「作りごと」を意味するという点で、概念を同じくしているが、前者の場合、それを何によって行うかが決まっていないのに対し、後者の場合は、必ずことばによって行うものと定まっているという点で、異なっている」（「紫式部の物語観―『源氏物語』「蛍」巻における提示について―」、『物語と小説』、明治書院、一九八四年、一一〇頁）としている。この「そらごと」の解釈は注目される。ただし、同氏の、「いつはり」を「虚構」に比定し、「そらごと」は「一般的な意味における嘘」という意味で用いられているとする見解には同意できない。

（34）仏教で言う「十悪」は身口意の三つのはたらき（三業）に応じてたてられている。口業の悪として「妄語」「綺語」「悪口」「両舌」の四者がある。

（35）なお、夙に多屋頼俊氏が「仏教に深く心を寄せていた紫式部としては、物語は単なる「そらごと」と観るべきであるか否か、従って物語を作ることが、罪に当るか否かということは、自身に直接関係する不可避の重大問題として、意識していたであろうと想像せられる」として、同趣旨のことを述べている。ただし、詳しい論証はなされていない。『源氏物語の研究』（法蔵館、一九九二年）、二九八頁。初出は「源氏物語の物語論について」、『大谷学報』二〇—四（一九三九年）。

（36）伴利明氏に同様の指摘がある。『源氏物語』蛍巻の物語論と勧学会」、『論究日本文学』六〇（一九九四年）。氏の蛍巻物語論についての考察は勧学会との関わりに重点を置いたものであるが、本章の記述に当たって多くの示唆を受けた。

（37）宮本花城「源氏物語と宗教」、『新国学』一三（一八九七年）、五〇頁。

第九章　妄語の罪と方便の思想

彼見此事。恋心頓息。即発心厭欲修道。
菩薩有此慧方便故誑語。非是悪心而作也。
（『大日経義釈』巻十三）

一　文芸の担い手の問題意識

中古という時代において、文芸の担い手——漢詩文をよくする、いわゆる文人でも、また歌人でもよいのだが、そういった文芸に携わる人々は、どのような問題意識を抱えていたか。筆者の見るところでは、彼らの多くが共有していた問題意識として、大きく二つのことがあったように思われる。

その一つは、漢土の文芸に自分たちの文芸をどう関係づけるか、ということである。漢文芸を規範としそれに準ずるものとして自文芸を位置づけるのか、あるいは漢文芸とは異なる特性をもつものとして自文芸を捉え、両者を対置させるのか。そうした漢文芸と自文芸の関係づけの問題は、当時の文芸の第一線の担い手たちがしばしば直面せざるを得なかった文芸創作上の根本的な問題であった。これは、自国認識の問題と深く関わるものであり、この自国認識と文芸観の関わりを追っていくとどうなるかということは、小原仁氏が「本朝意識」という概念を用いて考察されているが、[1]古代から中世にかけての思想史研究の一つの課題としてなお検討を要する問題である。

中古文芸の担い手のもう一つの問題意識は何かと言えば、第八章でも取り上げた否定的文芸観――当時の知識階級に広く受け容れられていた仏教の文芸創作を罪悪とする見方――にどう対応するか、ということである。これについて再度整理すれば、仏教では、「十悪」と言って、十の悪業があるとされている。これを大きく分類すると、「身口意」三業と言って、「身」すなわち身体が為す三つの悪業、「口」すなわち言葉による四つの悪業、「意」すなわち心が為す三つの悪業に分けられるが、その「口」業のうちの二つ、「妄語」および「綺語」が、文芸と関わる「悪」として捉えられている。[2]つまり、文芸の創作という行為は、仏教の立場から見れば、事実でないことを語る偽りごと、あるいは不必要な戯れごとに当たるとされていたわけである。このような見方からすると、文芸の創作は罪悪であり、作者は罪業深重であるということになる。これは我が身に直接ふりかかってくることであるから、先の漢文芸との関係の問題にもまして切実な問題として、文芸に携わる者のだれもが意識せざるをえない問題だったのではないかと思われる。

この仏教の文芸観への対応の問題に関しても、「狂言綺語」というキーワードに絡んで、多くの論考がなされている。[3]しかし、『源氏物語』の作者がこのような文芸創作を罪悪視する仏教的な見方を意識していたのか、また、意識していたとすればどのようにこれに対処しようとしていたのか、という点を主要な論点とする研究は行なわれていなかった。そこで、第八章では、その問題を取り上げ、当時物語というジャンルは言語表現の最下層に位置づけられてはいたが、「狂言綺語」として批判の対象になりうるものであったことを明らかにし、蛍巻の物語論が実のところそうした仏教的文芸観に対抗する意図を以て叙述されているのではないかという見解を示した。

しかし、まだすべての問題が解明されたわけではない。まず、蛍巻の物語論以外のところで、『源氏物語』作者が仏教的な文芸観を意識していたことを裏付ける叙述はないだろうか。第八章では物語論に焦点を当てて考察したが、作者が仏教の否定的文芸観を意識しそれに対応しようとしていたと断言するには、蛍巻物語論の叙述から得られた論拠のみでは説得力を欠くかもしれない。

また、蛍巻物語論で論じられていたのは物語が「そらごと（虚言）」であるかどうかであって、「そらごと」とは「狂言綺語」で言えば「狂言」、仏教の十悪で言えば「妄語」に当たるものである。「綺語」への言及は物語論にはない。「妄語」と「綺語」の二つの「悪」のうち「妄語」がより深い罪に当たるものとして重大視されていたことは、第八章冒頭に引いた『今鏡』の叙述からも知られるが、(4)「綺語」の部分について、『源氏物語』は何か言及しているだろうか。『三宝絵』の総序における物語批評においては、二種類の物語が挙げられていて、それぞれが「狂言」と「綺語」に相当する書き方で語られていることが非難されていた。『源氏物語』の作者が同様に「狂言綺語」を意識しているのなら、「綺語」にふれるところがあってもよいのではないか。

さらに、もう一つのより大きな検討課題として、これは『源氏物語』の枠を超えることであるが、仏教の否定的文芸観に、文芸の担い手たちがどのような手段で――どのような論理を以て対抗しようとしたのかを思想史的な見地から究明することが求められる。「狂言綺語」観が時代の推移につれ変容し、その言葉自体に呪力が備わり、これを唱えることが滅罪につながると認識されるに至ったことは既に第八章で略説したが、文芸の担い手による仏教の文芸観への対抗は「狂言綺語之過」を「飜」すことのみによって行なわれたわけではなく、他にも様々な手段が講じられていたはずである。

本章においては、まず、『源氏物語』の蛍巻以外の部分にも目を向けて、この物語と仏教の否定的文芸観との関わりの全貌を捉える。その上で、『源氏物語』と同時代、そしてそれ以降の文芸の担い手たちが、仏教の立場から「妄語」や「綺語」として論難された文芸の創作について、どのような手段を用いて正当化しようとしたかを明らかにし、さらに『源氏物語』作者の仏教的文芸観への対応の仕方の歴史的位置づけについて考えてみたい。

二　文芸肯定論としての蛍巻物語論

さて、『源氏物語』において、右に述べたような、文芸の創作を悪とする見方がとりあげられているか、と言えば、それが直叙されている例は見当たらない。少なくとも、「狂言綺語」の用例や、先に見た「十悪」の中の「妄語」、「綺語」といった仏教用語の用例がないのは確かである。

しかし、「妄語」と意味の重なりを持つ「そらごと」という言葉は一二例見えている。そのうちほとんどは世間一般の「嘘」もしくは「嘘をつく行為」の意味で使われているが、中に仏教的な文脈で使われている例もある。たとえば、次の例は、一条御息所のために加持祈禱を行っている小野の阿闍梨が、大日如来の説法に偽りはない、と言って、修法の効験を保証している例である。

大日如来虚言したまはずは、などてか、かくなにがしが心をいたして仕うまつる御修法に験なきやうはあらむ。

（夕霧巻・四―四一六）

また、次の例は、匂宮の従者時方の発言で、ここで「そらごと」は日常的な「嘘をつく行為」という意味で使われているが、それをさせることが「罪」になると意識されている点が注目される。

女こそ罪深うおはするものはあれ。すずろなる眷属の人をさへまどはしたまひて、そらごとをさへせさせたまふよ。（浮舟巻・六―一三四）

右の二例に見える「そらごと」は明らかに「妄語」に相当する例であり、仏教思想がベースになっている。しかし、これらの「そらごと」は、文芸の創作を意味しているわけではない。

文芸の創作に関連して「そらごと」という言葉を使っている例は二例あって、第六章から取り上げてきた蛍巻の物語論の光源氏の発言に見えている。繰り返しになるが、あらためて引用する。

このごろ幼き人の、女房などに時々読まするを立ち聞けば、ものよく言ふ者の世にあるべきかな。そらごとをよくし馴れたる口つきよりぞ言ひ出だすらむとおぼゆれどさしもあらじや（蛍巻・三―二一一）

その人の上とて、ありのままに言ひ出づることこそなけれ、よきもあしきも、世に経る人のありさまの、見るにも飽かず聞くにもあまることを、後の世にも言ひ伝へさせまほしきふしぶしを、心に籠めがたくて言ひおきはじめたるなり。よきさまに言ふとては、よきことのかぎり選り出でて、人に従はむとては、またあしきさまのめづらしきことをとり集めたる、みなかたがたにつけたるこの世の外のことならずかし。他の朝廷のさへ、作りやうかはる、同じ大和の国のことなれば、昔今のに変るべし、深きこと浅きことのけぢめこそあらめ、ひたぶるにそらごとと言ひはてむも、事の心違ひてなむありける。仏のいとうるはしき心にて説きおきたまへる御法も、方便といふことありて、悟りなき者は、ここかしこ違ふ疑ひをおきつべくなん、方等経の中に多かれど、言ひもてゆけば、一つ旨にありて、菩提と煩悩との隔たりなむ、この、人のよきあしきばかりのことは変りける。よく言へば、すべて何ごとも空しからずなりぬや

（同・三―二一二～二一三）

右に示したように、蛍巻物語論において、「そらごと」が物語を書くという文芸創作の営みを意味していることは明らかであるが、それが仏教的な罪悪であるとは、明確には述べられていない。文中に「よき」「あしき」などの語が見えるが、これらが仏教的な善悪を指しているのでないことは第六章で論じたとおりである。しかし、この物語論における「そらごと」の用例に、仏教的な罪悪という含意がないと言い切れるだろうか。

この物語論は、光源氏が養女玉鬘を相手に展開しているもので、その論点は、物語の創作は「そらごと」かどうかということであり、要するに、これは物語虚実論である。右の二番目の引用文はその締めくくりの部分であり、ここに作者の物語観が示されていると言われる。引用文の中ごろに、「ひたぶるにそらごとと言ひはてむも、事の心違ひてなむありける」と結論が示され、また最後に、「すべて何ごとも空しからずなりぬや」と念を押している。すなわち、物語虚ならず、物語を作ることは必ずしも「そらごと」とは言えない、という文芸肯定の主張がこの物語論の骨子になっている。

ここで、「そらごと」が仏教的な罪悪としての「妄語」とみなされているのかどうか、はっきりとは書かれていないが、これはやはりそういう意味を含めて「そらごと」と言っているのだろうと推察される。その根拠は、前章でも述べたが、一つには、引用文に見られるように、物語論の最後の一節が仏法の話になっているということである。仏法でいう「方便」や「煩悩即菩提」の概念を持ち出して、物語の虚実について論じている。これは、直前の「ひたぶるに」云々という物語論の結論を、仏教の論法を借りて補強していると見るのがいいと思われるが、ここで仏教のこ

とを持ち出しているのは、作者がここでの「そらごと」という言葉を、単なる「作り話」という次元ではなく、仏教的な罪悪である「妄語」の意味を含むものとして用いていることを示していると考えられる。仏教からの「妄語」としての見方を論破するために、あえてほかならぬ仏教の論理を援用して反論した、と見ることができる。

　また、もう一つの根拠をあげれば、ここでの「そらごと」が、「作られたものとしての物語」という意味ではなく、むしろ「物語を作ること」という意味で、つまり行為を意味するものとして用いられていることがある。引用文に見えている、「言ひ出だす」、「言ひ伝ふ」、「言ひおく」、「選り出づ」、「とり集む」などの動詞群に注目したい。この、「そらごと」が行為として取り上げられていることも、それが仏教における「悪業」すなわち罪悪になる行為としての「妄語」にほかならないことを示唆しているのではないだろうか。

三　方便の思想から見た『源氏物語』の文芸観

　しかし、蛍巻物語論が仏教の論法を援用しているという理由、そして、物語論において「そらごと」が行為の問題として扱われているという理由のみで、ここの「そらごと」が仏教的な「妄語」に当たるとするのは、十分な論証になっていないという批判があるかもしれない。おそらく、この問題は蛍巻物語論のみに着目していたのでは解決できない問題であって、物語論の叙述を手がかりとして、あらためて『源氏物語』全体における仏教的文芸観への関心の表れを精査していく必要がある。

　前引の物語論で、物語が必ずしも「そらごと」とは言えない、ということの論拠として、仏教の「方便」の考え方がとりあげられているのを見たが、この方便の思想が、『源氏物語』においては、きわめて重要な役割をはたしていると考えられる。一つには、この蛍巻物語論に見えるように、物語創作を正当化する論理として用いられている。もちろん、この物語論は物語一般について論じているのであるが、これが『源氏物語』を書いた作者自身の行為を正当化するはたらきも持っていることは否定できないだろう。また、一方で、方便の思想は、『源氏物語』の内容の面でも重要な役割を果たしている。すなわち、第一部で見たように、正編と続編の主人公、光源氏と薫は、いずれも、自らの人生を振り返って総括するという重要な局面で、仏の方便によるはからいを意識している。方便の思想は、いわば、『源氏物語』を内側と外側から支える支柱となっていると考えられる。以下、しばらくこの方便の思想の表れに注目しつつ、物語作者の仏教的文芸観への関心を探ってみたい。

『源氏物語』には、方便の思いを表す叙述は一〇例ほど見えるが、「方便」という言葉が用いられている例は三例にすぎない。その最初の例は、先ほど見た蛍巻の用例である。二つ目は、総角巻に見える宇治の阿闍梨の発言に見える用例であり、これについてはこの後詳述する。三つ目は蜻蛉巻における薫の人生回顧に見える例で、ここで薫は大君に先立たれ、中君に失恋し、浮舟をも喪った我が身を振り返って、宿世を思うと同時に、自分を仏道に導こうとする仏の方便を意識している。

ただ今は、さらに思ひしづめん方なきままに、悔しきことの数知らず、かかることの筋につけて、いみじうもの思ふべき宿世なりけり、さま異に心ざしたりし身の、思ひの外に、かく、例の人にてながらふるを、仏なども憎しと見たまふにや、人の心を起こさせむとて、仏のしたまふ方便は、慈悲をも隠して、かやうにこそはあなれ

（蜻蛉巻・六―二一六）

この「人の心を起こさせむとて、仏のしたまふ方便は、慈悲をも隠して、かやうにこそはあなれ」という一節が、密教の根本経典である『大日経』の経文「菩提心を因と為し、悲を根本と為し、方便を究竟と為す」(三句の法門)をふまえているということを、第二章で指摘した。この用例をはじめとして、宇治十帖に見られる方便の思いには、特にこの『大日経』、およびその注釈書の影響が強いことが注目される。

さて、以下では、「方便」の二つ目の用例に即して、論を進めていきたい。この用例は第一部でも繰り返し取り上げたが、薫が大君の遺した宇治八宮邸の寝殿を取り壊して堂に造り替えるという提案をしたのに対して、宇治の阿闍梨が「仏の御方便」という言葉を用いて賞讃している例である。

とざまかうざまに、いともかしこく尊き御心なり。昔、別れを悲しびて、骨をつつみてあまたの年頸にかけてはべりける人も、仏の御方便にてなん、かの骨の嚢を棄てて、つひに聖の道にも入りはべりにける。この寝殿をご覧ずるにつけて、御心動きおはしますらん、ひとつにはたいだいしきことなり。また、後の世のすすめともなるべきことにはべりけり。急ぎ仕うまつるべし。
(宿木巻・五―四五六)

ここで阿闍梨が持ち出している「骨をつつみてあまたの年頸にかけてはべりける人」の話は、かつて高木宗監氏が指摘されたように、[5]『大日経』の注釈書にあるものである。この高木氏の説については、既に学界で認められているようであるが、[6]この話が本来どのような目的で説かれたものであったかはこれまで特に注目されていない。この話は、『大日経』受方便学処品に見える、菩薩は十善業道――例の「十悪」に対応する十善戒――を保つべきである、という趣旨の教説の「不妄語戒」の部分について、『大日経疏』や『大日経義釈』が注釈を施している段に見えるものである。

まずは、もとになっている『大日経』の当該部分を引く。

復次秘密主。菩薩尽形寿。持不妄語戒。設為活命因縁。不応妄語。即為欺誑諸仏菩提。秘密主。名是菩薩住於最上大乗。若妄語者。越失仏菩提法。是故秘密主於此法門。応如是知。捨離不真実語。(7)

(復次に、秘密主よ、菩薩、尽形寿、不妄語戒を持て、設ひ活命の因縁と為るとも、妄語すべからず。即ち諸仏の菩提を欺誑することとなるなり。秘密主よ、是を菩薩、最上の大乗に住すと名づく。若し妄語せば、仏菩提の法を越失せん。この故に、秘密主よ、此の法門をば、応に是の如く知りて不真実語を捨離すべし)

この『大日経』の経文を見るかぎり、菩薩はその身が尽きるまで不妄語戒をたもち、不真実語を捨離しなければならないと説かれている。しかし、この経文についての『大日経』注釈書の注釈を見ると、菩薩の「方便」としての行為については例外が認められていることがわかる。高木説では出典として真言宗所依の『大日経疏』が挙げられているが、宇治の阿闍梨は天台僧であるので、以下、天台宗所依の『大日経義釈』(『大日経疏』の再治本)を引く。『大日経義釈』における右の『大日経』の経文への注釈部分の前半では、経文の趣旨に沿って、菩薩が堅固に不妄語戒をもつべきであることが説かれている。しかし、後半に至って、次の文言が見える。

此意亦合有随類方便語。文無略也。(8)

(此の意にも亦随類方便の語あるべし。文に無きは略せるなり。)

すなわち、『大日経』でその前に説かれた「不殺命戒」、「不与取戒」、「不浄行戒」についての教説においてそうであったように、[9] この「不妄語戒」についても、「随類方便」の文言があってしかるべきで、『大日経』の経文にそれが見えないのは省略されたのだと述べているのである。この「随類方便」は、第七章で蛍巻の仏法論を支える論理として挙げた『法華玄義』の「一音説法随類各解」を連想させる表現であるが、衆生の像類に応じて自在に方便を行なうことと解釈することができる。[10] そして、『大日経義釈』は、右のように述べた後、『大日経』本文において特に「方便」への言及のない「不妄語戒」についても、菩薩が「方便」として「誑語」を為す例話を二つ挙げている。そのうち二つ目の『僧迦吒経』に説かれているという話が、宇治の阿闍梨の発言に出てくる「骨をつつみてあまたの年頸にかけてはべりける人」の話である。以下に引用する。

又僧迦吒経説。有一丈夫。其妻艶麗婉美尤相愛重。後時命過。情不能捨。恒負之而行。乃至枯朽而不肯棄。菩薩化之不得。因示化作一婦人亦負一夫云。此人我所愛念而命終尽。情不能割。故恒負之。彼丈夫念言。此即我伴。与我同事。因共止住。後時菩薩伺彼。方便即棄彼二屍於恒河中。時婦人及彼覓屍欻皆不得。便歎怨云。我等負之乃至枯朽。今見異伴遂相与結愛而伴棄我等。当知其情不可保也。鬼尚如此。況生存乎。彼見此事。恋心頓息。発心厭欲修道。菩薩有此慧方便故誑語。非是悪心而作也。[11]

（僧迦吒経に説かく、一丈夫有り、其の妻艶麗婉美にして尤も相愛重す。後時に命過しぬ。情に捨つる能はずして恒に之を負ひて行く。乃至枯れ朽つれども肯て棄てず。菩薩之を化せんとするに得ず。因って示化して一婦人と作り、亦一夫を負ひて云はく、此の人我が愛念する所にして命終尽すれども情に割つる能はず。故に恒に之を負ふ、と。彼の丈夫念言すらく、此れ即ち我が伴なり。我と事を同じくす、と。因って共に止住す。後時に菩薩彼を伺ひて方便して即ち彼の二屍を恒河の中に棄つ。時に婦人及び彼屍を覓むれども欻ちに皆得ず。便ち歎き怨みて云はく、我等之を負ふこと乃至枯れ朽つるまです。今異伴を見て遂に相与に愛を結びて伴に我等を棄つ。当に知るべし、其の情保つべからざるなり。鬼尚此くの如し。況んや生存をや、と。彼此の事を見て、恋心頓に息みて、発心して欲を厭ひ道を修す。菩薩此の慧方便有るが故に誑語す。是悪心にして作すには非ざるなり）

今は亡き美しい妻が忘れられず、その遺骨を背負い続けていた男を仏道に導くために、菩薩が一婦人と化して自分も亡夫の骨を背負っていると「誑語」する。男はその婦人を同類と思い込み、一緒に住むようになる。そのうち、菩薩である婦人は二つの遺骨を河に棄て、忽ちに遺骨は失われてしまう。男は亡き妻が婦人の亡き夫と愛を結んで失踪したと思い、死者さえそうなのだから、まして生きている者の情は保ちがたいと知り、亡き妻への恋慕の情はにわかに消え失せ、発心して愛欲を厭い仏道を修めたのであった——。菩薩は男に対して「誑語」したが、それは菩薩が男を救済するために行った「慧方便」による行為であって、「悪心」によるものではないのだという話である。

そして、何よりもここで注意を要するのは、これが、十善戒の中でも、ほかならぬ「不妄語戒」について挙げられている例話であるということである。『源氏物語』において宇治の阿闍梨がこの話を引いて薫の計画の実行を促しているその文脈は、亡き妻の骨を頸にかけ続けていた男のように大君を忘れられずにいる薫への発心の促しであって、「不妄語戒」とは直接関係がないが、それでも——否、それだけに——、物語作者が、『大日経義釈』にあげられている十善業道に関するいくつもの例話の中でとりわけこの「不妄語戒」の条に出てくる話に注目し、これを引いているということは、興味深い事実である。(12) ここには、一見「妄語」と見える行為が実は菩薩の「方便」であって罪悪に当たらない場合がありうるという密教の方便説が提示されており、この方便説を、一見「そらごと」と見える物語創作行為は実は仏教で言う仏の方便と同じようなものだと主張する蛍巻の方便説と併置してみるならば、蛍巻で用いられている「そらごと」を仏教で言う「妄語」と捉えることが、必ずしも論理の飛躍とは言えないことが了解できるだろう。

以上、『源氏物語』の思想基盤の重要な柱をなしている方便の思想との関連において、この物語が「妄語」という概念への浅からぬ関心を示していることを見てきたが、仏教において文芸に関わる罪悪と捉えられていたものとして、「妄語」だけではなく、「綺語」があることを閑却すべきではないだろう。この「綺語」については、『源氏物語』の中に、何らかの言及があるだろうか。

先に指摘したように、『源氏物語』には「妄語」という語がないのと同様に「綺語」も使われていない。「妄語」と共通の意味を持つ言葉としては、「そらごと」があり、その用例に着目して考察を進めてきたが、「綺語」に相当する言葉は存在するのだろうか。

この問いに対する答えを見つけるためには、「綺語」という言葉が本来意味するのはどのようなことであるかを明らかにしておかなければならない。再び『大日経義釈』の「不綺語戒」の条を見ると、次のように書かれている。

綺語謂世間談説無利益事。如毗尼中説。……然菩薩有殊異。（割注：謂異方便也。謂異於前也）謂笑為初首。如戯笑者。乃至歌舞伎楽芸術諸論即是。前所説種種世間事也。菩薩為令彼歓喜。既得歓喜故善順悏其情。方便化導。令其安住仏慧。(13)

（綺語とは、世間の談説無利益なる事を謂ふ。毗尼の中に説くが如し。……然も菩薩に殊異あり。（割注：異方便を謂ふなり。

謂はく前に異なるなり）謂はく、笑を初首と為す。戯笑の如し。乃至歌舞・伎楽・芸術・諸論、即ち是前に説く所の種種の世間の事なり。菩薩彼をして歓喜せしむ。既に歓喜を得るが故に善く順ひ、其の情に惬ふ。方便化導し、其をして仏慧に安住せしむ）

右の文中の「綺語」の定義に注目したい。「綺語」とは「世間の談説無利益なる事」であるという。そして、その実例として、「笑」をはじめとして、「歌舞・伎楽・芸術・諸論」などがあげられている。菩薩がこれらのことを用いて衆生を歓喜させるのは、彼らを仏道に導く方便なのだという趣旨である。これによると、「綺語」というのは、一般によく言われるような、必要以上に飾った言葉というだけの意味ではなく、（仏教の立場から見れば）無益な、世俗の談説という意味であることがわかる。特に、非言語メッセージを含む娯楽的性質の強いジャンルの表現を指しているようである。(14)

そして、このような「綺語」の定義をふまえてふたたび『源氏物語』に目を向けると、きわめて興味深いことに、手習巻に、まさにこの種の罪に触れている部分がある。

「嫗は、昔、あづま琴をこそは、事もなく弾きはべりしかど、今の世には、変りにたるにやあらむ、この僧都の、聞きにくし、念仏よりほかのあだわざなせそとはしたなめられしかば、何かはとて弾きはべらぬなり。さるは、いとよく鳴る琴もはべり」と言ひつづけて、いと弾かまほしと思ひたれば、いと忍びやかにうち笑ひて、「いとあやしきことをも制しきこえたまひける僧都かな。極楽といふなる所には、菩薩などもみなかかることをして、天人なども舞ひ遊ぶこそ尊かなれ。行ひ紛れ、罪得べきことかは。今宵聞きはべらばや」と、すかせば

（手習巻・六―三二〇）

最初の発言は「媼」すなわち横川の僧都の年老いた母尼の発言であるが、ここで横川の僧都によって「あだわざ」として制止されたと言われている琴の演奏は、先ほどの定義によればまさに「綺語」に属するものであって、これについて訪問者の中将が「菩薩などもみなかかることを」するとして、「罪得べきことかは」と述べているのは、「綺語」への言及であると言ってよいと思われる。これまで、この部分のやりとりについては、伝恵心僧都画「阿弥陀聖衆来迎図」や、「二十五菩薩和讃」などとの関わりが指摘されているが、[15]それらとはまったく違った観点からこれを見ることができるのではないか。すなわち、「伎楽・芸術」を「綺語」の一部とし、しかも菩薩が「方便化導」のためにこれを行なうことを認めている『大日経義釈』の先の文言が、この叙述の背景にあると見ることが可能ではないだろうか。

なお、「綺語」が音楽をも含む例は、後の『平家物語』にも見えており、[16]世阿弥の『風姿花伝』においても猿楽舞を「狂言綺語」としている。[17]「綺語」に歌舞・伎楽・芸術等を含める解釈は、一般的にも受け容れられていたものであったと思われる。

以上述べてきたように、『源氏物語』においては、仏教の「妄語」「綺語」といった否定的な文芸観への注目が認められるのであって、紫式部には仏教的文芸観への認識があり、それを強く意識していたと言ってよいと考えられる。蛍巻の物語論における「そらごと」という語も、やはり、仏教でいう「妄語」の和訳として、罪悪としての物語創作というネガティヴな意味をこめて用いられているのに違いない。物語論は、したがって、そうした仏教の否定的文芸観への反論をほかならぬ仏教の論理を借りて行なっているものであると見るのが妥当であろう。

四　中古・中世における文芸肯定の論理

次に、中古から中世にかけて、文芸の担い手たちがどのようにこの否定的文芸観に対応していたのか、ということを概観したい。

この問題は「狂言綺語」という言葉と切り離して考えることはできない。「狂言綺語」という言葉は興味深い言葉で、それ自体の意味は文芸否定なのであるが、それが使われる時の文脈は必ず文芸肯定になる、という奇妙な特徴がある。これはなぜかと言えば、この言葉は、唐代の詩人白楽天が晩年に寺に納めた願文「我有本願。願以今生世俗文字之業狂言綺語之過。転為将来世世讃仏乗之因転法輪之縁也。」（「香山寺白氏洛中集記」）で初めて使われ、世に広まったもので、本来この文中にあるように仏教的救済への希求とセットになっている。よって、仏教で言う「妄語」や「綺語」は文芸否定の見方を表しているが、「狂言綺語」という言葉が用いられた場合は、文芸の担い手の立場からする文芸肯定論の前触れと見るべきであるということになる。

さて、ここで、「狂言綺語」という言葉を枕にして文芸肯定論を展開するときに、どのような論理が用いられるか、が焦点になってくる。筆者が見るところでは、その文芸肯定の仕方は、大きく二種類に分類される。その一つは、（a）条件付き（部分的）肯定で、もう一つは（b）絶対的（全面的）肯定である。以下の引用文中、波線を付した部分は条件付き肯定を、点線を付した部分は絶対的肯定を表すと見られる部分である。

まず、（a）条件付き肯定の例から見て行こう。（a）は、仏道修行の助縁になる、方便になる、などという条件付きでこれを肯定する見方である。

恵心僧都は、和歌は狂言綺語なりとて読み給はざりけるを、恵心院にて曙に水うみを眺望し給ふに、沖より舟の行くを見て、ある人の、「こぎゆく舟のあとの白浪」と云ふ歌を詠じけるを聞きて、めで給ひて、和歌は観念の助縁と成りぬべかりけりとて、それより読み給ふと云々。さて廿八品ならびに十楽の歌なども、その後読み給ふと云々。(18)

これは『袋草紙』に出ているよく知られた話で、恵心僧都源信が、和歌が「観念の助縁」となることに気づいて、歌を詠むようになったという話である。藤原俊成の『古来風体抄』にも同じような考え方が見られる。

たゞし、かれは法文金口の深き義なり。これは浮言綺語のたはぶれには似たれども、ことの深き旨も現はれ、これを縁として仏の道にも通はさむため、かつは煩悩すなはち菩提なるが故に、法華経には、「若説俗間経書資生業等皆須正法」といひ、普賢観には、「なにものか是罪、なにものか是福、罪福無レ主。我心自空なり」と説き給へり。(19)

また、十三世紀後半に成立した『沙石集』も、「方便」という言葉で同様の考え方を示している。

和歌ヲ綺語ト云ヘル事ハ、ヨシナキ色フシニヨセテ、ムナシキヲ思ツヾケ、或ハ染汙ノ心ニヨリテ、思ハヌ事ヲモ云ヘルハ、実ニトガタルベシ。離別哀傷ノ思切ナルニツキテ、心ノ中ノ思ヲ、アリノマヽニ云ノベテ、万縁ヲ

ワスレテ、此事ニ心スミ、思シヅカナレバ、道ニ入ル方便ナルベシ。(20)

他方、宗門の側ではどうかと言えば、やはり鎌倉時代のものであるが、『天台宗論義百題自在房』の問答に次のような例が見られる。

問う　一家の意、孔子荘老の典籍をもって仏教の方便となすというべしや。
答う　しかる意もあるべきなりと答え申すべし。(21)

これより、宗門の側でも仏典以外の典籍を「方便」と見る考え方があったことが明らかである。これらの例は、文芸を仏道修行の助けになるものとして、その限りにおいて認めようという立場を示している。

これに対して、(b)の、「狂言綺語」たる文芸をそのままで無条件に肯定しようとする立場がある。その論拠となるのが、経文の一節や宗門における教義である。たとえば、比較的早い段階から見られるのは、『涅槃経』の「麁言軟語第一義」という経文にもとづく文芸肯定論である。以下は、それぞれ、平安後期に成立した『梁塵秘抄』、『今鏡』、『法門百首』に見える例である。

狂言綺語の誤ちは、仏を讃むる種として、麁き言葉も如何なるも、第一義とかにぞ帰るなる(22)
悟りの道にむかひて、仏の御法をも広むる種となし、あらき詞も、なよびたることをも、第一義とかにもかへし入れむは、仏の御志なるべし。(23)

麁言耎語みな第一義に帰して。一法としても実相の理にそむくべからず。いはんやこの卅一字のふでのあと。ひとへに世俗文字のたはぶれにあらず。ことごとく権実の教文をもてあそぶなり。(24)

もう少し後になると、密教の言語観を一つの拠り所として、「舌相言語皆真言」という発想が見られるようになる。一二八三年に成立した『沙石集』の巻五「和歌ノ道フカキ理アル事」に次のように言う。

況高野ノ大師モ、「五大ミナ響アリ。六塵悉ク文字也」ト、ノ給ヘリ。五音ヲ出タル音ナシ。阿字ハナレタル詞ナシ。阿字即チ、密教ノ真言ノ根本ナリ。サレバ経ニモ、「舌相言語ミナ真言」ト云ヘリ。(25)

これらの例は、いずれも、仏教の肯定的言語観にもとづいて、文芸を意義づけようとするものである。また、言語という枠を超えて、あらゆる存在が仏教的真理の顕現であるとする天台の「諸法実相」の思想や、「煩悩即菩提」の教義も文芸の絶対的肯定に一役かっていた。先にあげた『古来風体抄』、『法門百首』の叙述の点線部にその例が見える。次の『十訓抄』（一二五二年成立）の序文の一節（点線部）も同様の例である。

抑かやうの手すさびのおこりを思ふに。口業の因はなれざれば。賢良の諫にたがひ。仏教にそむけるに似たりといへども。閑に諸法実相の理を案ずるに。かの狂言綺語の戯。かへりて讃仏乗の縁たり。いはむやまた。おごれるをきらひ。直しきをすすむる旨。をのづから法門の意に、相叶はざらんや。(26)

このように、仏教の否定的文芸観に対抗して、文芸を意義づけようとするときに、大きく条件つき肯定と絶対的肯定の二方向があり、それぞれ様々な論拠があげられている。しかも、用いられる論拠は一つとはかぎらず、二重、三重に理由づけがなされている例が少なくないことは、『古来風体抄』、『法門百首』、『十訓抄』などの例を見れば明らかである。文芸の担い手としての当事者たちには、それだけ念を入れて文芸の意義づけをしなければならないという切実な思いがあったのだと思われる。

五　蛍巻物語論の思想史的位置づけ

前節で、中古から中世前期にかけての文芸肯定の論のたて方を概観したが、それでは、『源氏物語』作者における文芸肯定論は、当時の一般的な文芸肯定論の中で、どのように位置づけられるのだろうか。蛍巻物語論では、「方便」と「煩悩即菩提」の二つの仏教的な考え方が論拠として導入されていた。第七章で論じたように、筆者は、同じ物語論で言及されている「方等経」との関連で、もう一つの論拠として、天台五時判で方等時の経典の特徴であるとされる「一音説法」の考え方があると見ているが、それはともかく、「方便」、「煩悩即菩提」といった広く知られた仏教の論法を用いて文芸肯定論を展開している点では、蛍巻物語論は他の文芸肯定論と共通していると思われる。――と言うより、十一世紀初頭という早い段階で、他に先駆けてこのような仏教思想による文芸の意義づけを行っているのであるから、むしろその後の文芸の作者たちがこの物語論の影響を受けている可能性がある。

しかしながら、蛍巻物語論には、他の文芸肯定論と決定的に違う点がある。それは何かと言えば、この物語論では、物語創作を意義づけるのに、それが仏道に至る方便であるとか、物語が煩悩であり仏教で言う菩提と相即していると言っているのではない、ということである。物語論で物語叙述と対置されているのは世の真実相であって、よきにつけあしきにつけ誇張の多い物語の叙述の仕方も実は世の真実のすがたをよくあらわすものであって、物語を作る行為は必ずしも「そらごと」とは言えない、誇張の多い物語叙述と世の真実相は仏教で言う方便と真実、煩悩と菩提の関係のようなものだ、と言っているのである。ここでは仏教思想は、あくまで譬喩として用いられているにすぎない。物語が仏教的要素を持っているからすばらしいとか、物語はそのままで仏教上の真理の顕現であるなどと言っているわけではない。そこが、この物語論が、他の文芸肯定論と決定的に異なるところである。

以上述べてきたことをまとめれば、十世紀なかば以降、文芸の担い手たちは、仏教の否定的文芸観をふまえつつ、「狂言綺語」の合い言葉をいわば梃子として、様々な仏教の論法を用いて、文芸を意義づけようとした。『源氏物語』蛍巻物語論で展開されている物語虚実論も、「物語」というジャンルに限定してのものではあるが、かなり早い段階における、仏教の否定的文芸観への反駁としての文芸の意義づけの試みであったと言える。そして、その論拠の一つとして真っ先にあげられた方便の思想は、『源氏物語』を支える重要な思想であっただけでなく、その後の文芸肯定論の展開においてきわめて重要な役割を果たしたのである。

方便の思想は、日本の中古から中世にかけての思想史において、あたかも通奏低音のように目立たぬものの抜き難いものとして響き続け、当時の文芸の担い手たちのものの見方に隠然たる影響を及ぼしていたのではないだろうか。

注

（1）小原仁「摂関・院政期における本朝意識の構造」、佐伯有清編『日本古代中世史論考』（吉川弘文館、一九八七年）。

（2）十悪は、身業に対応する「殺生」「偸盗」「邪婬」、口業に対応する「妄語」「綺語」「悪口」「両舌」、意業に対応する

「貪欲」「瞋恚」「邪見」からなる。

（3）山田昭全「狂言綺語成立考」（『国文学踏査』一、一九五六年）、菊地良一「文芸第一義諦を演ず―狂言綺語即仏道―」（『仏教文学研究 十一』法蔵館、一九七二年）、石田瑞麿『日本古典文学と仏教』（筑摩書房、一九八八年）序章、永井義憲「仏教思想と文学」（『岩波講座日本文学と仏教 第九巻 古典文学と仏教』岩波書店、一九九五年）、山田昭全「密教思想と文学」（『仏教文学講座 第二巻 仏教思想と日本文学』勉誠社、一九九五年）、沼波政保「狂言綺語観の展開」（『同朋大学論叢』八一・八合併号、二〇〇〇年）、増田繁夫「詩歌は狂言綺語とする文学観」（『国語と国文学』七九―九、二〇〇二年）など。

（4）『今鏡』うちぎき第十に、『源氏物語』について、「……妄語などいふべきにはあらず。わが身になきことをあり顔にげにといひて、人にわろきを良しと思はせなどするこそ、虚言などはいひて、罪得ることにはあれ。……綺語とも、雑穢語などはいふとも、さまで深き罪にはあらずやあらむ」と述べている。海野泰男『今鏡全釈 下』（福武書店、一九八三年）、五一九頁。

（5）高木宗監『源氏物語における仏教故事の研究』（桜楓社、一九八〇年）、三四五～三五八頁。

（6）新編日本古典文学全集『源氏物語 ⑤』（岩波書店）漢籍・史書・仏典引用一覧（今井源衛）、五二六頁。

（7）大正新脩大蔵経、第十八巻、三九頁中段。

（8）卍続蔵経（新文豊出版公司）、第三十六冊、九二三頁下段。私に句読点を付し、書き下しを行なった。

（9）これらの戒に関しては、『大日経』本文にも菩薩の「余の方便」が説かれている。

（10）『大日経義釈』の不与取戒についての注釈部分に、「随類」について、「随類者謂。有如是一類衆生。宜以此化也。又次随類者。非但此一方便。更有無量妙方便。以要言之以令彼開仏知見。而為導首非為余事。此相甚多。不可具說。当随此況之挙一例。諸則可類解也」とあり、菩薩の方便が一様ではなく衆生の類に随って様々になされることが示されている。卍続蔵経（新文豊出版公司）、第三十六冊、九二二頁下段。

（11）卍続蔵経（新文豊出版公司）、第三十六冊、九二四頁上段。

（12）類例として、九八四年に成立した源為憲の『三宝絵』上巻の第二話において、持戒波羅蜜を説くための唯一の例話として「虚言せぬ戒事」を保った須陁摩王の故事が引かれていることが注目される。しかも、その例話の中に、「実語は第一の戒事なり」という言葉が見え、不妄語戒の重要性がとりたてて強調されている。

(13) 卍続蔵経（新文豊出版公司）、第三十六冊、九二五頁下段～九二六頁上段。

(14) このうち「緒論」については、『大日経疏』には「談論」とある。

(15) 新編日本古典文学全集『源氏物語 ⑥』（岩波書店）の漢籍・史書・仏典引用一覧（今井源衛）による。同書四二一～四二三頁。

(16) 『平家物語』巻九「敦盛最期」に、敦盛遺愛の笛が敦盛を討った熊谷直実の発心を促したことを述べて、「狂言綺語のことはりと言ひながら、遂に讃仏乗の因となるこそ哀なれ」と評している。新日本古典文学大系『平家物語 下』（岩波書店）、一七四～一七七頁。

(17) 『風姿花伝』の猿楽の歴史を記した条に、上宮太子の筆で「狂言綺語をもて、讃仏転法輪の因縁を守り、魔縁を退け、福祐を招く。申楽舞を奏すれば、国おだやかに、民静かに、寿命長遠なり」と書かれていたという記事がある。日本古典文学大系『歌論集 能楽論集』（岩波書店）、三七一頁。

(18) 新日本古典文学大系『袋草紙』（岩波書店）、一一一頁。

(19) 日本思想大系『古代中世芸術論』（岩波書店）、二六三頁。

(20) 日本古典文学大系『沙石集』（岩波書店）、二四八頁。

(21) 第一五問「俗典をもって仏教の方便とするかのこと」の冒頭部分。古宇田亮宣『和訳天台宗論義百題自在房 改訂版』（隆文館、一九七七年）、六一頁。仮名遣いは同書による。

(22) 新日本古典文学大系『梁塵秘抄 閑吟集 狂言歌謡』（岩波書店）、六五頁。

(23) 海野康男『今鏡全釈 下』（福武書店）、五三〇～五三一頁。

(24) 群書類従二四、七一七頁。

(25) 日本古典文学大系『沙石集』（岩波書店）、二二三頁。空海の『声字実相義』に見える「五大皆有レ響。十界具二言語一。六塵悉文字。法身是実相」という文言をふまえた叙述である。

(26)　新訂増補国史大系『宇治拾遺物語　古事談　十訓抄』(吉川弘文館)、一～二頁。

第三部　創作行為を意義づけるもの

第十章　中古文芸と天台五時判

初花厳令悟井。如日先出照高山。次演阿含令知声聞如日漸照深谷。亦於処々説方等部諸経。一音説法衆生随類各得解。如雨一味雖澍草木随種得潤。一十六会之中説般若空理。卌余年之内開法花妙道。

（前田家本『三宝絵』中巻序）

一　天台の五時教判

平安時代の文芸は仏教思想をどのように摂取しているか。とりわけ、仏教でいう「三宝」のうち「法」の部分——経典の表現や思想をどのように取り入れているのか。その点を明らかにするための一つの糸口を見出すことが本章のめざすところである。本章では、この中古文芸と経典の関係という大きな問題に取り組む際の一つの手がかりとして、当時多くの知識人が厖大な経典の全体像を掌握しその階層づけを行なう上でよりどころとしていた典型的規範——天台の五時教判をとりあげ、それがどのように文芸に摂取されていたかを概観することとしたい。

ここでいう五時教判とは、数ある教相判釈の中でもよく知られた、いわゆる「五時八教」のそれであって、天台智顗（五三八〜五九八）によって講説された天台教学の中核をなす教義である。周知のように天台宗においては、本来、諸経の中で『法華経』を最要とする。五時教判はその理論的根拠の一つとなるもので、釈迦一代の説法に五つの時期区分をほどこし、諸経典をそれぞれの時期に振り分け、『法華経』は釈迦入滅前の第五時に説かれた至高の法であるとするものである。五時の名称と説法の期間、各時期に説かれたとされる経典は、表一に示すとおりである。

表一　五時の概要

時	名称	期間	経典
第一時	華厳時	成道後二一日間	『華厳経』
第二時	阿含時（鹿苑時）	一二年間	『阿含経』
第三時	方等時	八年間	『維摩経』、『勝鬘経』、『大集経』など
第四時	般若時	二二年間	『金剛般若経』、『大品般若経』など
第五時	法華涅槃時	八年間	『法華経』、『涅槃経』

この五時教判（以下「五時判」）は、天台三大部の一つ『法華玄義』、高麗の諦観による天台教学入門書『天台四教儀』等に説かれ、後代の天台学者による論釈類でもしばしば論及されているものである。よって、天台教学の片鱗に接した者がこの知識を持たないということはおよそ考えられない。

そして、平安時代の日本において仏教諸宗派の中で最も興隆を極め諸人の信仰を集めたのは何といっても天台宗であり、平安中期には、僧侶のみならず貴族の間でも三大部はじめ天台宗の論釈を読むことは決して珍しいことではなかった。(1)硲慈弘氏によれば、平安文学の作者において天台教門は「つとに充分に理解され、ことに五時教説のごときは、もはや常識であったとするも敢て過言でな」く、さらに正暦二年（九九一）に始まる「五時講興行の一事にをいて、天台五時の教説が、ひろく当代の思想信仰として、その地位いかに重きをなし、いかに普及活躍せるかもまた自ら明瞭である」という。[2]平安中期以降、天台の五時判は僧俗を問わず知識人が共有する経典マッピングの一大規範となっていたと考えられる。

二　五時判摂取の諸形態

さて、この天台五時判は、中古文芸において、どのような形で取り入れられているのか。本章では、次の五つのレベルに分けて、中古文芸における五時判摂取のあり方を考えてみようと思う。

（A）　語句の使用
（B）　教説の引用
（C）　モチーフの借用
（D）　作品の構成原理としての応用
（E）　創作の意義づけのための援用

このうち、（A）および（B）は直接的な引用と言ってよい。それに比して、（C）から（E）は間接的な引用ということになる。

まず、（A）の語句の使用について述べる。これは作品の中で「五時」、「華厳時」など、五時判に関わる語句を用いている例である。（B）から（E）のタイプの五時判摂取においても当然これらの語句が使われているケースが多いが、ここでは語句の使用にとどまっていてその内容に触れない例を指すものとする。たとえば、院政期の歌人寂然による『法門百首』において、冬の部の歌、

鮮白逾阿雪

西を思ふ窓にさすなる光にはあつむる雪の色も消ゆらん

の第四句を釈して、

雪をあつむといへる、嵇康がおもひにおなじけれども、彼九流の典籍をひらき、これは五時の教文をてらすなるべし。(3)

とあるのは、「九流」、「五時」という語を用いて儒教や道教（外教）と仏教（内教）とを対比させている例である。「五時の教文」という表現で仏教経典が示唆されている。また、やや時代が下るが、『平家物語』巻第二「山門滅亡」の条に「四教五時の春の花もにほはず、三諦即是の秋の月もくもれり」(4)とあるのも、同様の例である。ここでは、天台教義を象徴する表現として「四教五時」が用いられていると見られる。

次に（B）の教説の引用であるが、これは前掲の『法華玄義』、『天台四教儀』等における五時判の論を作品の中で略説するもので、単に語句のみの引用でない点が（A）と異なっている。早い段階でのこの種の摂取例としてよく知られているのは、永観二年（九八四）に源為憲によって著わされた仏教入門書『三宝絵』の中巻序冒頭の一節である。

当時の五時判の一般的な理解を知るためにも好個の例であるので、次にその全体を示す。

釈迦ノ御ノリ正覚成給シ日ヨリ、涅槃ニ入給シ夜ニイタルマデ、説給ヘル諸ノ事、一モマコトナラヌハナシ。ハジメ花厳ヲ説テ、菩薩ニサトラシメ給、日ノ出テ先ヅ高峰ヲ照ガゴトシ。次ニ阿含ヲノベテ、沙門ニシラシメ給ニ、日ノタカクシテ漸ク深キ谷ヲテラスガゴトシ。又所〻ニシテ方等クサ〲ノ経ヲアラハスニ、仏ハ一音ニ説給ヘレドモ、衆生ハシナ〲ニシタガヒテサトリヲウル事、雨ハ一ノ味ニテソヽケドモ、草木ハ種〲ニ随テウルホヒヲウルガゴトシ。十六会ノ中ニ般若ノ空キサトリヲオシヘ、四十余年ノ後ニ法花ノ妙ナルミチヲヒラキ給ヘリ。鷲ノミネニヲモヒアラハレ、鶴ノ林ニ声タエニショリコノカタ、(5)

『三宝絵』中巻は仏・法・僧の三宝のうち法宝について述べた巻で、仏法の霊力を語る一八の説話から成っているが、その序文の冒頭において天台五時判の全体像がこのように明確に説示されていることは注目に値する。実のところ、この中巻を構成する一八の説話も、一部は序で示された五時判にもとづいて配列されていると見られるが、これについては第四節で述べる。

五時判の教説の引用の例は、他にも、たとえば前引『法門百首』の最後に五時四教を表す一〇首の歌を並べて、それぞれに解説をほどこし、五時歌の解説を「華厳より涅槃にいたるまでを、五時の教といふ」と結んでいる例をはじめ、歌集や歌論に散見される。このような教説の紹介は、その作品の趣旨に添うものであるばかりでなく、作者にとっては経典「解説」の功徳となりうるもので、(6)仏道修行の一環として位置づけられる行為であったことに留意する必要がある。

以上、五時判の直接的引用について述べた。（C）から（E）のより間接的な摂取の仕方については、それぞれ、以下の各節において論じる。

三　モチーフの借用

前掲の『三宝絵』の一節にも窺えるように、五時の解説には、各時特有の説明の仕方がある。たとえば、華厳時の解説によく引かれるのは『華厳経』が説く三照の喩の「先照高山」であり、阿含時の解説に引かれるのは釈尊が声聞に法を説いた場所と伝えられる「鹿野苑」であり、また、方等時の解説に用いられるのは『法華経』薬草喩品の「三草二木喩」や『法華玄義』『天台四教儀』等に見える「一音説法随類各解」の論であるといったごとくである。[7]そうした経論の説や仏伝にもとづく五時の説明材料が、特に釈教歌や法文歌において、文学的モチーフとしてしばしば借用されている。王朝時代の五時をテーマとする歌によく詠み込まれている典型的なモチーフをあげれば、表二のとおりである。

表二　五時を題材とする歌の典型的なモチーフ

時	モチーフ
華厳時	朝日、照らす、高山、三界唯一心
阿含時	鹿、鹿の苑
方等時	草木、雨、をのをの、色々、一味、むろ（無漏）

般若時	むなし（空し）、夢
法華涅槃時	鷲、鷲の山、鷲の峰、蓮、花、法の花、無二の法　鶴の林、けぶり（煙）

例をあげよう。次の連作は、『愚管抄』の著者として有名な天台僧慈円の詠である。

　　華厳
山たかみ嶺ぞさやけきまづてらす朝日の影のさすにまかせて
　　阿含
なく鹿のそのゝうちなるをすゝきのしばしなびきし風ぞかなしき
　　方等
とく仏ひとつみのりをきく人のさとる心はをのがをの〳〵
　　般若
水の月かゞみの影のむなしきをかねてぞさとる御法なりけり
　　法華
をしなべてみのりの花のさきしより仏のみとはみななりにけり
　　涅槃
いつも〳〵たえぬけぶりのためしとてつるのはやしに立煙哉(8)

最後の法華涅槃時が法華と涅槃に分けられて六首となっているが、この一連の歌詠が天台五時判に拠っていることは明白である。

こうしたモチーフ借用の例は単独の詠歌の中にも見られるが、右のように五時をセットにして詠んでいる例が少なくない。久安六年（一一五〇）に成立した『久安百首』は、崇徳院歌壇における当代一流の歌人がおのおの百首の歌を詠み合わせたもので、「釈教」の部では一四人の詠み手により五首ずつの歌が詠まれている。その中に、五時をとりあげて詠んだ例が複数見受けられる。表三にそれぞれの詠み手が選んだ題材を示す(9)。表中の「題」は五首全体に付けられた組題である。三人の作者が組題を掲げ、テーマを明示している。「一」から「五」の各欄には各歌に個別に付けられた題を示した。また、括弧内に記したのは、歌の中に見える、五時の典型的モチーフを表す語句である。

表三　『久安百首』の釈教歌の題材

作者	題	一	二	三	四	五
a　御製（崇徳院）	四要品 心経	方便品	安楽行品	寿量品	普門品	心経
b　公能卿	心観五縁	持戒清浄	衣服具足	閑居静所	息諸縁務	近善知識
c　教長卿		化縁大乗 五性各別	覚心不生 八不中道	一道無為 一乗仏性	極無自在 三界唯心	秘密荘厳 即身成仏
d　顕輔卿		華厳経 法界唯心（世の中はわが心）	大集経 二乗弾呵	大品経 畢竟空（何事もむなし）	法華経 妙王厳王品	涅槃経 一切衆生有仏性
e　季通朝臣					（蓮）	

f	隆季		（心は三世に…ひとつの仏）	（何とてかむなしからぬ）	（蓮）		
g	親隆朝臣		（心ばかり）	（説くは一つの法）	（鷲の峰）	（蓮）	
h	顕広		華厳経（朝日、高嶺）	方等経（鹿の苑、色々）	般若（むなし）	法華（法の花）	涅槃経（鶴の林、煙）
i	実清	五戒	不殺生	不偸盗	不邪婬	不妄語	不飲酒
j	清輔		華厳経（世の中は…心の根より）	大集経	大品（夢）	法華（二つなき御法）	涅槃経
k	堀河			（蓮）		（花）	（二つとなき…法）
l	兵衛					（蓮）	（二つなき法）
m	安芸		（蓮）			（草も木も一味の雨に）	（鷲の山）
n	小大進		金剛夜叉	軍荼利	降三世	大威徳	不動

それぞれの作者のテーマは何かを見ていく。まず、a、b、iの三人の作では、組題を明記する形で、それぞれ、『法華経』四要品および『般若心経』、止観の方便としての五縁、五戒というテーマが示されている。

続いて、組題は明示していないが各歌に題を付けているc、d、h、j、nについて検討すると、nが五大明王をとりあげているほかは、いずれも経典や教理の趣旨をテーマとしている。これらのうちhの顕広（藤原俊成）の作は、歌題から、五時を詠んでいることが明らかである。この連作は公式の場で五時教を組歌として詠んだ最初の例と言われる。また、d、jにおいても、五時判にもとづいて歌が作られている。[10]三者とも阿含時の歌がなく、法華涅槃時の

「法華」と「涅槃」が分けて詠まれているが、五時の階梯を正しくふまえた作品であることは間違いない[11]。残るcの教長の作は、五時判によるものではない。歌題から察するところ、弘法大師空海が立てた真言宗十住心教判の後半、大乗教に関する部分を取り上げたもので、法相宗、三論宗、天台宗、華厳宗、真言宗の教理を順に詠み込んでいる。

最後に、各歌に題のない残りの六人の作について見ると、e、k、l、mは『法華経』の経旨と関わりを持っているようではあるが、特に何らかの教判に拠っているとは考えられない。このうち三人は女性の詠み手であることから、比較的教学に馴染みが薄いということが考えられる。あるいは、教学の知識はあっても、あえて衒学的な歌詠を避けている可能性もある。これに対し、他の二人——f、gの作を見ると、特に題は示されていないものの、それぞれの歌に採用されているモチーフには、五時判の影響が窺える。fの隆季の場合は、三界唯心を説く華厳時に始まり、空を論じる般若時に進み、法華涅槃時に至るという流れが認められる。また、gの親隆の例を見ても、華厳時から仏の一音説法が強調される方等時を経て、法華涅槃時に至る展開が読み取れるのである[12]。

結局、『久安百首』においては、釈教歌を五首詠むという課題を与えられた一四人の詠み手のうち五人までが五時判をふまえた歌を詠進していることになる。テーマを明確に打ち出している他の五人の詠み手がそれぞれ別個のテーマを選んでいることを考えると、これは注目すべきことではないだろうか。——あるいはむしろ、五時判を念頭において、五首という歌の数が定められたと見た方がよいのかもしれない。ちなみに、『久安百首』の「釈教」以外の部立ての歌数を見ると、「春」「秋」「恋」各二〇首、「夏」「冬」各一〇首、「羈旅」五首、「神祇」「慶賀」「無常」「物名」各二首、「離別」「短歌」各一首となっており、五首の詠進が課せられているのは「釈教」と「羈旅」のみである。一〇〇首のうち五首という比率は、それまでの勅撰集における釈教歌の比率（『拾遺集』『後拾遺集』一・六％、『金葉集』三・六％、『詞花集』一・九％）に比べて高く、あえて五首という数を定めたことにはそれなりの理由があると考えられる。[13]

本節では、モチーフの借用という観点から、五時判の文学作品への取り込みの例を見た。ただし、その場合、単に作品の文学的感興を高めるためにそうしたモチーフを利用していたのではなく、先に五時判の教説の引用について述べたのと同様に、仏教故事や経典の教説を表す言葉を用いることによって仏法と結縁し、救済を願うという発想がその根底にあったと推察される。

四　作品の構成原理としての応用

次に、五時判が作品の構成を決定する原理となっている例を見よう。最もわかりやすい例は、院政期に成立した『梁塵秘抄』における法文歌の配置である。『梁塵秘抄』の歌詞集は全一〇巻のうち巻第一の断簡と巻第二のみが現存しているが、その中に法文歌が多数含まれている。巻第二の前半を占める法文歌という部立てを見ると、そのうち法歌一三五首の配列は、次のようになっている。

華厳経歌	一首
阿含経歌	二首
方等経歌	二首
般若経歌	四首
無量義経歌	一首

普賢経歌　　　　一首
法華経二十八品歌　一一四首
懺法歌　　　　　一首
涅槃歌　　　　　三首
極楽歌　　　　　六首

右に見える『無量義経』と『普賢経』は『法華経』の開経・結経にあたるとされており、「懺法」も一般に法華懺法を指すので、『法華経』と一体をなすものと見ることができる。よって、この法文歌の法歌の配列は、五時判をそのままに反映しているということになる。『法華経』関連の歌が突出して多いことも天台五時八教思想の表れであろう。編者後白河院が、『梁塵秘抄』口伝集巻第十に、自らの極楽往生を期しつつ、

法文の歌、聖教の文に離れたる事無し。法花経八巻が軸〳〵、光を放ち〳〵、廿八品の一〳〵の文字、金色の仏に在します。世俗文字の業、翻へして讃仏乗の因、などか転法輪にならざらむ。(14)

と、法文とりわけ『法華経』の歌を謡い集めた功徳を以て「狂言綺語」による仏法との結縁を祈念していることが思い併せられる。

ちなみに、平安時代の勅撰和歌集における釈教歌の配列には、五時判の影響はほとんど認められない。勅撰集において釈教歌が姿を現すのは十一世紀初頭の『拾遺集』以降であるが、歌の配列の原理としては、その歌が体験による

ものか題詠かということのほか、成立年代が優先されている。[15]仏教の教理や経旨を詠んだ歌がまとまって掲載されている例はあるが、それらの歌は特に五時判に即して配列されているわけではない。『梁塵秘抄』法文歌において、五時判にもとづく整然とした歌の配列が可能だったのは、集められた歌が成立年代や作者の不明な「今様」であることによると考えられる。

和歌を離れた散文の世界においても、五時判による作品構成の例が見られる。たとえば、『今昔物語集』震旦部の仏法説話の配置が五時判にもとづいていることが既に指摘されている。ただし、これは必ずしも天台教義を強調しているのではなく、本朝仏法部の説話配列には天台五時判ではなく法相宗三時教判が導入されているという。[16]

説話集の構成に五時教判が関与しているもう一つのより早い例として、『三宝絵』中巻の説話配列をあげることができる。「法宝」を論ずる『三宝絵』中巻の序において天台五時判が説かれていることは先に見たとおりであるが、この巻に挙げられている一八の説話のうち第四話から第十二話までの並べ方も、第七章で述べたように、実は五時判をベースにしていると見られる。

中巻の説話は、法華八講の由来を語る最後の第十八話を除き、すべて『日本国現報善悪霊異記』（以下『霊異記』）を原典としているが、『霊異記』の説話が例外なく年代順に配置されているのに対し、『三宝絵』中巻では時代の逆行する部分がある。そのことから、旧来、第四話までの導入部[17]および最終話を除く第五話から第十七話までについては、時代のみならず、話柄による配列が行なわれているとされてきた。たとえば、中巻巻末の讃に「四百歳ヨリ以来、幾ノ衆生カ知因、悟果、離苦、得楽。尺尊ノ法力アヤシキカナ、妙ナルカナ」とあるのに着目して、第五話から第八話までを因を知り果を悟る話、第九話から第十七話までを苦を離れ楽を得る話と見る、といった解釈が行なわれてきた。[18]

たしかにそのように区分すれば、それぞれのグループの中ではおおむね時代順に説話が並べられていることになり、時間軸の乱れの問題はある程度解消されるのだが、各説話の内容を右のように分類することが妥当かどうかについては疑問が残る。

そこで、この説話群の配列に、中巻序の冒頭に掲げられた五時判の教説が関係しているのではないかという仮説をたて、筆者が導入部と考える第三話までを除く各説話で言及されている「法」が何であるかを調べてみた。以下、その結果について述べる。[19]

まず、第四話の肥後国シシムラ尼の話は、『霊異記』では下巻に掲載されており、しかも「特異体形の一女子」[20]の話である。その説話が、なぜ第三話までの聖徳太子、役行者、行基菩薩の話に続きこの位置に置かれているかが問題になるが、挙げられている経典を見ると、その謎が解ける。この女子は「七歳ヨリサキニ法華経八巻、花厳経八十巻ヲミナソラニヨム」と記されており、また、講経の場において「花厳経ノ偈ヲイダシテ」講師に質問したが講師は答えられず、かえって同座していた「諸ノ智徳名僧」からこの経典について問われてその一々によく答え、「舎利菩薩」と呼ばれ「帰依恭敬」されたとある。第四話は『華厳経』が話の中心となっており、「華厳時」の経典の話としてこの説話がここに置かれていると見ることができる。

ここで興味を引くのは、右の講経の場が、東寺観智院本『三宝絵』では「阿含会」と表記されていることである。他の諸本では「安居会」と記されており、文脈からすればその方がわかりやすいが、著者が「阿含時」について言及するためにあえてそのような表記を行なった可能性もある。

次に、第五話の衣縫伴造義道の話であるが、第七章で論じたように、ここで強調されているのは、『方等経』の法力である。『霊異記』一一六話のうち二話にすぎない『方広経』に関する説話の中からこの話が選ばれ、しかも「方広経」が「方等経」（東寺観智院本）、「はうとう経」（関戸本）と書き換えられていることに注意したい。第五話は明らかに「方等時」の経典の功徳を説くものとしてここに置かれている。

続いて、第六話の播磨国漁翁の話は、加持祈禱の功力を説くものである。天台大師により五時判がたてられた後に漢訳された密教経典をどこに位置づけるかは、中国・日本を問わず天台宗の一大課題であり続けた。唐の広脩・維蠲による『唐決』では方等時相当とされたのに対し、円珍の『大日経指帰』では法華涅槃時に位置づけている。加持の話を第六話とした『三宝絵』著者は『唐決』の判定に拠っていると考えられるが、そのように見てよいかどうかはなお検討が必要である。

第七話の義覚法師の話では、「般若心経ノ不思議」が説かれている。これは明らかに「般若時」の経典の法力を説く説話であると見ることができる。

続く第八話の小野朝臣麿の話は、『霊異記』では下巻に収録されている説話にもとづくものであり、第五話から第七話まで、そして第九話が『霊異記』上巻から採られていることからすると、不自然な配置ということになる。この話では、千手陀羅尼と『千手経』の霊験が語られており、これらが五時のどこに位置づけられるかは判断が難しいが、観音の霊力を示しているという点からすれば、第七話で取り上げられている『般若心経』との関連でここに置かれたのではないかと推察される。

第九話から第十一話までの三話は『法華経』の法力を説く説話であり、「法華涅槃時」に対応している。続く第十二話の大和国山村郷女人の話も、文中には「経」「誦経」とのみ書かれており、どの経典かは明記されていないが、「七人の法師アリテ経ヲヨム」という部分について、出典の『霊異記』中巻第二十話の注釈として「七巻本の妙法蓮華経が誦経されたか」[21]と言われているのにしたがい、『法華経』と見ておく。

以上を整理すると、次のようになる。

第四話　華厳経・（阿含会）　↓　華厳時・（阿含時）
第五話　方等経　↓　方等時
第六話　加持　↓　方等時
第七話　般若心経　↓　般若時
第八話　千手陀羅尼・千手経　↓　般若時
第九話　法華経　↓　法華涅槃時
第十話　法華経　↓　法華涅槃時
第十一話　法華経　↓　法華涅槃時
第十二話　経（法華経）　↓　法華涅槃時

このように、『三宝絵』中巻に採録されている説話のうち、第四話から第十二話までは、天台五時判の五時の順序にしたがって配列されていることがわかる。これに続く第十三話から第十八話までの配列については、第七章で論述したように、中巻序における釈尊入滅後の仏法の広まりについての解説に対応していると見ておきたい。

以上より、『三宝絵』中巻説話の配列は、中巻序の記述、とりわけ五時判の教説にもとづくものであることが明らかである。著者為憲が中巻の巻頭、目次の部分に「コノ巻ハ先ハジメニ其趣ヲノベテ、次ニ十八人ガ事ヲ注セリ」(22)と記していることを、その言葉のとおりに虚心に受け止める必要がある。

ここまで、和歌や説話の配列が五時判に拠っている例を見てきた。作品構成の原理として五時判を取り入れているもう一つの例として看過できないのは、『大鏡』序に大宅世次の発言として記されている次の叙述である。

ってにうけたまはれば、法華経一部を説きたてまつらむとてこそ、まづ余経をば説きたまひけれ。それを名づけて五時教とは言ふにこそはあなれ。しかのごとくに、入道殿の御栄えを申さむと思ふほどに、余教の説かるると言ひつべし。(23)

藤原道長の栄耀を語ることを目的としながら、遠く文徳天皇の時代から語り始めることについて、語り手の世次は、このように釈明している。ここでは、「法華経一部」と「余経」が対比され、これを譬えとして歴史事象の軽重とその展叙の仕方が論じられている。『大鏡』における五時判の応用は、単に五時の出現順序を作品に反映させるのではなく、『法華経』を究極の到達点とする教説の核心の部分を捉え、これを一般化した五時判摂取の仕方として注目される。

五　創作の意義づけのための援用

五時判の思想内容を一般化する方向での摂取の仕方として、さらにもう一つの方法が考えられる。作品構成の原理としてではなく、作品そのものの存在意義を主張するために五時判の価値体系を援用するという手法である。

十一世紀初頭に成立した『源氏物語』の蛍巻に、光源氏が物語について論ずる場面がある。ここで展開される物語論は、一言で言うなら物語虚実論であるが、その最後の部分で次のように仏教の教説を引いて、物語は虚ならずという結論を導いている。

仏のいとうるはしき心にて説きおきたまへる御法も、方便といふことありて、悟りなき者は、ここかしこ違ふ疑ひをおきつべくなん、方等経の中に多かれど、言ひもてゆけば、一つ旨にありて、菩提と煩悩との隔たりなむ、この、人のよきあしきばかりのことは変りける。よく言へば、すべて何ごとも空しからずなりぬや。
（蛍巻・三―二一三）

この文中に見える「方等経」を諸注大乗経典の意とし、『法華経』をもそれに含めて考えるのが通例となっているが、(24)疑問がある。仏教の経典や論釈の中では、「方等経」はたしかに大乗経典一般を指すことが多い。しかし、第七章で論じたように、平安中期以降の仏典以外の文献において、経論の直接引用以外の部分で大乗経典一般の意で用いられるのは、ほぼ「大乗」「大乗経」等の用語であって、その意味で「方等経」という用語が使われている例はほとんど見出すことができない。右の物語論中の「方等経」も、五時判でいう方等時の経典と解すべきであり、また、そのように解してこそ、真実の法を説くとされる『法華経』と方便の説法を示すとされる方等時経典との対比の構図が鮮明になる。

結局、蛍巻物語論で、光源氏の言葉を借りて作者が主張したかったことは、物語の創作という行為が、仏法でいう方便の言説にあたるもので、直接真実を説くことに等しい価値ある行為であるということではないか。そのことを特に「方等経」をあげて説明しているのは、先にふれたように、この方等時の経典が、「一音説法随類各解」すなわち仏の説法は同一であるが衆生はおのおの機根に応じてそれを解するという性格を持つものと捉えられていたことと関係していると思われる。「言ひもてゆけば、一つ旨にありて」とはまさにそういうことであろう。この物語論が「すべて何ごとも空しからずなりぬや」という言葉で閉じられているのも、あるいは、方等時に続く般若時の経典の空の思想を念頭においているのかもしれない。(25)

『源氏物語』蛍巻の物語論においては、五時判の教説の根幹的な部分を援用することによって、物語の創作という行為が正当化されていると言える。この物語論には、当時文学作品のヒエラルキーの中で最下層にあった物語の位置づけについての再考を促すばかりでなく、自らを含め「世俗文字之業」に携わるすべての者の「狂言綺語」の罪からの脱却の道すじを示そうとする作者紫式部の祈りがこめられていたのではないかと考えられる。(26)

本章では、中古文芸と仏教経典の関わりの一端を解明するために、平安中期以降の作品における天台五時判の摂取の様相を、五つのレベルに分けて考えてみた。語句の断片的な引用から文学論におけるその思想の援用に至るまで、多様な目的で、またそれに応じた様々な仕方で五時判が作品の中に取り入れられていることを、いくらかでも明らかにしえたのではないかと思う。そして、どのような形で五時判が摂取されているにせよ、そこには、作者の、仏教の教説に言及することによる結縁と救済への願いが託されていたと見られる。

五時判は中国仏教の所産であり、漢詩文への影響は早くからあったと推察されるが、本章ではそれについて検討する余裕がなかった。また、この時代の僧俗の経典理解においては、天台五時判の影響が圧倒的である一方で、『久安百首』や『今昔物語集』を取り上げた部分で触れたように、それとは異なる教判も受容されていたようだ。それらの文学作品への影響についても、十分に考察することができなかった。ともに今後の課題としたい。

注

（1）硲慈弘『日本仏教の開展とその基調（上）』（三省堂、一九四八年）、二二～三六頁。国枝利久「天台の五時八教と和歌――釈教歌研究の基礎的作業（一）――」『谷山茂教授退職記念国語国文学論集』（塙書房、一九七二年）。三角洋一「平安貴族の法華三大部受容」『国文学解釈と鑑賞』六一―一二（一九九六年）。
（2）硲慈弘注（1）書、四二～四四頁。引用文中の漢字表記は新字体を用いた。
（3）鷲尾順敬・小泉登美校註『法門百首』（国文東方仏教叢書第一輯第八巻、名著普及会、一九九二年）、一六頁。
（4）新日本古典文学大系『平家物語　上』（岩波書店）、一二一頁。
（5）新日本古典文学大系『三宝絵　注好選』（岩波書店）、七四頁。
（6）『法華経』法師功徳品の冒頭に、仏が常精進菩薩に告げた言葉として、「若善男子善女人。受持是法華経。若読若誦若解説若書写。是人当得八百眼功徳。千二百耳功徳。八百鼻功徳。千二百舌功徳。八百身功徳。千二百意功徳。」とあり、いわゆる「五種法師」が説かれている。経典の「解説」が多大な功徳を得る行法の一つとされていたことが知られる。大正新脩大蔵経、第九巻、四七頁下段。
（7）『妙法蓮華経玄義』巻第一、大正新脩大蔵経、第三十三巻、六八三頁中段。また、『天台四教儀』、大正新脩大蔵経、第四十六巻、七七五頁中段。
（8）五巻本『拾玉集』（書陵部本）による。私家集大成（明治書院）第三巻、五二五頁。適宜濁点を補って引用した。
（9）木船重昭『久安百首全釈』（笠間書院、一九九七年）による。
（10）dとjは、直接には、当時「五部大乗」として尊信された『華厳経』『大集経』『大品般若経』『法華経』『涅槃経』を題材としている。しかし、この「五部大乗」が五時判の思想を具現するものとして捉えられていたことは、当時流行していた五時講でこれら五経典の要文が講説されていたことから明らかである。
（11）d、h、jの三者とも、第二歌において、阿含時の小乗の教えと対比させる形で方等時の教説を詠んでいることが注目される。すなわち、dの歌では「大集経二乗弾呵」と題して「猷になほ劣りても見ゆるかな人をも知らぬ人の心は」と小乗批判がなされており、hの歌では「聞きそめし鹿の苑にはことかへて色色になる四方のもみぢ葉」と「鹿の苑」との対比において方等経の特長が示され、jの歌でも、「いたづらにはかなき道に入りにけりかへるがへるも今日ぞ悔しき」と小乗の教えに従ったことへの悔恨の情が示されている。なお、hの第二歌については、菅野扶美「天台五時教の今様と『久安百首』俊成詠について」(『梁塵 研究と資料』一四、一九九六年）七頁に詳解がある。

(12) 隆季の第四・第五歌には「極楽」、「補陀落」という語が見え、また、親隆の第五歌にも「仏の道に入りなむ」とあり、「涅槃」との関連を読み取ることができる。

(13) 勅撰集に釈教歌が占める比率は、石原清志『釈教歌の研究』(同朋社出版、一九八〇年）による。

(14) 新日本古典文学大系『梁塵秘抄 閑吟集 狂言歌謡』(岩波書店)、一七九頁。引用文中「世俗文字の業」以下は、『和漢朗詠集』に引かれた白楽天の「狂言綺語」をめぐる句をふまえている。

(15) 『詞花集』まではおおむね「体験歌」と「題詠歌」に分けて歌が並べられ、「釈教」の部立てが設けられた『千載集』ではほぼ時代順に歌が配置されている。石原清志注（13）書。

(16) 原田信之「『今昔物語集』における法華経霊験譚群の意味―法相宗五姓各別説をてがかりとして―」、『新見女子短期大学紀要』一九（一九九八年）。また、原田信之「『今昔物語集』震旦五時教判の意味」、『人文科学論叢』二（二〇〇四年）。

(17) 巻頭の四話は、聖徳太子以下四人の聖・菩薩の伝であり、日本の法の伝持の歴史を語る導入部分であるとされる（出雲路修校注『三宝絵』、平凡社、一九九〇年、解説）。しかし、第四話を導入部に含めることについては疑義が示されている。荒木浩「三宝絵」、『岩波講座 日本文学と仏教 第九巻 古典文学と仏教』(岩波書店、一九九五年)、六九頁。

(18) 出雲路修校注注（17）書解説。

(19) 注（5）書九七～一三一頁から適宜引用しつつ論じる。なお、第七章の表二を参照されたい。

(20) 注（5）書九七頁の脚注による。

(21) 出雲路修校注『日本霊異記』(新日本古典文学大系、岩波書店、一九九六年)、九三頁脚注。

(22) 注（5）書、七三頁。

(23) 新編日本古典文学全集『大鏡』(小学館)、二二一頁。

(24) たとえば、石田穣二・清水好子校注『源氏物語 四』(新潮日本古典集成、新潮社、一九七九年）七五頁の頭注に「華厳、法華など大乗経典の総称」、柳井滋・室伏信助・大朝雄二・鈴木日出男・藤井貞和・今西祐一郎校注『源氏物語　二』（新日本古典文学大系、岩波書店、一九九四年）四四〇頁の脚注に「法華経など大乗の経典の総称」とある。

（25）『久安百首』の中で『大品般若経』を詠んだ顕輔の歌に「何事もむなしと説ける法なれば罪もあらじと聞くぞうれしき」とあり、また、同じく『大品般若経』を詠んだ『続古今集』所載の清輔の歌に「何事もむなしき夢と聞くものを覚めぬ心に嘆きつるかな」とある。いずれも『源氏物語』以後の作ではあるが、「何事もむなし」という言い方が早くから『大品般若経』、ひいては般若時経典の思想を端的に表す表現として定着していた可能性がある。併せて、第七章注（40）で引用した『往生要集』における『大般若経』についての叙述も、般若経典とこの表現の関係を示唆するもので、注目に値する。

（26）高橋亨「狂言綺語の文学―物語精神の基底―」、『源氏物語の対位法』（東京大学出版会、一九八二年）、二四五頁。

第十一章　『源氏物語』評価の多様性

次照平地。影臨万水。逐器方円。随波動静。示一仏土。令浄穢不同。示現一身巨細各異。一音説法随類各解。畏歓喜厭離断疑神力不共故。
（『妙法蓮華経玄義』巻第一）

一　分裂する『源氏物語』評価

『源氏物語』は日本の思想史のなかでどのように享受されてきたか。この問題については、大きく三つの論点が考えられる。第一には、享受者および享受の仕方の問題である。第二には、前の論点とも関わるが、様々なジャンルの作品における『源氏物語』摂取・加工の問題である。第三には、後代の人々が『源氏物語』をどのように受け止めたかという、作品に対する評価の問題である。本章では、三番目の評価の問題を中心に論を進める。まずは、この物語の受け止められ方の特徴をよく示している二つの例を挙げておきたい。

一つは、院政期に見え始める『源氏物語』とその作者の捉え方である。平安末期、『源氏物語』が世に出てから一七〇年ほど後に成立した『宝物集』に、次の叙述がある。

ちかくは、紫式部が虚言《そらごと》をもつて源氏物語をつくりたる罪によりて、地獄におちて苦患のしのびがたきよし、人の夢にみえたりけりとて、歌よみどものよりあひて、一日経かきて、供養しけるは、おぼえ給ふらんものを。(1)

いわゆる源氏供養の記事である。源氏供養は、紫式部が『源氏物語』を書いた妄語の罪により地獄に落ちて苦しんでいるとし、これを写経念仏等によって救済しようとするもので、当時歌人の間で流行しつつあった。『宝物集』の右の叙述はその供養の様子を伝えている。

しかし、その一方で、同じ頃に成立した『今鏡』では、『源氏物語』作者の供養を望む人物に対して、嫗が次のように答えている。

誠に、世の中には、かくのみ申し侍れば、理知りたる人の侍りしは、大和にも、唐土にも、文作りて人の心をゆかし、暗き心を導くは、常のことなり。妄語などいふべきにはあらず。わが身になきことをあり顔にげにげにといひて、人にわろきを良しと思はせなどするこそ、虚言などはいひて、罪得ることにはあれ。これはあらましなどやいふべからむ、綺語とも、雑穢語などはいふとも、さまで深き罪にはあらずやあらむ。……情をかけ、艶ならむによりては、輪廻の業とはなるとも、奈落に沈むほどにやは侍らむ。この世のことだに知りがたく侍れど、唐土に白楽天と申しける人は、七十の巻物作りて、言葉をいろへ、譬ひをとりて、人の心を勧め給へりなどきこえ給ふも、文殊の化身とこそは申すめれ。仏も譬喩経などいひて、なき事を作り出だし給ひて、説き置き給へるは、こと虚妄ならずとこそは侍れ。女の御身にて、さばかりのことを作り給へるは、ただ人にはおはせぬやうもや侍らむ。妙音、観音など申すやむごとなき聖たちの女になり給ひて、法を説きてこそ、人を導き給ふなれ。(2)

『源氏物語』に書いてあることは「綺語」「雑穢語」ではあっても「妄語」ではないとして、紫式部が地獄に堕ちたという風評への疑念を示し、さらに、女の身で「さばかりのこと」を作った紫式部は観音菩薩などの化身ではないかと述べている。

これらの作品に見える紫式部堕地獄説と紫式部観音化身説は、ともに仏教思想に根ざしつつも『源氏物語』とその作者に対する正反対の評価を示すもので、両説は矛盾を孕みつつ中世を通じて共存し続けていくことになる。

二つ目の例は、昭和十三年（一九三八）の『源氏物語』教材化をめぐる状況である。(3) この年、小学国語読本、通称「サクラ読本」に、六年生の教材として、『源氏物語』の一部を現代語でリライトしたものが載せられた。教師用解説書によれば、「世界に誇るべき文学作品の存在を国民に広く知らしめる」ための採用であった。

これに対して、『源氏物語』は「大不敬の書」であり、教科書から削除すべきであるという論陣を張ったのは、国学者の橘純一である。橘が問題視したのは、主人公光源氏が父帝の女御である藤壺と通じ、その結果生まれた子が即位して帝になるという物語の筋書きであった。この筋書きは、当時高唱されていた「万世一系」の皇統という観念に抵触するものと見なされた。同時期、谷崎潤一郎の初回の『源氏物語』訳において、源氏と藤壺との関係を中心に大幅な削除が行なわれたことも想起しなければならない。

しかし、橘の主張にもかかわらず、「サクラ読本」における『源氏物語』採用は継続された。国家主義が高まりを見せる時局のもと、『源氏物語』は、一方では国体を損じかねない危険な要素を持つ作品として批判され、また一方では国家が世界に誇るべき優れた作品として宣揚されていたのである。

右に見た院政期、昭和初期のいずれの状況においても、同じ思想基盤上で、『源氏物語』の評価に肯定・否定の両極への分裂が見られる。同様のことは江戸前期の儒学者からの『源氏物語』評にも認められる。これらの例は、対照的な評価の併存という、この作品の受け止められ方の一つの特徴を示唆しているのではないかと思われる。

以下、『源氏物語』に対する肯定・否定の評価を導いた要因について、それぞれ時代を逐って見ていく。その上で、否定的評価への対応として物語擁護の立場で援用された、あるいは新たに生み出された思想的概念について論述する。最後に、作者紫式部自身の物語観に即してこの物語への評価の多様性について再考し、本章の結びとする。

二　肯定的評価の要因

さて、『今鏡』が『源氏物語』を「さばかりのこと」と賞讃したのはどのような根拠によるものか。また、近代日本において、『源氏物語』が「世界に誇るべき」作品とされた理由は何であったのか。ここでは、『源氏物語』が肯定的に評価された主な要因として、この物語が持つ二つの要素――和歌的な要素と、仏教教導や女子教育に応用しうる教訓的な要素を挙げておきたい。前者は物語の艶麗な言葉遣いや情趣ある場面設定に関わるもの、後者は仏教や儒教の思想を背景とした物語の内容に関わるものである。

『源氏物語』は今でこそ日本の代表的古典文学作品の一つと見なされているが、この作品が誕生した十一世紀初頭の段階では、物語というジャンルは文学の最下層に属するものであった。当時の言語表現においては内典（仏）＞外典（儒）＞史書＞詩＞和歌＞物語という価値の階層制《ヒエラルキー》が明確であったとされる。(4)『源氏物語』が後代高い評価を得るに至った最も大きな機縁は、この物語が一階層上の和歌の世界で価値あるものとして認められたことにある。それを象徴的に示すのが、『六百番歌合』（一一九三）において藤原俊成が冬上十三番「枯野」の左歌に寄せた判詞である。

判云、左、「何に残さん草の原」といへる、艶にこそ侍めれ。右方人、「草の原」、難申之条、尤うたゝあるにや。紫式部、歌詠みの程よりも物書く筆は殊勝也。其上、花の宴の巻は、殊に艶なる物也。源氏見ざる歌詠みは遺恨事也。(5)

「源氏見ざる歌詠みは遺恨事也」という評言が実際に『源氏物語』をどの程度に見積もるものであったかは検討を要するが、この俊成の寸評が以後の『源氏物語』の受容と評価に与えた影響は絶大であった。先に引いた『今鏡』の叙述は俊成の発言に先立つものであるが、その中で『源氏物語』の「情けをかけ、艶ならむ」様を評価していることから、やはり和歌の世界における価値観をベースにこの物語を見ていることが知られる。

『源氏物語』が歌人の間で耽読された一つの結果が先に見た源氏供養であった。また院政期に始まる源氏物語注釈も歌学の家の伝統の中で蓄積されていった。古今伝授（『古今和歌集』をめぐる秘伝）に倣い、源氏物語秘伝が形成されるのもその過程においてである。『源氏物語』は聖典化の道をたどり、やがて一条兼良の『花鳥余情』（一四七二年成立）においては「我国の至宝」と認識されるに至った。

我国の至宝は源氏の物語にすぎたるはなかるべし(6)

室町時代初期、南朝の天皇家は『源氏物語』の権威あるテクストの収集・保持に努め、戦国の覇者豊臣秀吉も源氏学習に手を染め、さらには征夷大将軍となった徳川家康も大坂攻めのさなか四度にわたり源氏伝授を受けている。(7)

『源氏物語』の和歌との同列化を契機に、その位置づけが次第に上昇し、ついには最高権力者の権威を保証するものとなっていく様相をここに見ることができる。また、その一方で、中世において『源氏物語』が地下《じげ》階級まで浸透していったのも、源氏能や源氏梗概書が作られ広く享受されたことのほか、連歌の座で「源氏寄合」に記された語句がさかんに用いられたことによるものであり、ここにも『源氏物語』と和歌の深い関係が見てとれる。(8)

江戸後期の国学者本居宣長の「もののあはれ」論も、本来は和歌について論じられたものであって（『安波礼弁』）、それが『源氏物語』に適用された際にも、和歌にあるような情趣ある場面設定が注目されていることに留意すべきである。また、近代日本における「世界に誇るべき」作品としての『源氏物語』称揚は、ウェイリーの英訳を一つの契機としているが、その理論的支柱になったのは、明治二〇年代から続々と刊行された国文学史の論述であった。ここでも宣長の主張を背景に、自然の情景と人間の心情を融合的に描く『源氏物語』の叙景文が日本独特のものとして高く評価されていたのであった。(9)

以上見てきたように、『源氏物語』の肯定的評価をもたらした一つの要因として、その言葉遣いや場面設定が和歌の世界の価値観を反映していたことがある。『源氏物語』の背後には和歌の伝統があり、またその享受史は和歌の歴史と切り離せない関係にある。

『源氏物語』の肯定的評価のもう一つの要因として、その仏教教導書や女子教訓書としての利用可能性を指摘することができる。『源氏物語』が人を仏道に導くものであるという見方は、中世を通じて広く認められるものである。先に取り上げた『今鏡』でも、紫式部が観音などの化身であるとした上で「法を説きてこそ、人を導き給ふなれ」と述べている。また、「雨夜の品定め」（帚木巻）の女性論や光源氏の妻紫上に関する叙述を中心に、『源氏物語』を女訓書として読むことも、近代に至るまで行なわれていた。江戸初期に出版された仮名草子『女郎花物語』に、次の叙述がある。

うらむべき事をうらむるとても、うらなくにくからぬやうにいひ出る心ばへなる女なれば、おとこも其心ばへに感じてあはれとおもふ心もまさり、わきにうつろふ心もおさまるべしと也。彼源氏物かたりの紫のうへのありさまこそは、女のほんなりけれと、世上の人に見ならはしめんとて、むらさきしきぶのかきをけるなるべし。(10)

ここに「紫のうへのありさまこそは、女のほんなりけれ」とあるのは、『源氏物語』の記述内容を女訓として捉えた典型的な例である。昭和十年代の『源氏物語』教材化についても、それに先立ち、島津久基が「修身」の教材としてのこの物語の効用を指摘している。

このような儒仏に関わる教導書、教誡書としての『源氏物語』の捉え方は夙に宣長が排斥したもので、現代人には縁遠い読み方になっていると言ってよい。しかし、物語作者に何らかの教導、訓誡の意図がなかったとは言えず、当時の東アジア世界で共有されていた豊沃な思想的土壌の上に『源氏物語』が成り立っているとすれば、この物語を深く理解するためには、その思想的側面についてのより一層の探究が必要ではないかと思われる。

三　否定的評価の要因

『源氏物語』はいつの時代にも高い評価を受ける一方で、しばしば批判の対象とされてきた。その主な要因として、二つのことが指摘できる。一つは仏教の否定的な文学観によるもので、先に述べたように、文学作品の創作が仏教で戒められる五悪（殺生・偸盗・邪婬・妄語・飲酒）のうち妄語に当たり、罪悪となるということである。妄語は仏の発する実語の対で、真実でない虚偽のことを語る行為を指すので、ことは作品の内容の虚実に関わっていると見てよい。もう一つの要因は、仏教や儒教の立場から、男女好色のことを主題にした文学作品を反道徳的なものとする見方である。『源氏物語』への否定的見解は、ほぼ、これら二つのいずれか、あるいは両方の観点に立脚している。

そのごく早い段階の例を一つ挙げれば、平安末期に安居院の澄憲によって作られ、源氏供養の場で読まれた「源氏一品経表白」がある。『源氏物語』について述べた部分を引用しよう。

艶詞甚佳美心情多揚蕩、男女重色之家貴賎事艶之人、以之備口実以之蓄心機、故深窓未嫁之女、見之偸動懐春之思、冷席独臥之男、披之徒労思秋之心、故謂彼制作之亡霊、謂此披閲之諸人、定結輪廻之罪根、悉堕奈落之剱林[11]

（艶詞甚だ佳美にして心情多く揚蕩たり。男女の色を重んずる家・貴賎の艶を事とする人、之を以て口実に備へ之を以て心機に蓄ふ。故に深窓の未だ嫁がざる女、之を見れば偸かに懐春の思ひを動かし、冷たき席に独り臥す男、之を披けば徒に思秋の心を労す。故に彼の制作の亡霊と謂ひ、此の披閲の諸人と謂ひ、定めて輪廻の罪根を結び、悉く奈落の剱林に堕つべし。）

先に取り上げた『宝物集』では紫式部の「虚言」の罪のみが言われていたが、ここでは、それとともに、この物語の扇情的な内容に接した読者の罪が問われている。

二つの要因のうち、妄語の罪については、近世に入り仏教の影響力が相対的に弱まるにつれて次第に取り沙汰されなくなるが、好色的な内容は近世に至っていよいよ問題視されるようになった[12]。特に徳川幕府の正学とされた朱子学では、文学というものは「戴道」すなわち道を説くものであるべきであって、それでなければ「玩物喪志」に陥るとする。その意味で、とりわけ「好色淫乱」な内容を持つ『源氏物語』は多くの朱子学者から目の敵にされた。中でも原理主義的傾向の強い朱子学の一派を成した山崎闇斎は、「世の人のたはぶれ、往きてかへる道しらずなりぬるは、源氏、伊勢あればにや。源氏は男女のいましめにつくれりといふ。たはぶれていましめんとや、いとあやし」（『大和小学』、一六六〇）と、当時古典文学の代表格とされていた『源氏物語』と『伊勢物語』を一蹴している。仮名草子作者中山三柳が「ここらの女子は源氏狭衣伊勢物語等、あらぬ草紙などよみおぼゆるにより、三綱の道もくづれ、淫乱にのみ溺る」（『醍醐随筆』、一六七〇）として女性の物語耽溺に厳しい目を向けているのも、こうした儒者の論調の影響を受けたものであろう。

好色的内容を問題視する風潮は近代に及び、軍国主義の高揚につれてその傾向が露になった。昭和八年（一九三三）に源氏物語劇の上演が警視庁によって中止されたのもこの理由による。先に見た『源氏物語』を「大不敬の書」とする橘純一の論も、大きくは乱脈な男女関係を非とする枠組みの中で主張されたものと見ることができる。

四　『源氏物語』の正当化

これまで、『源氏物語』評価の根拠となった要因について通観してきた。このうち肯定的評価の要因として挙げたものは、比較的早い段階から見られたものであるが、『源氏物語』への否定的評価への反駁として、新たな根拠のもとに肯定的評価が示されたケースもある。ここでは、『源氏物語』への否定的評価に対しこの物語の支持者がどのように対応したかという視点から、『源氏物語』を肯定的に捉える見方についての補説を行ないたい。

まず、『源氏物語』を否定的に見る一つの根拠となった妄語説については、これを妄語に該当しないとする『今鏡』

のような見方は例外に属するもので、一般には妄語の罪を認めた上で、唐代の詩人白楽天が自らの作品を香山寺に奉納して仏縁による救済を願った事蹟にならい、『源氏物語』を「狂言綺語」と称して仏事を行ない、罪の解消を期するという対応がとられた。源氏供養の盛行がその現れであり、謡曲「源氏供養」もそのような状況の中で作られ、演じられた作品である。

一方、理論的に『源氏物語』の「虚言」ならざることを証する役割を果たしたと思われるのが『荘子』の寓言説で、『河海抄』（四辻善成、一三六〇年代成立）以下多くの注釈書にその引用が見える。「寓言」とは、仮に設定された情況・人物に託して意を述べることである。設定は架空のものであっても語られている内容は真実であるという文脈でこの説が用いられている点に注意する必要がある。

次に、好色的な内容についても、源氏供養において読者の滅罪が願われる一方で、種々の理論的根拠による正当化が試みられた。男女好色の話によって読者を引き付け、教誡の目的を達するというのが一つの解釈であり、好色的な内容自体が「勧善懲悪」の文脈で、あるいは、喩えを以てそれとなく正道を示唆する「諷喩」として書かれているというのがもう一つの解釈の仕方である。前者は例えば三条西公条の『明星抄』（一五三〇年）に見られるものであり、後者は例えば安藤為章の『紫家七論』（一七〇三年）や賀茂真淵の『源氏物語新釈』（一七五八年）に見られるものである。

さらに、『源氏物語』の好色的な内容を儒仏的教誡と結びつけることに異議を唱え、すべては「もののあはれ」を知らしめるためのものであるという新たな解釈を提示したのが、先にも言及した本居宣長の「もののあはれ」論（『紫文要領』、一七六三年）であった。この論が、宗教的教誡と切り離された文学作品独自の価値を初めて明示した点で、思想史上画期的なものであったことは言うまでもない。

五　紫式部の予見

最後に、『源氏物語』がどう読まれてきたかということとは別に、作者紫式部の物語についての見方を確認しておきたい。『源氏物語』蛍巻で光源氏が養女玉鬘を相手に開陳する物語論は、作者自身の物語観を反映させたものと見てよいと考えられるが、注意したいのは、この物語論が物語というものの虚実――「そらごと」か「まこと」かを論点としていること、そして、最後に仏教で言う「方便」を引いて、物語の創作をそれになぞらえ、「すべて何ごとも空しからずなりぬや」、すなわち物語創作は必ずしも「そらごと」には当たらないと結論づけていることである。

仏のいとうるはしき心にて説きおきたまへる御法も、方便といふことありて、悟りなき者は、ここかしこ違ふ疑ひをおきつべくなん、方等経の中に多かれど、言ひもてゆけば、一つ旨にありて、菩提と煩悩との隔たりなむ、この、人のよきあしきばかりのことは変りける。よく言へば、すべて何ごとも空しからずなりぬや

（蛍巻・三―二一三）

この仏法に関する論述の中で「方便」は「方等経」に多いとされている。ここでの「方等経」は通説に言う大乗経典の意ではなく天台五時教でいう方等時の経典を指していることを、第七章で指摘した。そして、その方等時経典の特徴を端的に示すものとして、『法華玄義』では「一音説法随類各解」という表現を用いている。

次照平地。影臨万水逐器方円随波動静。示一仏土令浄穢不同。示現一身巨細各異。一音説法随類各解。恐畏歓喜厭離断疑神力不共故。見有浄穢聞有褒貶。嗅有薝蔔不薝蔔。華有著身不著身。慧有若干不若干。此如浄名方等。約法被縁猶是漸教。約説次第生蘇味相。(13)

(次に平地を照らす。影万水に臨み、器の方円に逐ひ、波の動静に随ふ。一仏土を示して浄穢不同ならしめ、一身を示現するに巨細各異なり。一音の説法類に随ひて各解し、恐畏し、歓喜し、厭離し、断疑するは神力不共なるが故なり。見に浄穢有り、聞に褒貶有り、嗅に薝蔔不薝蔔有り、華に著身不著身有り、慧に若干不若干有り。此れ浄名の方等の如し。法の縁に被らしむるに約せば、猶是れ漸教なり。説の次第に約せば、生蘇味の相なり。)

この「一音説法随類各解」という表現の意味するところは、仏の説法は一つだが、それを受け取る衆生はそれぞれの機根に応じて異なった理解をするということである。このような仏の説法のありようは、『法華経』の注釈書で初めて主張されたものではなく、『維摩経』を出典としている。また、第九章で確認したように、密教の要典『大日経』の注釈書にも「随類方便」という表現で同様のことが説かれていた。仏の説法を受け止める衆生がこれを様々に理解すること、またそこから一歩進んで、仏や菩薩が衆生の機根に応じて方便としての説法を行なうことは、大乗仏教の大前提となっていると言ってよい。

つまり、蛍巻物語論の最終段において紫式部が述べていたのは、仏の教えが本来は一つであっても、衆生の資質や能力に応じて「方便」の説法が行なわれ、衆生の受け取り方が異なるように、物語においても、その読み手側の条件次第で種々様々に解釈されうるということではなかったか。本章で論じてきた後世における『源氏物語』評価の多様性を見ていると、作者はまさにこの状況を予見していたのではないかとさえ思われる。

『源氏物語』をどのように受け止め、どのように解釈するか——そのことによって、逆にその享受者の思想の在り処が照射され、浮き彫りにされる。『源氏物語』はそのような、まことに不思議な作品である。

注

（1）『宝物集』巻第五。新日本古典文学大系『宝物集　閑居友　比良山古人霊記』（岩波書店）、二二九頁。
（2）『今鏡』うちぎき第十。海野泰男『今鏡全釈　下』（福武書店）、五一九頁。
（3）詳しくは、小林正明「わだつみの『源氏物語』—戦時下の受難—」（吉井美弥子編『〈みやび〉異説—『源氏物語』という文化—』森話社、一九九七年）、安藤徹「源氏帝国主義の功罪」（河添房江他編『〈平安文学〉というイデオロギー』勉誠出版、一九九九年）、有働裕『源氏物語と戦争—戦時下の教育と古典文学—』（インパクト出版会、二〇〇二年）などを参照されたい。
（4）高橋亨「狂言綺語の文学—物語精神の基底—」、『日本文学』第二八巻第七号（一九七九年）。
（5）新日本古典文学大系『六百番歌合』（岩波書店）、一八七頁。
（6）源氏物語古注集成『花鳥余情』（桜楓社）、九頁。
（7）三田村雅子『記憶の中の源氏物語』（新潮社、二〇〇八年）、第Ⅳ章。
（8）安達敬子「室町期源氏享受一面—源氏寄合の機能—」、『源氏世界の文学』（清文堂、二〇〇五年）。
（9）川勝麻里『明治から昭和における『源氏物語』の受容—近代日本の文化創造と古典—』（和泉書院、二〇〇八年）、第二章第二節。
（10）『批評集成・源氏物語　第一巻　近世前期篇』（ゆまに書房）、一三二頁。
（11）袴田光康氏の校訂本文、書き下しによる。但し漢字は新字体を用いた。袴田光康校訂「源氏一品経」、日向一雅編『源氏物語と仏教—仏典・故事・儀礼—』（青簡舎、二〇〇九年）。
（12）近世以降の『源氏物語』批判については、中村幸彦「幕初宋学者達の文学観」（『中村幸彦著述集』第一巻、中央公論社、

一九八二年)、小谷野敦「『源氏物語』批判史序説」(『文学』第四巻第一号、二〇〇三年)に詳しい。

(13)『妙法蓮華経玄義』巻第一上。大正新脩大蔵経、第三十三巻、六八三頁中段。

あとがき

前著『宿世の思想—源氏物語の女性たち—』を上梓してから、二十年余の歳月が過ぎた。その間、方便の思想という視点から『源氏物語』の新たな読みが可能であることに気づき、様々なところに発表してきた論稿が十編以上になった。公表後かなり年月が経ってしまった論稿もあるが、機会を得て見直し、一冊の書としてまとめることにした。

もともとの専門分野は日本思想史という分野である。『源氏物語』研究の中心的な場である国文学の学界の周縁で、仏教思想との関わりという少し変わった見地からこの物語の研究に取り組み、気ままに「謎解き」に挑戦する、というスタンスは、自分にはことのほか向いていたように思う。

そして、『源氏物語』はいつも、こちらが投げかける疑問に対して、思いがけない——予想をはるかに超えて見事な——解答を示してくれた。本書は、方便の思想を軸とした、そんな問いと答えの繰り返しの記録である。

各章の論述のもとになった論稿を以下に記す。

第一部

一　『源氏物語』の仏観—方便の思いに即して—（『日本文学』五一—一二、二〇〇二年）
二　『源氏物語』蜻蛉巻における方便—如来寿量品典拠説の再検討—（『文芸研究』一四八、一九九八年）
三　不軽行はなぜ行なわれたか—宇治十帖に見る在家菩薩の思想—（『日本文学』五七—五、二〇〇八年）
四　横川僧都の消息と『大日経義釈』—還俗勧奨を支える論理—（『日本文学』四九—六、二〇〇〇年）

五　沈黙する浮舟―女性の在家菩薩は救われるか―（小山清文・袴田光康編『源氏物語の新研究―宇治十帖を考える―』、新典社、二〇〇九年）

第二部

六　蛍巻物語論における仏教思想の位置づけ―「人のよきあしきばかりの事」新釈―（『日本思想史学』二九、一九九七年）

七　『源氏物語』にあらわれた天台思想―蛍巻仏法論と天台の方等時解釈―（『日本思想史学』三二、二〇〇〇年）

八　紫式部の物語観―狂言綺語の文芸観への対応として―（『季刊日本思想史』五二、一九九八年）

九　中古文芸を意義づけるもの―『源氏物語』における方便の思想を中心に―（『文芸研究』一六七、二〇〇九年）

第三部

十　王朝文学と経典―天台五時判摂取の諸相―（藤本勝義編『王朝文学と仏教・神道・陰陽道』、竹林舎、二〇〇七年）

十一　源氏物語（『岩波講座　日本の思想　第二巻　場と器』、岩波書店、二〇一三年）

最後になったが、新典社編集部の小松由紀子氏には、本書をまとめるきっかけを与えていただき、また本書の刊行に至るまでひとかたならずお世話になった。心から感謝申し上げたい。

索　　引

凡　例

1．本索引では、人名、書名を含め、主要な事項を五十音順で挙げた。
2．資料の直接引用部分、表、出典を示す注の中の語句については対象外とした。
3．歴史上の人物の名については、姓を含めて項目を立てた。

あ　行

か　行

さ 行

た　行

ま 行

や 行

ら 行

わ 行

佐藤 勢紀子（さとう　せきこ）
1955年1月　宮城県に生まれる
1977年3月　東北大学文学部史学科卒業
1985年3月　東北大学大学院文学研究科博士課程満期退学
学位　博士（文学）
現職　東北大学高度教養教育・学生支援機構教授
主著 『宿世の思想―源氏物語の女性たち―』（ぺりかん社，1995年）
『概説 日本思想史』（共編著，ミネルヴァ書房，2005年）
論文 「桐壺巻の構成と聖徳太子伝―「光る君」命名記事をめぐって―」日向一雅・仁平道明編『源氏物語の始発―桐壺巻論集―』（竹林舎，2006年）
「紫式部の別れの日―家集冒頭二首に詠まれた年時―」（『日本文学』62-9，2013年）
「『源氏物語』における宿世と女性―「宿世」の用例を中心に―」和洋女子大学編『東アジアの文学・言語・文化と女性』（武蔵野書院，2014年）

新典社研究叢書293

源《げん》氏《じ》物《もの》語《がたり》の思《し》想《そう》史《し》的《てき》研《けん》究《きゅう》
――妄語と方便――

平成29年5月24日　初版発行

著者　佐藤勢紀子
発行者　岡元学実
印刷所　惠友印刷㈱
製本所　牧製本印刷㈱
検印省略・不許複製

発行所　株式会社　新典社
東京都千代田区神田神保町一―四四―一一
営業部＝〇三（三二三三）八〇五一番
編集部＝〇三（三二三三）八〇五二番
FAX＝〇三（三二三三）八〇五三番
振替　〇〇一七〇―〇―二六九三二番
郵便番号一〇一―〇〇五一番

©Sato Sekiko 2017
ISBN 978-4-7879-4293-7 C3395
http://www.shintensha.co.jp/ E-Mail:info@shintensha.co.jp

新典社研究叢書

（本体価格）

255 更級日記の遠近法　伊藤　守幸　一〇〇〇〇円

256 庭訓往来　影印と研究　高橋忠彦・高橋久子　一八四〇〇円

257 石清水物語の研究　――第三系統伝本の校本と影印――　宮﨑　裕子　一八四〇〇円

258 古典論考　――日本という視座――　前田　雅之　一三六〇〇円

259 和歌構文論考　中村　幸弘　一二〇〇〇円

260 源氏物語続編の人間関係　付 物語文学教材試論　有馬　義貴　一〇六〇〇円

261 冷泉為秀研究　鹿野しのぶ　一六〇〇〇円

262 源氏物語の音楽と時間　森野　正弘　一四二〇〇円

263 源氏物語〈読み〉の交響Ⅱ　源氏物語を読む会　九九〇〇円

264 源氏物語の創作過程の研究　呉羽　長　一一〇〇〇円

265 日本古典文学の方法　廣田　收　一三六〇〇円

266 信州松本藩崇教館と多湖文庫　山本英二・鈴木俊幸　九二〇〇円

267 テキストとイメージの交響　――物語性の構築をみる――　井黒佳穂子　一一五〇〇円

268 近世における『論語』の訓読に関する研究　石川　洋子　一五〇〇〇円

269 うつほ物語と平安貴族生活　――史実と虚構の織りなす世界――　松野　彩　八八〇〇円

270 『太平記』生成と表現世界　和田　琢磨　一四二〇〇円

271 王朝歴史物語史の構想と展望　加藤静子・桜井宏徳　二〇〇〇〇円

272 森鷗外『舞姫』　本文と索引　杉本　完治　七七〇〇円

273 記紀風土記論考　神田　典城　一四〇〇〇円

274 江戸後期紀行文学全集　第三巻　津本　信博　八〇〇〇円

275 奈良絵本絵巻抄　松田　存　八二〇〇円

276 女流日記文学論輯　宮﨑　莊平　二六八〇〇円

277 中世古典籍之研究　――どこまで書物の本姿に迫れるか――　武井　和人　一九八〇〇円

278 愚問賢注古注釈集成　酒井　茂幸　一三五〇〇円

279 萬葉歌人の伝記と文芸　川上　富吉　一三〇〇〇円

280 菅茶山とその時代　小財　陽平　一四二〇〇円

281 根岸短歌会の証人　桃澤茂春　――『庚子日録』『曾我蕭白』――　桃澤　匡行　一三〇〇〇円

282 平安朝の文学と装束　畠山大二郎　一一五〇〇円

283 古事記構造論　――大和王権の〈歴史〉――　藤澤　友祥　七四〇〇円

284 源氏物語　草子地の考察　――「桐壺」～「若紫」――　佐藤　信雅　一〇二〇〇円

285 山鹿文庫本発心集　――影印と翻刻　付解題――　神田　邦彦　一三四〇〇円

286 古事記續考と資料　尾崎　知光　六五〇〇円

287 古代和歌表現の機構と展開　津田　大樹　一三四〇〇円

288 平安時代語の仮名文研究　阿久澤　忠　一三六〇〇円

289 芭蕉の俳諧構成意識　――其角・蕪村との比較を交えて――　大城　悦子　一五一〇〇円

290 二松學舍大学附属図書館蔵　奈良絵本　保元物語　平治物語　小井土守敏　一〇八〇〇円

291 江戸歌舞伎年代記集成　未刊　倉橋・桑原・小池・齋藤・光延　二八〇〇〇円

292 物語展開と人物造型の論理　――源氏物語〈二層〉構造論――　中井　賢一　一二五〇〇円

293 源氏物語の思想史的研究　――妄語と方便――　佐藤勢紀子　七八〇〇円

294 春画論　――性表象の文化学――　鈴木　堅弘　一七六〇〇円

295 『源氏物語』の罪意識の受容　古屋　明子　一二六〇〇円